KB078603

성운을 먹는 자

성운을 먹는 자 6

김재한 퓨전 판타지 소설

초판 1쇄 찍은 날 § 2015년 10월 12일
초판 1쇄 펴낸 날 § 2015년 10월 19일

지은이 § 김재한
펴낸이 § 서경석

편집책임 § 이창진
디자인 § 신현아

펴낸곳 § 도서출판 청어람
등록번호 § 제387-1999-000006호
등록일자 § 1999. 5. 31
어람번호 § 제1-2251호

주소 § 경기도 부천시 원미구 부일로 483번길 40 서경B/D 3F (우) 420-822
전화 § 032-656-4452 팩스 § 032-656-4453
http://www.chungeoram.com
E-mail § chungeorambook@daum.net

ISBN 979-11-04-90449-3 04810
ISBN 979-11-04-90287-1 (세트)

FUSION FANTASTIC STORY

김재한 퓨전 판타지 소설

성운을 먹는 자

성운(星運)

6

청어람

목차

제28장
별의 운명을 담을 그릇

성운을 먹는 자

1

서하령은 방금 전에 눈앞에서 일어난 일을 이해했다. 장내에서 오로지 그녀만이 이해하고 있을 것이다.

그로 인한 충격이 어찌나 컸던지 서하령은 가신우와 교주의 일전을 보며 느꼈던 경탄마저도 깨끗하게 잊었다. 그녀가 떨리는 목소리로 말했다.

"당신은… 성운의 기재가 가진 별의 힘을 먹는 거야? 별의 힘을 취한다는 게 이런 뜻이었어?"

"안목이 대단하구나. 바로 그렇다."

교주는 부정하지 않았다.

성운의 기재인 그가, 다른 성운의 기재를 죽여서 상대가 가졌던 별의 힘을 빼앗는다.

말도 안 되는 일이다. 별의 힘이라는 게 타인이 그런 식으로 빼앗을 수 있는 것이었다면 성운의 기재는 발견되는 즉시 탐욕과 악의로 무장한 자들의 먹잇감이 되었을 것이다. 타인의 정기를 갈취하는 사악한 비술은 많았지만, 성운의 기재로부터 별의 힘을 약탈해서 성운의 기재와 동일한 존재가 되었다는 사례는 한 번도 기록된 바 없었다.

그런데 지금 서하령의 눈앞에서 그런 일이 일어났다. 교주는 가신우를 죽이고, 그가 지녔던 별의 힘을 끄집어내어 흡수했다.

물론 그가 취한 것이 가신우가 성운의 기재로서 지녔던 모든 잠재력은 아닐 것이다. 성운의 기재가 태어나는 순간부터 별의 힘은 그 육체 깊숙한 곳에 자리 잡는다. 그러다가 성운의 기재가 어느 정도 성장했을 때 완전한 합일이 이루어지면서 각성하는 것이다.

하지만 교주가 별의 힘이라고 할 수 있는, 가신우를 성운의 기재이게 했던 신비로운 힘의 정수를 끄집어내어 취한 것도 사실이었다. 도대체 어떻게 이런 일이 가능하단 말인가?

'우리를 죽여서 잡아먹을 생각이었다니……'

몸이 떨려온다. 더 이상 꺼내 들 패가 안 남았음을 깨달았을 때보다 더욱 압도적인 공포가 밀려오고 있었다.

그러나 다음 순간 교주의 입에서 나온 말은 더욱 충격적이었다.

"나는 성운을 먹는 자가 될 것이니라."

"…뭐?"

놀라서 되물은 것은 서하령만이 아니었다. 그와 대치하고 있던 형운도 눈을 크게 떴다.

교주가 말을 이었다.

"지상에 떨어진 별의 조각들을 그러모아, 진정한 별의 운명을 담을 수 있는 유일무이한 그릇을 이루겠노라. 그로써 사람의 업을 초월하여 이 연옥의 모든 가엾은 존재가 올바른 구원을 얻을 수 있는 길을 열 것이다."

"······."

너무 놀란 나머지 말이 나오지 않는다. 왜 마교를 이끄는 수괴의 입에서 그 호칭이 나오는 것인가?

'성운을 먹는 자란 도대체 무엇이지?'

서하령은 귀혁이 그 일맥이라는 것을 알고 있다. 하지만 정작 그 의미는 몰랐다. 연단술사들이 쓰는 용어는 그 진정한 의미를 은유로 포장해서 가리는 경우가 많기에, 다른 이들에게 알려지지 않은 '성운을 먹는 자'의 의미를 귀혁이 알려준다는 것은 즉 그 일맥을 계승할 자격을 갖추는 것과 같다고 보았기 때문이다.

그런데 흑영신교주가 그 호칭을 이야기하면서 스스로가 되고자 하는 목표라 말하다니, 머릿속이 엉망진창이다. 언제나 명석하게 회전하던 머리가 지금 이 순간에는 고장나 버린 듯 무엇 하나 제대로 정리되지 않았다.

"무슨 뜻으로 하는 소리인지는 모르겠지만······."

그때 형운이 입을 열었다.

"기분이 한층 더 나빠졌어. 아무래도 여기 와서 얻은 모든 것이, 너를 쳐 죽이라고 내게 주어진 것 같구나."

"무슨 소리를 하는지 모르겠구나."

"몰라도 돼!"

형운이 돌진했다. 하지만 거리를 좁혀서 주먹을 날리는 것보다 교주가 더 빨랐다. 마치 형운이 움직이기만을 기다렸다는 듯, 형운이 돌진하기 위해 발에 힘을 주는 바로 그 순간에 마주 달려온다.

　이 또한 고차원적인 반격의 일수다. 허를 찔린 형운은 교주의 무시무시한 속도에 반응하지 못하고 그대로…….

　나가떨어졌어야 했다.

　펑!

　폭음이 울리며 한 사람의 신형이 튕겨 나갔다. 서하령이 경악했다.

　'그걸 반격했어?'

　놀랍게도 형운이 교주의 공격을 가볍게 막아내고 반격, 그를 날려 버렸다.

　그저 막아내기만 했다면 놀라지 않았으리라. 일월성신을 이룬 뒤 형운의 반응 속도는 엄청나게 빨라졌고, 감극도는 허를 찔리는 상황조차도 대처해 내는 무공이니까.

　하지만 형운은 교주의 반격을 마치 예상한 것처럼 흘려내고 한 방 먹였다. 교주는 서하령에게서 훔쳐 낸 반격의 묘리를 쓰려고 했지만 소용없었다. 형운의 반격은 무서울 정도의 힘이 실린 강권이라 막는 게 고작이었다.

　"이런!"

　교주가 경악했다. 흑영신의 가호를 받고 마수의 피를 일깨운 지금, 그의 속도는 강호에서 고수라 불리는 이들조차 압도한다. 그런데 놀랍게도 형운이 완전히 허를 찔린 상황에서조차 그 속도를 여유롭게 따라온 게 아닌가?

그것으로 끝이 아니다. 자세를 바로잡는 교주를 형운이 따라 붙으면서 맹공을 펼쳤다.

콰콰콰콰콰콰!

폭음이 연달아 울려 퍼지면서 지면이 박살 나서 토사와 새하얀 서리가 뒤섞여 흩날린다. 무시무시한 힘이 격돌한 여파였다.

교주가 계속해서 뒤로 밀려났다. 형운의 공격에 허실 따위는 없다. 정직하게 일직선으로 쏟아지는 공격이다.

그런데 거기에다 대고 기교를 부릴 수가 없다. 왜냐하면…….

'이자는 정말로 순혈의 인간인가?'

너무나도 빠르고 강해서였다.

지금의 교주보다도 더 빠른 움직임, 그리고 교주조차도 흘려 내지 않고 정면에서 막았다가는 방어째로 부서질 것 같은 강맹함이었다. 그런 공격이 쉬지도 않고 폭풍처럼 쏟아진다.

'도대체 내공이 얼마나 되는 건가?'

이런 맹공을 쉬지도 않고 펼치다니, 게다가 형운은 별로 사력을 다하는 것 같지도 않다. 태연한 모습으로 공격을 쏟아내는 모습이 여유 있어 보이기까지 한다.

교주가 그 공격을 받아낼 수 있는 것은 일단 궤도가 단순하기 때문이다. 빠르고 강하지만 변화가 적어서 충분히 공격을 예측하고 막을 수 있었다.

또한 형운의 움직임에는 기복이 없었다. 교주의 움직임은 평균적으로는 형운보다 느리지만 순간적으로는 더 빠르다. 기의 수발이 워낙 빠르고 자유로워서 빼어난 순발력을 발휘하는 것이다.

교주는 처음에는 방어에 급급했지만 이내 여유를 찾았다. 곧 쏟아지는 형운의 연타 사이에서 바늘 같은 틈을 찾아내어 찌른다!

쾅!

직후 그의 몸이 허공을 날았다.

'이런… 말도 안 되는……!'

마치 자신이 틈을 찾아내고 공격해 주기를 기다린 것 같았다. 단순하게 맹공을 퍼붓던 형운의 양손이 거짓말처럼 되돌아와서 그의 공격을 쳐 내고 얼굴에 가볍게 한 방, 거의 동시에 시야의 사각에서 채찍처럼 휘어지는 발차기가 작렬했다.

정타로 맞았다면 머리가 통째로 날아갔을 위력이다. 그 순간에 태극검의 원운동을 흉내 내어 공격을 흘려냈기에 살았다.

"교주님!"

흑영신교도들이 보다 못해서 달려든다. 하지만 형운은 당황하지 않았다.

"혼자 당당한 척해봤자 조금 상황이 불리해진다 싶으면 이렇지? 너도 부하들도 다 쓰레기 같은 것들뿐이야. 정말 당당하고 싶었으면 가신우한테 죽었어야지."

형운의 눈에 경멸의 빛이 스쳐 간다. 그리고…….

쿠우우우웅……!

육중한 소리가 울려 퍼지면서, 이미 전개되어 있던 중압진이 기다렸다는 듯 그들을 집어삼켰다. 뒤이어 형운의 몸을 휘감은 광풍혼이 실처럼 풀려나가면서 전방위로 광포한 섬광을 쏟아냈다.

'광풍노격(狂風怒擊)!'

콰콰콰콰콰!

흑영신교도들이 일거에 쓸려 나갔다. 교주도 그 자리에서 버티지 못하고 자연체를 취하면서 기공파의 방향으로 밀려났다.

"맙소사."

그 광경을 보는 서하령은 놀란 나머지 눈이 휘둥그레졌다.

이전의 형운도 내공 하나는 말도 안 되는 수준이었다. 그러나 지금, 형운이 보이는 신위는 정말 그가 형운인지 의심스러울 지경이다. 저 정도면 내공만으로는 오성과 필적하지 않을까?

"으으윽."

여유 만만하던 교주가 낭패한 모습으로 신음했다. 검은 안개를 불태우고 흩어지는 섬광 사이로 형운이 당당하게 걸어오고 있었다.

문득 교주가 말했다.

"어디서 이런 괴물이 튀어나왔나 했더니… 그대는 빙령의 힘을 얻었구나."

"그래. 마교의 수괴답게 그런 걸 알아볼 정도의 안목은 있나 보군."

형운은 놀라지도 않고 긍정했다.

"대마수의 혈손이며, 전설 속의 극마지체고, 거기에 성운의 기재이기까지 하다는 경세적인 미친 새꺄. 나도 잘난 척 좀 해 볼까? 난 네놈들이 수작 부려서 뿌려놓은 지저분한 기운에 하나도 위축되지 않아서 제 실력으로 싸울 수 있어. 그리고……."

일월성신은 완전한 기운의 그릇이다. 마기가 아무리 농밀해 봤자 아무런 영향도 받지 않는다.

"지금 내 내공이 얼추 8심 정도 되는 것 같거든? 너 쳐 죽이고 나면 대폭 약해질 게 야아아악간 아쉽긴 한데, 충분히 만족할 수 있을 것 같다, 야."

"뭐라고?"

형운의 말을 들은 이들이 다들 경악하며 그를 바라보았다.

말도 안 되는 소리다. 스무 살도 안 된 소년의 내공이 8심이라고?

강호를 다 뒤져도, 아니, 고금에 전례가 없는 일이다.

하지만 헛소리 작작하라고 할 수가 없다. 형운이 지금 보인 신위는 그가 한 줌의 기운으로도 백 명을 학살할 수 있는 절세의 고수이거나 아니면 그 정도 내공이 뒷받침되어야만 가능한 일이었으니까!

2

형운이 빙령과의 교감을 통해 얻은 것은 두 가지다.

먼저 일월성신의 진정한 힘을 끌어내는 방법.

한서우가 지적한 대로 일월성신을 이룬 형운은 다른 무인들과는 완전히 다른 존재다. 그런데 일월성신을 이루기 전과 같은 방법으로 몸을 쓰고 있었으니 제대로 된 힘이 나올 리가 있나?

그 사실을 깨달음으로써, 형운은 그 이전과는 격이 다른 존재가 되었다.

일월성신의 그릇에 담긴 막대한 기운이 형운의 뜻대로 움직인다. 번거롭게 심상을 통해 그 움직임을 상상하고, 이리저리 돌아가는 방법으로 효율적인 결과를 이끌어내려고 할 필요가 없다. 숨을 쉬듯이, 손발을 움직이듯이 하고자 하면 그대로 움직인다.

그로써 형운의 내공이 7심에 도달했다.

일월성신이 품고 있었지만 형운이 소화해 내지 못해서 서서히 빠져나가던 막대한 기운이 완전히 통제하에 들어온 것이다. 본래는 기의 본질을 이해하고 운용에 대한 심오한 깨달음이 있어야 이룰 수 있는 경지이건만, 직접적으로 체내의 기를 인지하고 움직일 수 있는 일월성신은 그럴 필요가 없었다.

또한 기의 수발이 빨라졌다.

본래 무인들이 반복 수련을 하는 이유 중에 하나는 같은 동작의 숙련도를 높임으로써 필요 없는 부분을 생략하고 극한의 효율을 추구하기 위함이다. 일월성신은 사람이 상상하고, 기를 인지하고, 생각하고, 명령을 내려서 움직이기까지의 과정 중에 절반은 집어치울 수 있었다.

지금도 형운은 심오한 기의 수발과는 인연이 없다. 형운의 기는 막힘없이 도도하게 흐를 뿐이다.

그러나 그 흐름 자체가 빠르다. 심오한 수법을 동원해 가며 악착같이 더 많은 기운을 조금이라도 더 빨리 모을 필요가 없을 정도로.

기의 수발이 빨라지니 움직임도 빨라진다. 올바른 방법으로 쓰는 일월성신은 인간의 한계를 초월한 몸이다.

교주가 말했다.

"빙령의 힘을 얻은 것부터가 말도 안 되는 일이지만, 그걸 인정하더라도 도저히 이해할 수가 없군. 흉왕은 도대체 무슨 수작을 부린 것이냐?"

"대답해 줄 것 같냐? 멍청아."

형운이 그를 조롱했다.

빙령의 힘.

형운은 일월성신이기에 빙령에게 선택받았다. 빙령은 흑영신교가 자신을 원하는 상황을 타파하고자 했으며, 완전한 힘의 그릇인 형운은 빙령이 선택할 수 있는 유일한 답이었다.

지금 형운의 체내에는 빙령이 심어놓은 분신체가 자리 잡고 있었다.

이 또한 말도 안 되는 일이다. 빙령의 기운은 극음의 기운인지라 사람의 몸으로 품을 수 있는 게 아니다. 백야문의 무공을 통해 빙백지신을 이룬다고 해도 서서히 그 힘을 받아들이는 것이지 빙령의 분신체를 담는 것은 얼토당토않은 소리다.

하지만 일월성신은 그런 터무니없는 일도 가능케 하는 그릇이었다.

그렇게 형운의 안에 자리 잡은 빙령의 분신체는, 마치 또 하나의 기심처럼 작용하고 있었다. 그로써 형운의 내공은 일시적으로 8심의 수준에 도달한 것이다.

'거 내가 생각해도 진짜 사기네. 이러니까 역사상 아무도 이루지 못했지.'

형운 자신도 어이가 없었다. 귀혁은 일월성신이 이런 존재임을 알고 있었을까?

"조금 전까지는 우리를 도와줄 사람이 아무도 없다고 잘난 척했지?"

형운이 주변을 보며 말했다.

"그 말 그대로 돌려주마. 자, 이제 누가 널 도와줄 수 있지? 더 비빌 언덕이 남았냐?"

"으음. 할 말이 없군."

교주가 쓴웃음을 지었다.

형운의 지적대로다. 상황이 역전되었다. 지금까지는 교주가 절대적으로 우위를 점하고 있었기에 도와줄 사람의 손발이 다 묶여 있는 형운 일행이 절체절명의 궁지에 몰렸다. 하지만 형운이 교주를 압도하고, 무시무시한 기세로 수십의 흑영신교도를 쓸어버리고 나니 상황이 뒤집어졌다.

교주의 뇌리에 이곳으로 떠나오기 전, 신녀가 우려를 가득 담아 건넸던 조언이 떠올랐다.

'위대하신 분이여, 부디 조심하시길. 사람의 손으로 쌓아 올린 업이 나타나 당신의 앞을 가로막을 것입니다.'

교주는 신녀가 예지한 것이 혼마 한서우이리라 짐작했다. 그가 아니라면 고르고 고른 정예를 데리고, 천 년의 세월 동안 간직해 온 거대한 비의를 펼치는 상황에 누가 두렵겠는가?

신녀의 예지를 바탕으로 할 수 있는 모든 준비를 다 했다. 그런데 전혀 예상치 못한 국면에 형운이라는 괴물이 튀어나왔다.

"연옥의 자식으로 태어나 구원의 뜻을 펼치고자 함에 시련이 오는 것은 당연한 일이라. 우리는 대지에 단단히 뿌리내리고 천년의 세월 동안 시련의 바람을 버텨온 거목이니라."

"천 년이나 사람들 등쳐서 피 빨아먹고 살았으면 이제 그만 부러져서 거름이 돼라, 양심도 없는 놈아."

형운이 쏘아붙였다. 직후 무심하게 손을 뻗는다. 그러자 공기가 폭발했다.

퍼엉!

교주가 주변의 농밀한 마기에 묻어서 완전히 기척을 감춘 기공파를 날렸던 것이다. 하지만 형운의 감극도는 너무나도 수월하게 그것을 잡아낸다.

회심의 기습이 막혔는데도 교주는 당황하지 않았다. 형운이 막는 것까지도 그의 의도에 있었기 때문이다.

새하얀 한기가 형운의 팔을 휘감았다. 진예와 싸우며 훔쳐 낸 한기의 운용이었다. 처음부터 대비하지 않는다면 막는 것만으로도 피해를 입게 된다. 형운의 내공이 심후하니 한기가 내부로 침투하지는 못하겠지만 표면이 얼어붙는 것만으로도……

쾅!

아무런 영향도 없었다.

'한서불침? 아니, 아무리 그렇다고 해도……'

형운의 공격을 방어하고 튕겨 나간 교주가 경악했다. 분명히 공기 중의 수분이 얼어붙으면서 형운의 몸에 서리가 끼었다. 그런데 이 전광석화 같은 반응이라니!

빙령 때문이었다. 형운의 몸속에 자리 잡은 빙령의 기운이 형운을 한기로부터 보호한다.

다음 순간, 형운이 교주의 머리 위에 나타났다. 그 몸에서 뿜어져 나오는 기파가 피부에 들러붙은 서리를 모조리 날려 버리면서 압도적인 섬광을 쏘아낸다.

꽈과과광!

일직선으로 내리꽂힌 섬광이 지축을 뒤흔들었다.

형운이 혀를 찼다.

'누가 성운의 기재 아니랄까 봐 진짜 기가 막히는군.'

내리꽂히는 섬광의 기둥을, 교주는 기둥을 타는 날다람쥐처럼 그 주변을 나선형으로 회전하며 피해냈다. 그리고 폭발의 여파는 자연체로 마치 폭풍 속의 가랑잎처럼 나풀거리면서 흘려버렸다.

그래도 형운은 놀라지 않는다. 교주가 성운의 기재임을 안 순간부터 그가 뭘 보여줘도 놀라지 않을 자신이 있었다.

'어디 더 보여줘 봐. 네 바닥이 어디인지 보자!'

전력으로 몰아친다. 완벽하게 우위를 잡고 서서히 적을 궁지에 몰아넣고 있는 상황이지만 절대 방심하지 않는다. 완전히 승리하기 전까지는 자기가 유리하다고 짐작하는 것조차도 오만이고 사치다.

그런 형운을 상대하는 교주는 등줄기를 타고 흐르는 전율을 주체할 수 없었다.

'여기에 오기 전이었다면… 한순간에 패했을 것이다.'

지금의 교주는 지쳐 있었다. 아무리 농밀한 마기가 마인의 힘을 증폭시키고 흑영신의 가호가 바닥이 보이지 않는 힘을 제공

한다고 하더라도, 결국은 살아 있는 사람의 몸이다. 서하령, 진예와 마곡정, 그리고 가신우까지 만만치 않은 격전을 치르면서 정신력이 깎여 나갔다.

하지만 그 싸움을 치름으로써 교주는 강해졌다. 상대의 장점을 흡수해서 자신의 잠재력을 개화했다.

문제는 그렇게 얻은 것들이 형운에게는 통용되지 않는다는 것이다.

"크윽!"

결국 교주가 신음을 토했다. 신기에 가까운 방어술로 위기를 넘기자마자 형운이 쇄도해 온다. 첫 일격을 쳐 내고, 이어지는 연타를 흘려내면서 서하령의 기술로 반격한다. 진예의 한기 운용법을 더한 침투경으로 형운의 내외를 동시에 공격하는데……

'흥왕은 도대체 자기 제자에게 무슨 조화를 부린 것인가?'

아무런 소용도 없다.

단순하지만 너무나도 빠르고 강하다. 그리고 모든 공격이 예측 가능하면서도 허점이 없다.

도대체 말이 되는 소리인가 싶다. 하지만 형운은 진짜로 그런 존재였다.

내공이 너무 심후한 데다 기맥은 강철보다 튼튼하고 그 안에 흐르는 기운은 거대한 강처럼 도도하다. 침투경을 넣는 족족 녹아버리고, 마기에도 한기에도 전혀 흐트러짐이 없다.

허점을 찾아내기는 쉽다. 그러나 그 허점은 존재하지 않는 것이나 마찬가지였다. 먹음직스러운 먹잇감이라고 생각하고 달려드는 순간, 감극도 무심반사경이 상리를 초월한 반격을 되돌려 준다.

도무지 답이 안 나오는 상황이다.

'뭘 해야 하는가? 어떻게 해야 이길 수 있지?'

분명히 기교면에서는 교주가 월등히 위다. 그런데 기교를 제외한 모든 면에서 형운이 압도적이다.

형운의 공격을 피하는 것만으로도 정신력이 깎여 나간다. 방어하기만 해도 타격이 쌓인다. 겨우 틈을 찾아 때려봤자 소용이 없고, 오히려 기다렸다는 듯이 무시무시한 반격이 날아온다.

이런 상대에게 도대체 뭘 하란 말인가?

게다가 형운은 교주가 피하든 말든 상관하지 않았다. 짜증 날 정도로 우직하고 성실하게 필요한 행동을 반복한다.

후우우우우!

광풍혼이 확장, 형운을 중심으로 반경 10여 장(약 30미터)을 휘감고 교주가 일정 거리 이상 떨어지는 것을 막는다.

그 속에서 형운이 쏘아낸 유성혼들이 불규칙하게 튀어 다니면서 유성우를 이루니, 교주는 그것을 피하는 것만으로도 곡예 같은 움직임을 강요받았다.

콰콰콰콰콰!

형운이 바닥을 찍자 충격파가 주변을 휩쓸었다. 유성우를 피하느라 허공에 떴던 교주가 자연체로 그것을 받아넘긴다. 하지만 바로 다음 순간, 형운이 눈앞으로 쇄도해 오며 주먹을 날렸다.

쾅!

폭음이 울리며 교주가 날아갔다. 지면에 충돌하기 직전, 겨우 낙법을 취하며 자세를 바로잡는다.

"헉, 헉……!"

문득 교주는 한 가지 사실을 깨달았다.

'숨쉬기가 어려워졌다? 이건 설마……!'

흑영신교는 귀혁의 무공에 대해서 가장 잘 알고 있는 집단 중에 하나다. 그에게 당하고 살아 돌아온 자들의 목격담을 모아서 꾸준히 자료를 만들어왔으니까.

그렇기에 교주는 중압진에 대해서도 알고 있었다.

'진짜 노림수는 이것이었나?'

광풍혼을 확장시켜서 일정 권역에 그를 가둔 채로 무지막지한 기공파 폭격을 계속한 것은, 은밀하게 중압진을 펼쳐서 그를 붙잡기 위함이었단 말인가? 워낙 강맹한 공세를 아슬아슬하게 피하느라 전혀 눈치채지 못했다!

'안 돼. 이대로는 당한다.'

교주는 지금껏 경험해 보지 못한 감정에 사로잡혔다. 경험해 보지 못했기에 정의할 수 없는 그 감정은 바로 절망이었다.

정신에 생긴 균열이 기세를 흐트러뜨렸다. 그로써 아슬아슬하게 유지되던 균형이 일거에 무너졌다.

"잡았다."

쿠우우우웅……!

교주가 틈을 보이는 순간, 형운은 조금씩 그의 호흡을 갉아먹고 있던 중압진을 일거에 개방했다. 교주의 몸이 물속에 빠진 것처럼 느려지는 가운데 형운의 전신에 응축된 기운이 광포하게 쏘아져 나온다.

콰콰콰콰콰콰!

전방을 완전히 휩쓰는 파도와도 같은 공격이다. 그런데 교주는 그것을 막았다.

'그렇군.'

그것을 본 형운의 눈이 빛났다.

'그게 네 바닥이구나!'

교주가 형운의 공격을 막은 것은 신기에 가까운 기예가 아니었다. 흑영신의 가호를 끌어내는 비장의 한 수였다. 악귀의 형상이 일어나면서 섬광의 파도를 마계로 보내 버렸다.

그 앞에서 형운의 몸이 크게 회전하며 솟구쳤다. 선풍각을 날리는 듯 제자리에서 치솟는 형운을 보며 교주가 혼란스러워했다.

'어째서?'

숨 쉴 틈도 없이 몰아치다가 어째서 이런 틈을 보이는가?

알 수가 없다. 그러면서도 교주는 거의 반사적으로 공격을 가했다. 아슬아슬하게 흑영신의 가호를 이끌어낸 지금, 이런 허점을 찌르지 않을 수 없었다.

"…역시. 사부님은 언제나 옳아."

형운이 중얼거렸다. 그 말에 교주의 등골을 타고 오싹한 한기가 내달렸다.

그리고 교주의 몸이 앞으로 확 끌려갔다. 마치 스스로 공격하는 기세를 이기지 못한 것처럼.

'무엇이냐?'

그럴 리가 없다. 망설임이 있었기에 교주는 이 공격에도 모든 힘을 다하지 않고 한발 물러나 있었다. 그런데 어째서?

'중압진—흡성충천(吸星衝天)!'

광풍혼과 중압진이 하나로 엮이면서, 영향권 내에 있는 모든 것을 중심부에 있는 형운을 향해 끌어들였다. 타점이 어긋난 교주의 공격이 거기에 휘말려서 엉뚱한 곳으로 날아가 버렸다.

귀혁의 가르침이 뇌리를 스쳐갔다.

'흔히 위기라고 생각하는 순간이 기회라고 하지. 분명 그 말은 옳다. 옳은 말이니까 이용해 주는 것이야말로 인간의 지혜가 아니겠느냐?'

궁지에 몰린 자에게 희망을 보여준다면 거기에 끌려갈 수밖에 없다.

거세게 교주를 몰아쳐 바닥을 본 형운은 그를 끌어들이기 위해 일부러 틈을 보였다. 너무나도 먹음직스러운 허점, 그리고 찌르지 않았다가는 충분한 여유를 두고 힘을 모은 형운이 무엇을 할지 모른다는 공포감.

이 두 가지가 더해져, 교주는 망설임 가득한 공격을 가할 수밖에 없었다. 그리고 그 순간 감극도 무심반사경이 지금의 형운이 할 수 있는 최고의 반격을 이끌어냈다.

'아!'

닥쳐 올 운명을 직감한 교주가 눈을 부릅떴다.

"······!"

비명을 지를 새도 없이, 태양 같은 섬광이 어둠을 사르며 폭발했다.

3

쿠구구구구구…….

무지막지한 힘이 폭발하고, 그리고 자욱하게 일었던 흙먼지가 서서히 가라앉았다.

전장에 있던 모든 자의 시선이 거기에 못 박혔다. 그 한가운데서 형운이 중얼거렸다.

"…지독하군."

형운이 바라보는 곳에는 한 사람이 만신창이가 된 몰골로 서있었다. 그 품에 의식을 잃은 채 안겨 있는 것은 바로 교주였다.

으르렁거리는 목소리가 흘러나왔다.

"감히 교주님의 존체를 해하다니, 영원토록 지옥불에서 고통받을 놈……!"

교주가 한서우의 상대로 붙였던 암천령이었다. 검은 태양이그려진 가면을 쓴 그는 그 아래서 처절한 살기를 뿜어내고 있었다.

교주가 흑영신의 가호를 끌어내면서 현계와 마계의 경계가열렸다. 그것이 암천령에게는 천운이었다. 간발의 차이로 현계로 돌아와서 교주를 구할 수 있었으니까.

하지만 그 대가는 컸다. 현계에서 마계로 밀려오는 형운의 기공파를 우격다짐으로 돌파해야 했고, 그 직후 형운이 발하는 무시무시한 공격을 교주를 대신해서 몸으로 받아야 했다.

형운이 신음처럼 중얼거렸다.

"사령인……."

암천령 역시 사령인이었다. 찢어진 옷 틈으로 드러난 신체는 이미 인간의 것이 아니다. 새카만 기운의 응집체가 인간의 몸 비슷한 형체를 이룬 채 일렁거리는 모습은 섬뜩했다.

그뿐만이 아니다. 그의 몸을 구성하고 있던 기운이 안개처럼 풀려나와서 주변을 감싸고 접근을 막는 결계를 구성한다.

'여기서 끝을 내야 해.'

놀람으로 잠시 주춤했던 형운은 곧 정신을 다잡았다. 이놈들은 여유를 줬다가는 또 무슨 짓을 할지 모른다. 그렇게 판단하자마자 연속으로 주먹을 내질러서 소나기처럼 기공파를 쏘아내었다.

파파파파파!

하지만 소용없다. 암천령의 결계가 기공파를 남김없이 막아 낸다. 그것을 본 형운은 전신에 기운을 끌어 올린 채 그대로 뛰어들었지만…….

펑!

달려들던 기세 그대로 튕겨 나왔다.

"으윽!"

겨우 자세를 잡은 형운은 간담이 서늘해졌다. 감극도가 아니면 머리통이 날아갈 뻔했다. 결계가 자신을 밀어낼 것까지는 예상했다. 그런데 그걸 돌파하려고 힘을 모으는 순간 주변에서 암천령의 분신이 셋이나 나타나서 동시다발적으로 공격을 퍼부을 줄이야.

"그걸… 막다니……!"

암천령도 놀랐다. 이 결계는 암천령 자신을 이루는 기운을 펼쳐 낸 것, 즉 생명을 불태우는 결과물이다. 이 속에서 나타나는 분신들은 일순간이나마 암천령과 대등한 능력을 발휘한다. 그런데 형운 같은 애송이가 그 공세를 받아내다니?

"호오. 이거 기대 이상인데?"

그때 재미있어하는 목소리가 들려왔다. 형운이 목소리의 주인을 보며 말했다.

"무사하셨군요."

"설마 내가 저딴 놈들한테 당했을라고."

피식 웃으며 말한 것은 한서우였다. 마계로 날아가서 암천령, 흑염랑과 싸우던 그도 현계로 돌아온 것이다.

하지만 여유로운 태도와는 달리 그도 좀 지쳐 있었다. 내상도 완치되지 않은 상태로 격전을 벌였으니 그럴 수밖에. 마계에서 흑영신의 가호를 받는 암천령과 흑염랑의 힘은 무시무시했으며 마계에서 나타나는 모든 것이 그들의 편이었다.

"뭐, 조금만 더 있었으면 짐승 한 놈은 완전히 골로 보낼 수 있었는데……."

그가 살벌하게 미소 지었다.

"대신 흑영신교주를 잡는 게 낫겠지?"

"뜻대로 되지 않을 것이다……!"

암천령이 상처 입은 짐승처럼 으르렁거렸다. 섬뜩한 기세가 흘러나왔지만 한서우는 위축되기는커녕 그를 조롱했다.

"그 몸으로 뭘 하겠다고? 마계에서 개떼처럼 달려들 때도 별거 아니었던 놈이."

"이 목숨은 오로지 구주를 위해서 쓰기 위해 준비된 도구이니……."

한서우는 그의 말이 끝나기를 기다리지 않았다. 한 걸음 내딛는 것과 동시에 무극의 권이 발동, 그의 몸이 거대한 어둠으로 화해 암천령과 교주를 관통했다. 암천령의 생명을 불태우는 결계조차도 무극의 권 앞에서는 종잇장과도 같았다.

"……!"

그러나 통하지 않는다. 사라진 것으로 보였던 흑영신의 가호가 아슬아슬하게 되살아나면서 교주와 암천령을 지켜낸다.

암천령의 품 안에서, 흐릿하게 눈을 뜬 교주가 숨을 헐떡이며 말했다.

"목적한 바는… 이루었느니……."

"뭐라고?"

한서우가 경악했다. 지금 그가 무슨 말을 하는 것인가? 사경을 헤매느라 정신이 혼란스러워져서 내뱉은 말일까?

"빙령은, 이미 우리 손에……."

교주의 입가에 희미한 미소가 걸려 있었다. 변명의 여지가 없을 정도로 철저하게 패배했다. 그러나 자신의 패배가 곧 흑영신교의 패배는 아니다.

암천령이 말했다.

"위대하신 분이여, 연옥에서 보필할 수 있는 건 여기까지인 듯합니다."

"안식의… 어둠으로……."

"흑암정토(黑暗淨土)에서 뵙겠습니다. 아직 고통받으실 당신의 곁에 끝까지 머무르지 못하는 것을 용서하시길."

푸화아아아아악!

그 말을 끝으로 암천령의 몸이 산산조각 났다.

비유가 아니다. 정말로 갈가리 찢어져서 형체를 잃었다.

우우우우우……!

동시에 마기가 해일처럼 몰려들었다. 전장을 가득 메우고 흐르던 검은 안개가 흐릿해지면서 암천령이 존재하던 자리에 어마어마한 마기가 응집된다.

어둠이 거대한 기둥이 되어 치솟았다. 지상에서 솟아나 하늘까지 닿는 그 기둥을 본 형운은 자기도 모르게 생각했다.

'탑?'

그렇다. 그것은 흡사 먹으로 거대한 탑의 윤곽만을 그려낸 것 같았다.

모두가 넋을 잃고 그 사악한 경이를 바라보았다. 너무나도 압도적인 광경에 이성이 마비되어 버렸다.

"맙소사."

천하의 한서우조차 할 말을 잃었다. 지금 이 설산을 뒤덮은 기환진은 천하의 절진이라 할 만한 수준의 이적이다. 그 절진을 이루었던 힘이 남김없이 한곳으로 모이면서 공간이 일그러진다.

교주가 꿈결에 잠긴 것처럼 중얼거렸다.

"연옥의 모든 것이 모두 헛되노니, 만휘군상(萬彙群象)이 허상이로다."

그 주문을 들은 한서우가 다급하게 외쳤다.

"모두 피해! 아니면 막고! 경계가 무너지는데 끌려 들어가면 죽어!"

기환진 내부는 지독한 마기로 인해 현계와 마계의 경계가 흐릿하다. 이제 암천령이 그 목숨을 던져 팔대호법에게 각인되는 영적인 힘을 연소시키니, 교주는 그 불씨를 이용해서 거대한 비술을 완성했다.

시간제한이 걸려 있던 기환진을 유지하기를 포기한다. 대신 기환진을 받치던 힘을 한곳으로 그러모아서, 극한의 마기로 현계와 마계의 경계를 완전히 허문다.

"형운!"

서하령이 비명처럼 외쳤다. 눈앞에서 펼쳐지는 이적에 정신이 팔려 있던 형운이 퍼뜩 정신을 차렸다.

"큭!"

형운은 곧바로 일행의 곁으로 몸을 던졌다. 동시에 전심전력으로 그들을 보호하기 위한 호신장벽을 펼쳤다. 광풍혼이 올올이 풀려나와서 주변을 뒤덮는 거대한 반구형 장막을 형성했다.

그리고 하늘과 땅을 잇는 거대한 어둠의 탑이 붕괴하면서, 그것을 이루었던 어둠이 해일처럼 주변을 집어삼켰다.

"……!"

사방이 어둠의 격류에 삼켜진 가운데 모두가 비명을 지르고 바락바락 악을 썼다. 하지만 천지를 뒤덮은 굉음 때문에 아무것도 들리지 않는다.

세상 모든 게 끝장나 버리는 것 같은, 영원처럼 길게 느껴지는 순간이 끝난 것을 알아차리도록 도운 것은 한 줄기 빛이었다.

"달이……."

죽을힘을 다해 호신장벽을 펼쳤던 형운이 넋을 잃고 하늘을 올려다보았다.

계속해서 먹으로 칠해놓은 것처럼 짙은 어둠에 가려졌던 밤하늘이 제 모습을 드러냈다. 물러가는 어둠 속에서 달이 창백한 빛을 흩뿌리고 그 곁에서 별들이 하나둘씩 모습을 드러낸다.

다들 할 말을 잃고 멍청하니 밤하늘을 올려다보았다. 너무나도 당연한 밤하늘이 지금 이 순간에는 오히려 비현실적으로 아름다워 보였다.

"아!"

기묘한 정적을 깬 것은 누군가가 놀라서 낸 목소리였다.

"마교 놈들이 사라졌다!"

그 말에 다들 깜짝 놀라서 주변을 살폈다. 그리고 그 말이 사실임을 깨닫고 경악했다.

그 많은 흑영신교도들이 죄다 자취를 감추었다. 해치워도 해치워도 계속 나타나던 환마들도 마찬가지였다. 심지어 흑영신교도들은 시체조차 남기지 않았다.

다들 뭔가에 홀린 기분이었다. 이래서야 마치 단체로 악몽이라도 꾸었던 것 같지 않은가?

형운이 아연해하며 중얼거렸다.

"맙소사. 그 인원이 한순간에 다 사라졌어?"

4

어둠이 지배하는 밤이 끝나고, 동이 터오면서 낮이 시작된다.

아주 당연한 진리다. 하지만 백야문에 머무르는 모든 사람은 지난 사흘간 이 진리를 의심해 볼 만한 상황에 처해 있었다.

"아, 해 뜨는 게 왜 이렇게 반갑냐."

일찌감치 일어난 형운은 숙소에서 나와서 동이 터오는 걸 보면서 중얼거렸다. 워낙 부지런한 생활을 해왔기에 수백 번도 넘게 일출을 보았다. 하지만 지금 이 순간 보는 일출은 그 어느 때보다도 반가웠다.

"너랑 같은 감상을 공유한다는 게 왠지 기분 나빠."

"…아침 댓바람부터 보자마자 한다는 소리가 그거야?"

어느새 밖으로 나온 서하령의 밉살맞은 소리에 형운이 투덜거렸다. 그리고 물었다.

"근데 찬바람 맞으러 나와도 괜찮겠어? 푹 쉬어두지 그래?"

"해 뜨는 게 보고 싶어서."

"그렇군. 그래도 오래 나와 있지 마."

형운이 쓴웃음을 지으며 말했다.

서하령은 교주와의 격전에서 큰 내상을 입었다. 막대한 내공을 지니게 된 형운이 운기를 도와주어서 그나마 상태가 나아지기는 했지만 당분간은 정양해야 했다.

"하지만 이런 분위기에 여기 계속 머무르기는 그렇고… 미리 연락을 보내두는 게 낫겠지."

형운이 중얼거렸다.

이번 일로 백야문은 만신창이가 되었다. 도저히 손님들을 머무르게 둘 수 없을 정도로.

간밤에 태상문주 오운혜가 죽었다. 흑영신교의 팔대호법과 정예들을 상대로 싸우면서 내상을 입었고, 마지막 순간에 다른 교도들을 지키느라 힘을 다 써버렸다. 그녀의 아흔 살 생일잔치 대신 장례식을 치르게 된 것이다.

그 외에도 많은 백야문도들이 죽었으며, 가장 중요한 것은······.

'빙령은 결국 강탈당했지.'

문파의 비밀이니 백야문에서 말해주지는 않았다. 하지만 형운은 그 사실을 확신했다. 간밤에 몸 안에 머무르다가 사라진 빙령의 분신체가 잔향처럼 남긴 사념 때문이다.

손님으로 와 있던 문파들도 피해가 컸다.

죽 함께해 왔던 동문 중에 흑영신교의 첩자가 숨어 있었다는 사실은 모두에게 충격이었다. 그들의 배신으로 인해 다들 큰 희생을 치러야 했다.

피해가 크기는 별의 수호자도 마찬가지다. 흑영신교의 첩자는 없었지만, 이번 싸움으로 11명이 죽고 서하령과 마곡정을 포함해서 8명의 중상자가 나왔다.

"하아."

형운이 한숨을 쉬었다.

여기까지 여행하는 동안 일행 모두의 얼굴과 이름을 익히고 친근하게 말을 건넬 수 있게 되었다. 그런 사람들이 이번 일로 목숨을 잃었다고 생각하니 가슴에 무거운 납덩이가 내려앉은 기분이다. 간밤에는 시신을 수습하고 이런저런 일을 처리하느라 거의 자지 못했다.

문득 서하령이 말했다.

"네 책임 아니야."

"……"

"어쩔 수 없는 일이었잖아. 넌 할 만큼 했어. 죽었다 살아 돌아오기도 했고."

"이야, 너한테 위로를 받다니 색다른 기분인데? 살다 보니 이런 날도 다 있네."

형운의 말에 서하령의 표정이 뾰로통하게 변했다. 그녀가 흥하고 코웃음을 치고는 몸을 돌렸다.

그리고 그녀와 교대하듯이 마곡정이 나왔다.

"음? 누나는 왜 저래?"

"어울리지 않는 말을 하고 나서 그걸 지적받자 밀려오는 부끄러움을 참지 못해……."

거기까지 말하던 형운의 손이 전광석화처럼 움직여서 휙 하고 날아드는 돌멩이를 받아냈다. 서하령이 들어가다 말고 돌을 주워서 던졌던 것이다.

"야, 서하령. 이런 거 머리에 맞으면 자칫하다간 죽어."

"그냥 맞고 죽지 그랬어? 이런 녀석을 걱정한 내가 바보지."

서하령은 찬바람 쌩쌩 부는 독설을 던지고는 들어가 버렸다. 형운이 돌을 던졌다 받았다 하며 피식 웃었다.

"이래야 하령이답지."

"아주 누나 신경을 노골적으로 긁는구만. 너 그러고도 몸이 성하냐?"

"음. 하령이가 종종 곡정이 너라면 맞았을 걸 나는 안 맞아서 짜증 난다던데."

"……"

"넌 좀 괜찮냐? 상태 많이 안 좋았잖아."

"그럭저럭 괜찮아."

"내상도 심할 텐데 센 척하지 말고 쉬어라. 곧 먼 길 가야 할 텐데."

"젠장. 넌 그동안 또 뭘 처먹었길래 내공이 그렇게 무지막지해진 거야?"

그 말에 형운이 쓴웃음을 지었다. 마곡정은 형운에게 패한 뒤 고향까지 와서 지옥훈련을 했건만, 다시 만난 형운은 상상을 초월한 수준으로 성장해 있었다.

"나도 의외로 기연이라는 거랑 인연이 있었단 말이지."

"…뭐어?"

"그렇게만 알아둬."

형운의 말에 마곡정이 툴툴거리며 몸을 돌렸다. 강한 척하고는 있었지만 역시 내상 때문에 찬바람 맞으며 서 있기가 힘들었던 것이다.

잠시 혼자서 해가 뜬 동쪽을 보던 형운이 불쑥 말했다.

"누나."

"네."

자연스럽게 가려간 모습을 드러냈다. 형운이 그녀를 보며 물었다.

"몸은 괜찮아요?"

"전 크게 부상을 당하지 않아서 괜찮습니다."

"그래도 많이 피로할 텐데 좀 쉬어줘요. 적들도 물러갔고 하니까 여기 안에 있는 한 위험할 일도 없고."

"아닙니다. 이런 때야말로 주의해야 합니다. 어제만 해도 배신자들이 속출했는데, 싸움이 끝난 후를 노리고 그런 자들을 남겨두지 않았으리라는 보장이 없습니다."

"음."

그 말에는 일리가 있었다. 형운이 말했다.

"그래도 뭐, 저도 유사시에 제 한 몸 지킬 수는 있다고요. 너무 무리하지 말고 쉬어줘요. 곧 먼 길 가야 하는데……."

"안 됩니다. 공자님은 바보니까요."

"엥?"

형운이 깜짝 놀랐다. 다른 사람도 아니고 가려가 자신에게 이런 말을 하다니?

놀란 형운의 시선을 받으면서도 가려는 흔들리지 않고 말했다.

"공자님은 자기 한 몸 지킬 힘이 있으시지만, 다른 사람 구하겠다고 스스로를 위험에 던져 넣는 분입니다."

"윽."

"전 그런 일… 또 겪기 싫습니다."

"……."

그렇게 말하는 가려는 복면을 쓰고 있어서 표정을 알아보기 어렵다. 하지만 형운을 바라보는 눈은 왠지 울 것 같아 보였는 지라 형운은 한숨을 쉬고 말았다.

"미안해요."

"……"

"사실 말하고 싶은 게 하나 더 있었는데, 음. 이런 분위기에서 말하기 어색하네. 저 사부님한테 가려 누나를 달라고 하려고 요."

"네?"

뜻밖의 이야기에 가려가 눈을 크게 떴다. 형운이 겸연쩍은 듯 볼을 긁적였다.

"여태까지 제 밑에 직속으로 사람을 안 두고 살았는데, 이제 는 좀 신경을 써볼까 해서요. 누나를 영성 호위대가 아니라 제 밑으로 옮겨달라고 말씀드리려고 해요."

"……"

"아, 물론 누나가 싫다면 그만두겠지만……."

"아닙니다."

멍청하니 형운을 바라보던 가려가 황급히 말했다.

"저, 저는 괜찮습니다. 공자님 직속이 되어도 하, 하는 일은 변하지 않을 테니……."

"아니, 단순히 앞날을 생각하면 좋지 않을 수도 있어요. 제가 어떻게 될지 알 수 없으니까요. 차라리 영성 호위대에서 차곡차 곡 경력을 쌓는 편이 안정적이고……."

"아닙니다. 저, 저는 좋습니다."

형운이 망설이는 기색을 보이자 가려가 한 번 더 못을 박았다. 그 말에 형운이 감격했다.

"고마워요, 누나."

형운이 이런 결정을 내리게 된 것은 이번 일로 사람을 책임진다는 무거움을 배웠기 때문이다. 그리고 불철주야 자신을 지키느라 고생하는 가려에게 뭔가 해주고 싶었다. 형운의 직속이 되면 이것저것 배려를 해줄 수 있게 된다. 귀혁의 대제자인 형운에게는 그 정도 권한이 있었으니까.

"고맙다는 말은 제가……."

얼굴을 붉힌 채 말하던 가려가 흠칫했다. 기분 나쁘고 위압적인 기운, 즉 마기가 느껴졌기 때문이다.

"…공자님, 물러나십시오."

"괜찮아요, 누나. 긴장 푸세요."

그녀가 긴장하는 것을 보면서도 형운은 태연했다.

"누나가 왜 그러는지 알아요. 하지만 적이 아니에요."

"흠. 귀신같이 알아차리는군?"

그 말과 함께 불쑥 한 사람이 나타났다. 한서우였다.

형운이 말했다.

"선배님 기운은 워낙 독특해서 알아보기 쉬워요. 흑영신교 놈들이랑은 전혀 다른데요?"

"마기의 향취를 구분할 수 있나? 기감이 굉장히 예민……."

거기까지 말하던 한서우가 고개를 갸웃했다.

"아니, 너 그렇게 섬세한 놈 아니잖아? 그런데 그게 구분이 되냐?"

"음, 처음 보는 사람은 모르겠는데 한번 본 사람은 왠지 딱 구분이 가네요. 이것도 이번 일로 얻은 능력인가?"

"거참. 편리한 기능을 장착했군."

그때까지도 가려는 바짝 얼어붙어 있었다. 그녀가 불안해하며 형운을 보았다.

"공자님, 이게 어떻게 된 일입니까?"

"오해하기 쉬운 상황이라는 건 아는데, 이 선배님은 어제 우리랑 같이 싸운 분이에요. 누나를 도와주시기도 했죠. 팔객의 일원이신 혼마 한서우 선배님이에요."

"혼마 한서우?"

가려의 눈이 휘둥그레졌다.

마인을 사냥하는 마인, 온 세상의 마인 중 단 하나의 예외라는 한서우에 대해서는 가려도 많은 이야기를 들었다. 그중에는 불사의 권능을 가져서 세월이 그를 비껴간다는 것도 있었는데 설마 그 말이 사실이었단 말인가?

가려가 말했다.

"…공자님께 듣고 싶은 이야기가 많습니다."

"얼마든지 해드릴게요. 걱정 마세요. 갈 길은 멀고 이야기할 시간은 얼마든지 있으니까."

형운은 웃어 보였다.

잠시 두 사람을 지켜보던 한서우가 입을 열었다.

"작별인사나 해둘까 하고 왔다. 너 말고 인사할 만한 사람 딱히 없더라만. 영광으로 생각해라. 새파란 애송이 녀석한테 인사하겠다고 내가 몸소 찾아왔으니."

"그거 정말 영광이긴 한데… 왠지 슬프게 들립니다?"

"마인 팔자가 서러운 건 숙명이지. 검후는 나를 보자마자 칼부터 빼 들 거고, 선검은 좀 말이 통하기는 하는데 지금 찾아가 볼 분위기는 아니더군."

"……."

아끼던 수제자가 죽었으니 그럴 만도 하리라. 가신우의 죽음을 떠올린 형운의 얼굴이 어두워졌다.

"애송아. 너는 행여라도 마도에 미혹되지 말아라. 아무리 원한이 깊어도, 힘을 갈구하는 일이 있어도……. 여기는 발을 들이고 나면 다시는 빠져나갈 수 없는 수렁이니까."

가볍게 던지는 말이지만 그 속에는 뼈가 있었다. 형운이 진지하게 고개를 끄덕였다.

"네, 명심하겠습니다."

"그럼 인연이 닿으면 또 만나도록 하지. 귀혁에게도 안부 전하고, 음… 아, 그렇지. 너 갈 때는 일행이 하나 늘어날 거다."

"네?"

"그렇게 될 거야. 그럼."

"아니, 선배님, 잠깐만요."

당황한 형운이 불렀지만 한서우는 그대로 자취를 감추었다.

5

다음 날, 일찌감치 백야문을 떠나기로 한 형운은 태극문 일행이 머무는 곳으로 찾아갔다. 그들도 오늘 떠날 생각인지 짐을 싸고 있었다.

그곳에서 형운은 아는 얼굴을 발견했다. 소윤이었다.

"아, 저기……."

인사를 건네려던 형운은 그녀의 이름을 모른다는 사실을 상기했다. 머뭇거리는 형운의 태도로 그것을 알아본 소윤이 정중하게 자신을 소개했다.

"태극문의 소윤이라고 합니다. 은혜를 입고 찾아뵙지도 못했군요."

"전 별의 수호자의 형운입니다. 저야 별로 한 일도 없었지요."

"아닙니다. 무력한 저를 대신하여 가 사형의 원한을 갚아주신 것, 감사드립니다."

"……."

형운은 뭐라고 말해야 할지 몰라서 복잡한 표정으로 침묵했다. 잠시 그를 바라보던 소윤이 말했다.

"가 사형이… 종종 은공에 대해서 이야기했어요."

"그랬… 나요?"

"네. 별로 좋은 소리는 아니었지만."

"……."

"천하에 무서운 것도 없고 입만 열면 밉살맞게 사람 무시하는 소리만 하던 가 사형이 누군가에 대해서 이야기하면서 이를 바득바득 가는 건 처음 봤어요."

소윤이 그동안의 일을 떠올리며 미소 지었다. 하지만 눈가에는 눈물이 맺혀 있었다.

"다시 한 번 감사드립니다."

"아니에요."

형운은 어쩔 줄 몰라 하며 대답했다. 소윤은 눈물을 훔치고는 물러났다. 그 뒷모습에 어린 슬픔을 본 형운은 무겁게 한숨을 내쉬었다.

잠시 후, 형운은 다른 태극문도에게 안내를 받아서 기영준을 만날 수 있었다.

"삼가 조의를 표합니다."

"고맙네, 소협."

기영준은 초췌한 표정으로 형운의 조의를 받아들였다.

그날 밤, 흑영신교도들이 물러간 후 기영준은 가신우의 시신 앞에서 펑펑 눈물을 흘렸다. 일행을 책임지는 입장이라 한 사람의 죽음에만 슬퍼할 수도 없는 몸이었지만 그래도 애제자의 죽음 앞에서는 도저히 평정을 지킬 수 없었던 것이다. 가신우가 죽어가는 동안 눈앞의 싸움에 급급해서 아무것도 할 수 없었다는 사실이 그의 마음에 깊은 상처를 남겼다.

형운이 그에게 목함 하나를 건네었다.

"이건 약소하지만 도움이 되었으면 해서 준비했습니다."

내상을 다스리는 데 뛰어난 효과가 있는 비약과 요상약이었다. 별의 수호자의 약이 얼마나 뛰어난지 잘 알고 있는 기영준은 감사히 그것을 받았다.

"고맙군. 이번에 소협의 활약에는 정말 감탄했네. 아마 이번 일 이후로 많은 사람들이 소협에 대해서 이야기할 걸세."

"그렇게 말씀하시면 부끄럽습니다. 저보다는……."

형운은 잠시 머뭇거렸다. 기영준을 상대로 이 이야기를 해도 될지 망설여졌기 때문이다. 하지만 결국 진지한 표정으로 말을 이었다.

"가신우는 정말 대단했습니다. 아마 저는 죽을 때까지도 그 녀석이 보여준 검을 잊지 못할 겁니다."

"……."

"대협의 제자는 정말 자랑스러운 협객이었습니다. 오늘 이후로 전 어딜 가나 말할 겁니다. 제가 자라면서 본 가장 존경스러운 검은, 태극문의 가신우였노라고."

형운이 진심을 담아 건넨 말에 기영준은 말문이 막혔다. 뭐라고 말할지 몰라서 입술을 달싹이던 그는 결국 뜨거워지는 눈시울을 손으로 가리며 말했다.

"…고맙네."

"이만 물러가겠습니다. 배웅은 나오시지 않으셔도 됩니다. 부디 돌아가시는 길 평안하시길."

"소협도 그러길 바라겠네."

형운이 물러가고 나자, 기영준은 눈가에서 한 줄기 눈물을 흘리며 중얼거렸다.

"신우야, 들었느냐? 네가 그렇게 이기고 싶어 했던 소협이 저리 말하는구나. 허허. 왜 그리 조급하게 가버렸느냐? 조금만 더 이기적으로 행동했어도 아무도 너를 탓하지 않았을 텐데, 그랬을 텐데……."

6

전날 한서우가 남긴 이야기가 무슨 의미였는지, 형운은 이자령에게 작별의 예를 표하기 위해 찾아갔을 때 알게 되었다.

"…도대체 무슨 짓을 한 거냐, 애송이?"

형운이 집무실에 들어오자 이자령이 대뜸 험악한 눈초리로 노려보며 물었다.

태상문주 오운혜의 죽음 때문에 그녀는 평소 입던 백야문도 복이 아니라 하얀 상복을 입고 있었다. 슬퍼할 겨를도 없이 밀려오는 문제들을 처리하고 있는 중이리라.

그런 처지야 이해하지만 갑자기 이런 소리를 하면 황당할 수밖에 없다. 형운이 물었다.

"무슨 말씀을 하시는지 모르겠는데요?"

"시치미 뗄 생각이냐?"

"…아니, 진짜 무슨 말씀 하시는 건지 모르겠거든요?"

자신을 노려보는 이자령의 기세가 워낙 살벌해서 형운은 언제든지 공격을 방어할 수 있는 태세를 갖췄다. 그렇게 흉흉한 분위기가 짙어질 때, 불쑥 옆에서 긴장감 없는 목소리가 들려왔다.

"왜 싸워?"

"어?"

형운이 놀라서 눈을 휘둥그레 떴다. 기억에 있는 목소리였기 때문이다.

그러나 목소리의 주인을 본 형운은, 다시 광속으로 고개를 돌렸다.

"악! 유, 유설 님!"

빙령의 곁에 있을 때와 마찬가지로 알몸을 드러낸 유설이 거기 있었기 때문이다. 유설이 고개를 갸웃하더니 말했다.

"아, 몸 보여주면 곤란해한댔지?"

그녀가 그 자리에서 몸을 한 바퀴 빙그르르 돌렸다. 그러자 펑! 하는 소리와 함께 하얀 연기가 퍼져 나가더니, 소녀의 모습은 온데간데없고 한 마리 설산여우가 그 자리에 나타났다. 불그스름한 갈색 눈동자에 새하얀 털, 그리고 도톰한 꼬리를 가진 모습이었다.

'우와, 귀엽다.'

동물을 좋아하는 사람이라면 환장할 정도로 귀여운 자태였다. 형운이 왠지 가슴이 간질간질한 감각을 느낄 때 유설이 물었다.

"이러면 돼?"

"어, 네. 감사합니다."

퍼뜩 정신을 차린 형운이 흠흠 하고 헛기침을 했다.

유설이 물었다.

"근데 왜 싸워?"

"전 잘 모르겠는데요."

"이런 양심도 없는 놈. 누가 귀혁 그 작자의 제자 아니랄까 봐……."

"아니, 그러니까 왜 그런 말씀을 하시는지 모르겠다니까요?"

"문파 외인 주제에 감히 우리 문파의 성지에 흙 묻은 발로 들어간 걸로도 모자라서 빙령의 힘을 취하다니! 그러고도 문제가 뭔지 모르겠다니 어쩌면 이리도 뻔뻔할 수가 있느냐?"

"…아, 그 문제였군요."

외부에는 알려지지 않았지만 백야문은 빙령을 수호하는 것을 목적으로 한 문파다. 당연하지만 빙령이 있는 곳에는 문파 외인이 출입하는 것을 용납하지 않았다. 형운이 자기 의지로 들어간 건 아니라지만 백야문 입장에서는 문제 삼을 수밖에 없는 일이다.

'혼마 선배님은 아무렇지도 않게 드나드시는 것 같더만… 이라고 말하면 화가 폭발하겠지?

대신 형운은 다른 말을 했다.

"빙령의 힘이라면 잠깐 빌려 쓴 것뿐이라, 아니, 정확히는 빙령이 저보고 사태 좀 어떻게 해보라고 억지로 떠안겨 준 것뿐이라 지금은 없는데요?"

"음?"

"그 문제를 갖고 화를 내시면 저는 억울해요. 손님으로 왔다가 마교 놈들한테 날벼락 맞은 것만으로도 모자라서 도와드린 다음에 비난을 받아야겠습니까?"

"애송이가 감히… 그 사부에 그 제자 아니랄까 봐 한 마디도 안 지는구나."

"제가 져 드려야 할 국면이 아니니까요. 제가 억울하다는 건 유설 님도 알 거예요. 그쵸, 유설 님?"

"응? 뭐가?"

유설이 고개를 갸웃하는 바람에 형운과 이자령 둘 다 맥이 빠졌다. 형운이 한숨을 참으며 말했다.

"제가 빙령의 힘을 탐내서 취한 게 아니라는 거, 유설 님은 아시잖아요. 그리고 그거 빌려줬다가 도로 가져갔다는 것도."

"아, 그거? 응. 맞아."

"들으셨죠?"

"몸 안에 좀 기운이 많이 남기는 했지만, 정수는 회수해 갔어."

"……."

유설이 천진하게 덧붙인 말에 형운의 표정이 굳었다. 이자령의 눈매가 한층 날카로워졌다.

"오호라, 그랬군?"

"…아니, 그건 어쩔 수 없는 문제라고요. 제가 비난받을 문제가 아니라고 봅니다!"

빙령과의 감응으로 형운의 내공 수위는 7심을 이루었다. 또한 빙령의 분신체는 일시적으로 8심 수준의 내공을 다루게 해주었을 뿐만 아니라 막대한 힘의 잔해를 형운의 체내에 남겨두었다. 그 기운은 분명 앞으로 형운의 내공이 다음 단계로 나아가는 데 큰 도움이 되리라.

형운을 싸늘한 눈으로 노려보던 이자령이 말했다.

"과연 그런 문제일까?"

"제가 이런 말을 하고 싶지는 않은데… 제가 그 힘으로 흑영신교주를 패퇴시키고, 제자분의 목숨도 구하지 않았습니까?"

"음."

그 말에 이자령의 기세가 좀 수그러들었다. 어쨌거나 손님으로 온 형운이 그들을 위해 큰일을 해준 것은 사실이었다.

형운이 한숨 섞인 목소리로 말했다.

"빙령에 관한 문제가 귀문에 있어서 중요한 문제임을 압니다. 그러니 맨입으로 넘어가겠다고는 하지 않지요. 추후에 백야문을 위한 비약을 준비하지요."

"일월성단이라도?"

"…아, 그건 제 권한으로 어쩔 수가 없는 물건이라 좀."

형운이 슬그머니 시선을 피했다. 이번에 일행이 큰 피해를 입기는 했지만 형운이 혁혁한 공을 세운 것도 사실이다. 그러니 웬만한 비약이라면 백야문에 조의도 표할 겸 내주게 할 수 있겠지만 일월성단은 무리였다.

이자령이 말했다.

"공짜로 받아 가겠다는 의미는 아니다. 대가는 따로 지불하지. 구매권을 따내주는 정도도 못 할 정도로 무능한가?"

"으음, 그렇게 말씀하신다면……."

일월성단은 별의 수호자에서 외부에 내주는 것 자체를 엄격하게 통제하고 있는 물건이다. 그래서 천유하의 경우처럼 황실에서 명령이 내려오기라도 하거나 혹은 큰 정치적 거래가 있지 않고서야 구매 자체가 불가능했다.

형운이 한숨을 쉬었다.

"그건 제가 한번 힘을 써보지요. 하지만 장담은 못 합니다."

"귀혁의 제자 주제에 무능한 소리만 골라서 하는군."

"제가 사부님 제자기는 한데 별로 힘이 있는 위치는 아니라서요. 원하시는 건 일월성단─달이겠지요?"

"잘 아는구나."

해와 달과 별의 일월성단 중 백야문의 무공에 가장 잘 어울리는 것은 달이다. 궁지에 몰린 형운이 고민했다.

'으, 이거 진짜 내가 말해서 될 문제가 아닌데… 이번 빙령 건도 있고 하니 성존님께 어떻게 비벼보면 안 될까?'

아마 별의 수호자를 통틀어서 성존을 이런 문제로 떠올리는 사람은 형운뿐일 것이다. 귀혁조차도 형운의 생각을 들으면 어이없어하리라.

표정을 수습한 형운이 말했다.

"삼가 조의를 표합니다."

"제일 먼저 나왔어야 할 말이 이제야 나오다니."

'댁이 다짜고짜 시비를 거니까 그렇지!'

형운은 울컥하는 마음을 애써 눌러 참았다. 이자령이 말했다.

"손님으로 와서 우리 문의 일에 휘말려든 것은 사과한다. 먼 길 무사히 가길 기원하지."

"감사합니다."

"그것과는 별개로 문제 삼을 게 또 있는데…….."

'또 뭔데?'

형운이 고개를 들었다. 그러자 이자령이 어느새 책상 위에 올라가 있는 유설을 가리키며 말했다.

"…빙령지킴이께서 너를 따라가고 싶다고 하는 건 어떤 연유인지 설명해 주지 않겠나?"

"설명했는데?"

유설이 고개를 갸웃했고, 형운이 놀랐다.

"네? 그게 무슨 말씀이죠?"

"빙령지킴이께서 말씀하시길, 해와 달과 별을 한 몸에 품은 그릇이 과연 모든 것을 품을 수 있는 그릇인지 지켜보기 위해 따라가야 한다는데…….”

“응. 그래서 내가 가기로 했어.”

“…들었지?”

이자령의 눈빛이 말하고 있었다. 그녀가 유설에게 예를 표해야 할 입장이라 말을 못 하고 있지만 ‘무슨 소린지 하나도 못 알아듣겠으니 네놈이 알아먹게 설명해 봐라’ 라는 뜻이 강렬하게 전해져 온다.

형운이 말했다.

“저도 지금 이 자리에서 처음 듣는 일입니다.”

“지금 말했으니까.”

뭐가 문제냐는 듯한 유설의 말에 형운은 한숨을 참고 자신의 생각을 말했다.

“…뭐, 짐작 가는 이유가 없는 건 아닙니다. 왠지 빙령이 저를 선택해서 힘을 빌려줬던 것과 같은 이유가 아닐까요? 그 이유가 정확히 뭔지는 저도 짐작을 못 하겠습니다만.”

“음…….”

이자령이 눈살을 찌푸렸다.

형운이 물었다.

“근데 유설 님, 저를 따라가신다고요?”

“응. 안 돼?”

“여기를 떠나시면 곤란한 거 아닌가요?”

“괜찮아. 빙령지킴이 자리도 하나 비어서 내가 가기로 한 거야.”

아무래도 빙령이 여러 개 있고, 백야문이 도둑맞은 것은 그중 하나에 불과한 모양이다. 형운은 놀랐다.

'하나가 아니라는 건 알았지만… 도대체 몇 개나 있는 거지?'

빙령과 감응했을 때, 그것이 사람의 이해를 초월한 존재임을 느꼈다. 그런 것이 이 설산에 여럿 있었다니 놀랄 수밖에.

이자령이 말했다.

"애송이, 빙령에 대한 것을 어디 가서 발설하면 죽여 버리겠다."

"으음. 알고 있습니다. 다만 사부님께는 감출 수 없을 것 같습니다만?"

"귀혁은 이미 알고 있으니 됐다."

화를 낼 것을 각오하고 한 말이었는데 이자령은 의외로 순순히 받아들였다.

"그리고 귀혁에게는……."

뭔가 덧붙이려던 이자령은, 잠시 망설이다가 결국 고개를 저었다.

"아니, 아니다. 빙령지킴이님을 잘 부탁한다. 그분을 대접하는 데 소홀함이 있었다가는 백야문의 분노를 받게 될 것이야."

"명심하겠습니다."

형운이 물러가고 나자 이자령이 짜증 가득한 목소리로 중얼거렸다.

"어떤 의미에선 사부보다 한술 더 뜨는 놈이군."

7

백야문은 만신창이가 되었다.

태상문주 오운혜를 비롯해서 많은 문도들이 죽었는데 그중에는 이자령의 제자도 두 명이나 포함되어 있었다. 사람의 희생도 희생이지만 문파의 존재 이유라고 할 수 있는 빙령을 흑영신교가 강탈해 간 것은 회복 불가능한 상처였다.

'반드시 되찾아 와야 한다.'

흑영신교는 혼란을 틈타서 별동대를 잠입시켰고, 결국 백야문 지하에 안치되어 있던 빙령을 훔쳐 내고야 말았다. 꽁꽁 감춰놓았다고 생각했지만 흑영신교는 결국 그 위치를 파악했던 것이다. 격렬한 전투 중에도 빙령을 지키고 있던 문도들, 그리고 빙령지킴이로 거하던 영수까지 모조리 살해당했다.

불행 중 다행인 것은 빙령이 하나가 아니라는 점이다. 설산에는 다섯 개의 빙령이 있었고, 흑영신교가 강탈해 간 것은 그중 가장 작은 빙령이었다.

세월이 흐르면서 설산의 기운이 끊임없이 고이면 한계까지 그릇을 확장한 빙령은 분화해서 새로운 빙령을 낳는다. 그리고 그렇게 낳은 빙령을 백야문에서 직접 보관했다.

'그렇다고 해도 사특한 놈들이 갖기에는 너무나도 위험한 힘.'

무엇보다 백야문의 일원으로서 빙령이 마교의 손에 넘어갔다는 사실에 분통이 터진다.

고뇌하는 이자령을 진예가 찾아온 것은 흑영신교가 물러간 지 열흘째 되는 날이었다.

"사부님."

진예는 흑영신교주와의 일전으로 극심한 내상을 입어서 한동안 거동조차 제대로 할 수 없었다. 그러다 겨우 두 발로 서서 돌아다닐 만해지자 곧바로 이자령을 찾아왔다.

"이제는 좀 괜찮아졌나 보구나."

이자령은 진예의 회복에도 기뻐하는 기색을 보이지 않았다. 문주로서 책임져야 할 일이 너무 많았다. 그리고 그녀보다 오랫동안 가르치면서 정을 주었던 제자가 둘이나 죽어버렸다.

아직도 안색이 창백한 진예가 말했다.

"부탁드릴 게 있어요."

"무엇이냐?"

"부디 제게 빙백설야검의 진수를 처음부터 다시 단련시켜 주세요."

"……."

이자령이 좀 의외라는 표정을 지었다. 진예의 입에서 이런 말을 듣는 날이 올 거라고는 생각지 못했기 때문이다.

"제 생각이 틀렸다는 것을 알았습니다. 기초부터 완벽하게 빙백설야검을 익히고 싶어요."

진예가 결의에 찬 눈으로 말했다.

흑영신교주와의 싸움에서 진예는 후회했다. 자신에게 좀 더 힘이 있었다면, 지금까지 게으름 피우지 않고 성실하게 무공 연마에 임했더라면. 그런 후회가 내내 마음을 괴롭혔다.

잠시 그녀를 보던 이자령이 짐짓 차가운 표정으로 말했다.

"말뿐인 각오는 필요 없다. 한때의 기분으로 내뱉는 말이라면 당장 내 앞에서 사라지도록 해라."

"절대 아니에요."

"지금까지 탱자탱자 놀던 녀석이 하는 말을 어찌 믿겠느냐? 과연 그 각오가 진심일지 시험해 보마. 하지만 일단은 가서 몸부터 추슬러라."

"전 지금부터라도……."

"각오가 진심이라면 닥치고 내 말에 따르도록 해라. 몸이 나으면 아주 곡소리가 나도록 굴려줄 테니. 지금까지 게으름 부린 만큼 지옥이 기다린다고 각오해라."

"…네."

살벌한 이자령의 태도에 진예가 눈치를 보면서 물러났다. 그 모습은 영락없이 이전과 똑같은 모습인지라, 그녀의 시선이 닿지 않는 곳에서 이자령의 표정이 시큰둥해졌다.

"저 녀석을 믿어도 될지 모르겠군."

분명 진예는 마음가짐이 달라질 만한 경험을 했다. 하지만 사람의 천성이라는 게 쉽게 바뀔 것인가? 이제까지 진예가 보여준 모습들을 생각하면 영 확신이 가지 않는다.

그래도 스스로 저런 말을 하는 걸 보면… 역시 조금은 기대할 수밖에 없는 게 사부의 마음인가 보다.

"사부님, 제자를 남겨놓고 훌쩍 저승으로 떠나 버리셨으니, 그곳에서 제가 저 아이를 사람 구실 하게 만들 수 있도록 보살펴 주시지요. 그러면 저 아이는 분명 제 뒤를 이어 검후라 불릴 수 있을 테니……."

이자령은 이번 일로 떠나보낸 사부에게 불경하기 짝이 없는 기도를 올렸다.

8

흑영신교주는 한 점의 빛도 없는 어둠 속에서 평안을 얻었다. 만신창이가 된 육체의 아픔을 잊고 잠에 빠져든다.

다시 눈을 떴을 때는 여전히 어둠 속이었다. 그러나 그는 이 어둠이 잠들기 전 자신을 감싸 안았던 어둠과는 다르다는 것을 안다.

"나의 반려여."

"네, 위대하신 분이시여."

교주는 자연스럽게 신녀를 불렀고, 신녀도 당연하다는 듯 대답했다.

그는 흑영신교의 성지에 있었다. 밤에도 낮에도, 어떤 빛의 침범도 허용하지 않는 어둠이 지배하는 공간.

그곳의 공기를 호흡하는 것만으로도 전신에 힘이 깃든다. 동시에 만신창이가 된 육체가 고통을 호소해 왔다.

"하하하. 이것이 연옥의 고통이로구나."

"……."

"큰 희생을 치렀다."

"예."

"네 말대로 사람이 쌓아 올린 업이 거기 있더구나. 흉왕의 제자, 그는 내 이해를 뛰어넘은 괴물이었다."

교주는 날 때부터 교주였다. 흑영신의 뜻에 따라 선택받은 여성 교도가 수호마수 암익신조와 결합하여 그를 잉태했다.

이 성지에서 그는 철저하게 존귀한 교주로서 자랐다. 스스로가 연옥의 자식임을 알지만, 그들이 살면서 겪는 많은 것들을 모르고 지나쳤다.

이제는 많은 것들을 알게 되었다. 교주는 고통을 배우고, 두려움을 깨쳤으며, 절망을 알았다.

"흑천령이여."

"예."

어둠 속에서 흑천령이 고개를 숙였다. 교주가 물었다.

"시간이 얼마나 흘렀느냐?"

"모두를 이끌고 오신 지 하루가 지났습니다."

"설산을 떠난 후로는?"

"두 달입니다."

설산에서 암천령의 희생으로 일으킨 비술은 무시무시한 결과를 낳았다.

그곳에 있던 흑영신교도들이 모조리 수천 리의 거리를 뛰어넘어 흑영신교의 성지로 이동한 것이다. 믿을 수 없는 이적이다. 하지만 그게 한순간에 일어난 일은 아니었다.

"그렇군."

교주가 쓴웃음을 지었다.

아마도 교주의 생전에는 두 번 다시 쓸 수 없을 그 비술은, 막대한 마기를 이용해서 현계와 마계의 경계를 완전히 무너뜨리고 흑영신교도들을 마계로 끌어들였다. 그리고 마계를 통해서 현계의 공간을 뛰어넘은 것이다.

하지만 현계와 마계를 오갈 때 유의해야 할 것은 환경뿐만이 아니었다. 세계의 경계를 넘을 때마다 시간의 흐름이 비틀리는 현상이 일어난다.

교주와, 그가 이동시킨 교도들에게는 한순간이었으나 현계에서는 두 달이 지났다. 그 정도로 그친 것도 다행이라고 할 수 있었다.

교주가 물었다.

"흑영의 잔을 다시 채우자면 얼마나 걸리겠느냐?"

"적어도 백 년이 걸릴 것입니다."

"목적을 이룬 것이 천만다행이로구나."

설산에 펼친 절진은 아무리 흑영신교가 대단하다고 해도 그만한 준비가 뒷받침되지 않고서는 펼칠 수 없었다.

흑영신이 직접 만들어 내린 신기(神器) 흑영의 잔. 그것은 어둠의 정기를 모아 이슬처럼 담아내는 것으로, 어둠이 지배하는 이 성지에서 수백 년에 걸쳐 힘을 비축해 왔다.

이번 일로 흑영의 잔에 모아두었던 어둠의 정기는 다 써버렸다.

교주가 물었다.

"우리가 치른 희생을 고하라."

"암천령이 죽었습니다."

"그의 가는 모습을 보았다."

"흑서령이 회생 불가능한 상처를 입었으며, 암서령은 왼팔을 잃었습니다."

"음……."

"밀영기단이 전멸했습니다. 그리고……."

흑천령의 입에서 나오는 사실은 어느 것이나 교주를 침통케 했다. 그만큼 이번에 치른 희생이 컸다.

피해 상황을 다 들은 교주가 말했다.

"형운이라……."

각오했던 것 이상으로 막대한 피해를 입은 것은 형운 때문이 었다. 그가 마지막에 나타나서 교주를 궁지로 몰지만 않았어도 훨씬 적은 피해로 목적을 이루었으리라.

교주가 말했다.

"흉왕에 이어 그의 제자까지, 2대에 걸쳐서 우리를 가로막는 시련이 되려는가. 그러나 우리는 천년의 세월 동안 시련의 바람 을 이겨내 온 거목이니, 이 또한 극복해 낼 것이다. 그리고 이번 에야말로 별의 운명을 손에 넣어 구원의 어둠을 이루리라."

제29장

성운(星運)

성운을 먹는 자

1

형운 일행은 백야문을 떠나서 별의 수호자로 향했다. 올 때와
달리 부상자가 다수 섞여 있었기 때문에 일정을 넉넉하게 잡고
이동하고 있었다.

북방 설산을 벗어난 후로 두 달간 무탈한 여정이 계속되었다.

별의 수호자 지부에 들러서 약을 조달했기에 서하령의 내상
도 많이 좋아졌고, 올 때 왔던 것과 동일한 여로를 선택했기에
딱히 위험이 없었다. 웬만한 위험은 올 때 부딪쳐서 다 치워 버
렸기 때문이다.

그렇게 총단까지 불과 두 시진 거리를 남겨두었을 때였다.

"음?"

얼어붙은 산길을 걷던 형운은 언덕 너머에서 심상치 않은 기
척을 느꼈다. 요사스러운 기운이 감각을 자극하고 있었다.

"요괴네."

형운이 그 기운의 정체를 특정하기 전에 서하령이 말했다. 형운이 고개를 끄덕였다.

"그런 것 같군. 어떤 요괴인지 모르니까 모두 대비해 주세요."

형운의 명령에 일행은 부상자들을 안에다 넣는 형태로 포진해서 언제든지 싸울 수 있는 태세를 갖추었다. 그런 형운의 어깨로 뭔가가 기어 올라온다. 새하얀 털을 가진 설산여우, 유설이었다.

"유설 님, 저 곧 싸우게 될지도 모르는데요."

형운이 난처해하며 말했다. 폭신폭신하고 귀여운 유설이 자기 어깨에 올라타 기분이 참 좋기는 한데 지금은 곧 요괴를 상대로 싸우게 될지도 모르는 상황이다.

유설이 고개를 갸웃했다.

"응? 안 싸울걸?"

"네?"

"요괴는 꼼짝도 못해. 근데 이상해."

"뭐가요?"

그렇게 묻던 형운은 마곡정이 자기 옆으로 나서는 걸 보고는 말했다.

"너도 좀 뒤에서 상황을 두고 보지그래? 내상도 아직 다 안 나았으면서."

"이제 멀쩡해. 나보고 이래라저래라 하지 마라. 내가 너한테 명령받을 이유 없어."

"일단 이 일행의 책임자는 나다만?"

"큭……."

지당한 형운의 말에 마곡정이 눈살을 찌푸렸다. 형운이 콧방귀를 뀌었다.

"너한테 딱히 명령할 생각은 없는데, 명령을 따라주는 다른 사람들한테 민폐니까 부상자답게 좀 지켜보기나……."

거기까지 말하던 형운의 눈이 휘둥그레졌다. 마곡정은 이놈이 왜 이러나 싶어서 그의 시선을 따라갔다가 똑같은 표정을 짓고 말았다.

"…저거 뭐야?"

언덕 너머에 흡혈목(吸血木) 한 마리가 있었다. 평소에는 평범한 나무로 보이지만 원한다면 뿌리를 다리처럼 써서 자유자재로 돌아다닐 수 있고 가지를 팔처럼 쓸 수 있는 요괴였다. 험악한 눈코입이 달렸으며 사냥감을 잡아서 그 피를 취하고 사는 흉악한 심성을 가졌다.

전원이 무공을 익힌 일행 입장에서는 별로 놀랄 만한 존재는 아니다. 형운이 공력 좀 실어서 한 대 쳐 주면 우지끈 부러져서 죽을 수준밖에 안 되니까.

하지만 그 흡혈목이 허공에 둥둥 뜬 채로 홀린 듯한 표정을 짓고 있는 걸 보면 어안이 벙벙할 수밖에 없다.

유설이 눈을 휘둥그레 뜨며 말했다.

"요괴의 요기(妖氣)가 빠져나가고 있어……."

허공에 뜬 채로 축 늘어진 흡혈목의 몸에서 핏방울이 스며 나오면서 주변에 검붉은 안개를 형성하고 있었다. 실로 기괴한 광경이다.

그 앞에 한 노인이 서 있었다. 심각한 표정으로 흡혈목을 바라보는 노인은 언뜻 보기에는 생김새나 차림새나 그냥 잘사는 집안의 점잖은 어르신으로 보였다.

요괴 앞에 이런 노인이 있으면 다들 기겁해서 구하러 가야 할 것이다. 그러나 형운은 물론이고 누구도 그런 생각을 하지 않는다.

그도 그럴 것이 아무리 봐도 저 기괴한 광경을 일으킨 주체가 노인으로 보이지 않는가?

"역시 아직은 안 되는군. 요괴는 요괴인 채로 두어야 한다니, 내가 이렇게나 무능하구나."

노인이 혀를 차며 고개를 저었다. 그가 몸을 돌리는 것과 동시에······.

파작! 쿠쿠쿵!

흡혈목이 산산조각으로 흩어져서 떨어졌다. 그 주변을 휘감고 있던 피 안개가 얼어붙은 산길 위로 후두두둑 떨어져서 섬뜩한 붉은 흔적을 그려낸다.

그 광경에 눈길을 빼앗겼던 형운은 다음 순간 기겁했다.

"헉!"

분명히 10장(약 30미터)도 넘게 떨어져 있던 노인의 얼굴이 코앞까지 다가와 있었다.

'뭐야? 무슨 일을 당한 거지?'

노인이 바로 앞까지 다가올 때까지 전혀 몰랐다. 움직임을 보지 못한 것은 물론이고 기척조차 느끼지 못했다.

있을 수 없는 일이다. 감극도는 형운의 인식조차 초월해서 상대의 움직임을 잡아내는 무공이다. 그런데 노인의 접근을 전혀 눈치채지 못했다는 게 말이 되는가?

형운이 자기가 뭔가에 당했다고 판단한 근거가 그것이다. 만약 노인이 사술로 자신의 정신을 잠시 제압했다거나 한다면 그의 접근을 눈치채지 못한 것도 납득이……

'아냐. 아무것도 안 당했어.'

하지만 곧 형운은 그 추측을 부정했다. 주변 사람들의 움직임이 근거다. 그들의 움직임은 연속성이 끊이지 않았다.

'그럼 도대체… 이 사람은 뭐지?'

이해할 수가 없다. 형운은 자기도 모르게 공격할 뻔한 것을 가까스로 눌러 참았다. 왠지 그랬다가는 큰일 날 거라는 예감이 들었기 때문이다.

"흠. 확실히 신기한 녀석이구나. 이게 별의 수호자에 전설로 전해져 내려온다는 일월성신인가? 말도 안 되는 기운의 그릇이군그래. 꽤나 격이 높은 영수께서 따라다니실 만도 해."

형운을 빤히 들여다보던 노인이 웃으며 말했다. 입 다물고 있을 때는 근엄해 보였는데 웃고 있으니 장난기가 많은 성격으로 보인다.

형운이 식은땀을 흘리며 물었다.

"…실례지만 어르신은 누구십니까?"

"무작정 손을 올리지 않는 걸 보니 참을성이 있구나. 사부가 잘 가르쳤어. 귀혁은 워낙 오만방자해서 남을 가르치는 데는 별로 재주가 없을 것 같았는데 그렇지도 않았나 보군. 무공도 잘

하고 만드는 것도 잘하고 심지어 가르치는 것까지 잘한다니, 내가 이런 말을 하기는 그렇지만 참 재수 없는 놈이로고."

"……."

귀혁을 잘 아는 투로 말한다. 형운은 한층 더 긴장했다. 하지만 순간 노인이 멀어졌다.

'어?'

또다. 이번에도 그가 움직이는 중간 과정을 놓쳤다. 1장(약 3미터) 정도 물러났는데 걷거나 뛰는 동작이 전혀 없었다. 눈을 깜빡한 것도 아닌데 어느새 멀어져 있다.

노인이 빙긋 웃으며 말했다.

"보통은 까마득한 후배가 먼저 이름을 대라고 해야겠지만 난 네가 누군지 다 알고 왔으니 그럴 필요는 없겠지. 나는 이현이라고 한단다. 네 사부하고는 아무런 원한도 없고 너를 핍박할 생각도 없으니 안심하거라."

그의 태도가 너무 천연덕스러워서 형운은 물론이고 다들 반응이 한 박자 늦었다. 잠시 후, 모두들 경악의 눈으로 그를 바라보았다.

"환예마존(幻藝魔尊)……!"

무상검존 나윤극과 함께 강호의 쌍극이라 불리는 기환술사, 100년도 더 전에 성운의 기재로 태어나 강호의 풍운을 이겨낸 환예마존 이현이 그들의 앞에서 재미있다는 듯 웃고 있었다.

2

귀혁은 최근 기분이 좋았다. 형운과 서하령이 무사히 돌아온 다는 소식을 전해 들었기 때문이다.

뿐만 아니라 백야문에 가서는 대활약을 펼쳤다고 한다. 흑영 신교가 대공세를 펼쳤다는 사실을 알았을 때는 간담이 서늘해 졌지만, 형운이 흑영신교주를 물리치는 혁혁한 공을 세웠다는 소식을 듣고는 가슴을 쓸어내렸다.

'거참. 내가 제자 소식에 일희일비하게 될 줄이야.'

귀혁은 스스로의 변화가 놀라웠다.

그는 살면서 누군가 때문에 안절부절못해 본 경험이 없었다. 하지만 형운을 제자로 들이고 나서는 모든 게 변했다.

제자의 일거수일투족에 신경을 곤두세우고 감정이 오락가락 하다니 예전 같으면 한심하다고 했겠지만……

'나쁘지 않아.'

지금은 그런 생각이 든다.

형운이 오면 듣고 싶은 이야기가 정말로 많았다. 처음으로 강 호에 나간 제자가 무엇을 겪고 느꼈는지 밤을 새워서라도 다 듣 고 싶었다.

'그러고 보니 이제 녀석도 술 정도는 해도 될 나이군.'

형운의 나이도 벌써 열여덟 살이다. 사부로서 제자와 술잔을 기울여 가면서 이야기를 나눠보는 것도 나쁘지 않을 것이다. 오 히려 지금까지 그런 시간이 한 번도 없었다는 것이 이상하다는 생각이 들었다.

곧 형운 일행이 귀환했다는 소식을 들은 귀혁은 거처를 나갔 다. 마음 같아서는 한달음에 달려가 보고 싶었지만 주변의 눈길이 있어 그러지는 못하고 느긋하게 걸음을 옮겼다.

그러나 실로 오랜만에 기다리던 누군가를 만난다는 생각으로 들떴던 마음은, 그곳에서 기다리고 있던 얼굴을 보는 순간 다른 감정으로 변했다. 귀혁은 눈살을 찌푸리며 그를 바라보았다.

"…마존께서 제 제자에게 무슨 볼일이십니까?"

"허허. 오랜만이군, 귀혁. 인사도 나누기 전에 대뜸 그렇게 노려보긴가?"

형운과 인사를 나누기도 전에, 그 뒤를 따라다니고 있던 환예 마존 이현과 눈이 마주쳤다.

다른 곳에서 그를 보았다면 이렇게 민감하게 굴지는 않았을 것이다. 그러나 하필이면 별의 수호자 총단에서, 그것도 조금 전에야 긴 여정을 끝내고 귀환한 형운을 따라왔다는 점이 신경을 곤두세우게 만들었다.

이현이 말했다.

"자네 제자가 이번 대의 흑영신교주를 패퇴시켰다는 소문이 강호를 진동시키기에 보러 왔을 뿐일세. 그 외에 이런저런 볼일도 있어서 겸사겸사. 어쨌든 자네 제자를 해코지할 마음은 없으니 걱정 말게."

"흠, 그렇군요. 실례했습니다."

"천하의 귀혁이 제자를 이렇게나 끔찍하게 위하는 걸 보니 신선하군. 역시 세상은 오래 살고 볼 일이야."

"……."

귀혁의 표정이 구겨졌다. 조금 전까지 그 사실을 자각하고는 기분 좋게 받아들이고 있었거늘, 이현에게 놀림 섞인 지적을 받으니 기분이 나빠진다.

이현이 말했다.

"어쨌든 사제의 상봉을 방해한 건 사과함세. 어차피 여기 온 김에 볼 사람이 자네뿐만은 아니니 그쪽부터 찾아가 보도록 하지. 당장 성존께서 내게 시선을 두고 계시구먼."

그리고 이현의 모습이 신기루처럼 사라졌다. 어른들끼리의 대화에 끼어들 수가 없어서 엉거주춤하게 서 있던 형운이 그제야 안도의 한숨을 쉬었다.

"사부님, 지금 돌아왔습니다."

"…잘 돌아왔다."

귀혁이 빙긋 웃으며 제자를 맞이했다. 이현 때문에 살짝 기분이 상하기는 했지만 형운의 무사한 모습을 보니 절로 입가에 미소가 떠올랐다.

'이제 어른이 되어가는군.'

형운이 백야문에 다녀오는 동안 거의 4개월 정도가 흘렀다. 길다면 길고 짧다면 짧은 기간이다. 하지만 그동안 떨어져 있다 보니 형운이 많이 달라진 것처럼 보였다. 예전보다 키도 좀 컸고 한 일행을 이끄는 사람답게 의젓한 풍모를 갖추었다.

문득 처음 만났을 때, 아직 어렸을 때의 형운의 모습이 겹쳐져 보였다. 정말 아무것도 없고 누구나 그에게 장래성이 없다고 말했던 5년 전.

그때 과연 누가 지금의 형운을 상상했을까? 귀혁조차도 어렴풋한 목표를 그렸을 뿐, 이런 모습으로 자라준 것에 놀라고 있었다.

형운이 말했다.

"환예마존께서는 무서운 분이시군요."

"무슨 일을 당했느냐?"

귀혁이 흠칫하며 물었다. 그러자 형운이 손사래를 쳤다.

"아, 제가 무슨 일을 당해서 그런 말을 하는 건 아니고요. 오다가 뵙게 되었는데… 음. 과연 강호의 전설이 될 만한 것 같아요."

형운은 이현을 만난 과정과 여기까지 오는 동안 나눈 대화를 귀혁에게 말해주었다.

"그건 축지법이다."

"축지법이요?"

"그래. 지난번에 운희 님이 쓰시던 것과 비슷하다. 다만 운희 님은 타고난 능력을 발전시킨 것인 데 비해 마존께서는 기환술을 연마한 끝에 시공의 이치를 깨달아 가능하게 된 것이지."

환예마존 이현은 강호에 존재하는 모든 기환술사의 정점에 서 있는 자였다. 보고자 하면 자리에 앉은 채로 천 리 밖을 내다보고 가고자 하면 한달음에 천 리 길을 갈 수 있다고 전해지는데, 귀혁이 아는 한 그런 풍문도 아주 과장되기만 한 것은 아니었다.

"한 걸음씩 걸어 다닌다는 개념이 별로 없는 분이다. 앞으로는 그러려니 하거라."

"솔직히 진짜 무섭더라고요."

"그럴 만하지. 하지만 내 입장에서는 요괴를 원래대로 되돌리는 방법을 실험했다는 점이 더 무섭구나."

이현을 처음 만났을 때, 그는 흡혈목을 상대로 알 수 없는 짓을 하고 있었다. 형운은 그게 도대체 뭐였는지 짐작조차 할 수 없었고 이현이 무서워서 물어볼 엄두를 내지 못했다. 심지어 서하령조차도 마찬가지였다.

그러나 유설은 강한 호기심을 드러내면서 이현에게 이것저것 물어보았고, 이현도 기꺼이 의문에 답해주었다.

그는 기(氣)의 본질에 대해서 탐구하는 과정에서 요괴가 탄생하는 과정에 주목했다. 그래서 요괴를 이루는 구성 요소 중에 요기만을 분리해 낼 수 있다면 요괴가 탄생하는 과정을 거꾸로 거슬러 올라갈 수 있지 않을까 하는 발상을 실천에 옮겨보았던 것이다.

귀혁이 말했다.

"기의 성질을 변화시키는 것, 보다 본질에 가깝게 바꿈으로써 정화 이상의 효과를 내는 것 등은 나도 여러 가지 가설을 세우고 실험해 보았지만… 요괴에게서 요기를 분리해서 추출해내다니 상상을 초월하는군. 저 분야에서는 아무래도 기환술을 기반으로 하는 게 무학을 기반으로 하는 것보다 유리한 입장에 설 수밖에 없나."

"…사부님도 그런 걸 하실 수 있으세요?"

"불가능하지. 나는 훨씬 복잡한 절차를 밟아서 우회적인 방법으로 시도했었다. 그것조차도 쉽진 않아서 성공 사례가 없었지. 심상경에 이르러 스스로와 상대를 기화(氣化)할 수 있다고 하더라도 그건 어디까지나 성질상의 문제, 예를 들면 압도적인 열로 물이 끓는 과정조차 보이지 않고 바로 증발해 버리는 것과 비슷한 상태의 변화란다. 하지만 마존께서 시도했다는 일은……."

"……."

아무래도 이현이 한 일이 귀혁에게는 굉장히 흥미로운 일이었나 보다. 무학자로서, 그리고 성운을 먹는 자 일맥을 계승한 연구자로서 머리가 핑핑 돌아가는지 어려운 이야기가 줄줄 쏟아져 나온다.

형운은 그중에 채 일 푼도 이해할 수가 없어서 입을 벌린 채 멍청한 표정을 짓고 있었다. 자기만의 세계에 빠져 버리는 바람에 한참 떠들어댄 후에야 그런 형운의 표정을 알아차린 귀혁이 물었다.

"음? 형운아. 왜 너다운 표정을 짓고 있느냐?"

"저다운 표정이 뭔데요?"

"방금 전까지는 굉장히 의젓해졌다고 생각했는데, 어째 내가 굉장히 잘 아는 네 표정이 보여서 반갑구나."

"사부님께서 너무 좋은 말씀을 해주셔서요. 감동한 나머지 그만. 이 좋은 말씀 혼자 듣지 말고 다른 사람한테도 소개해 주고 싶네요."

형운이 툴툴거리자 귀혁이 피식 웃었다. 왠지 이제야 형운이 돌아와서 자기 앞에 서 있다는 실감이 났다.

귀혁이 물었다.

"첫 강호 출도 감상이나 말해보거라."

"음……."

그 말에 형운은 잠시 고민하다가 말했다.

"사람들 책임진다는 거, 진짜 보통 일이 아니네요."

"이제야 알았구나."

"진저리가 날 정도로요. 조묵 아저씨를 붙여주신 걸 정말 감사하게 생각하고 있어요. 많이 배웠죠."

"네가 그리 말하니 조묵에게는 포상을 내려야겠구나."

"음. 그리고……."

형운의 표정이 어두워졌다.

"부상으로 은퇴할 분들과 사망자들의 유족들에게도 보상을 해줘야겠지요."

"……."

백야문을 공격한 흑영신교와의 싸움에서 형운이 이끄는 별의 수호자 일행도 많은 피해를 입었다. 열한 명의 사망자, 그리고 중상자 여덟 명 중에 두 명은 은퇴하게 되었다.

무인으로 살다 보면 다들 각오해야 하는 일이다. 하지만 그들을 책임졌던 입장에서 가슴이 아팠다. 시간이 지나면서 마음을 가라앉힐 수 있었지만 한동안은 잠도 제대로 자지 못했다.

귀혁이 잠시 형운을 바라보았다.

자신도 젊은 시절에 겪었던 일이다. 그리고 자신의 제자라는 신분을 가진 이상 형운도 언젠가 겪을 수밖에 없었던 일이었다.

"수고했다. 일단은 마무리를 하고 쉬도록 해라. 그러고 나면 듣고 싶은 이야기가 많구나. 네 몸에 대한 것도 그렇고……."

귀혁은 한눈에 형운의 상태가 달라졌음을 알아보았다. 흘러나오는 기파만 봐도 범상치 않은 느낌이다. 고작 4개월가량 떨어져 있었을 뿐인데 그동안 백야문에서 대체 무슨 일이 있었던 것일까?

"저 영수님에 대한 것도 그렇고."

귀혁이 한쪽으로 흘끔 시선을 던졌다. 그곳에는 왠지 기력을 잃고 축 늘어진 유설이 있었다.

"아, 그건……."

"지금 설명할 필요는 없단다. 이야기할 시간은 얼마든지 있을 테니까. 일단은 할 일부터 하거라."

"네."

형운은 귀혁에게 읍하고는 한참 짐을 내리고 있는 일행들에게로 돌아갔다.

3

형운이 여정의 뒷마무리를 하고 사람들을 해산시켰을 때는 이미 해가 저물 무렵이었다.

돌아왔을 때는 좋았지만 일행의 책임자로서 보고부터 시작해서 이런저런 일을 하고 보니 진이 빠졌다. 차라리 누구랑 싸우는 게 편하지, 결정권자가 되어서 이런 일을 하는 건 정말 피곤했다.

하지만 그런다고 대충 할 수도 없는 일이다. 보고 사항만 해도 일행들의 공로를 어떻게 인정받느냐, 죽거나 다친 이들에게 어떤 보상을 해줄 수 있느냐와 직결되는 문제인 것이다. 조묵이 많이 도와주었기에 망정이지 안 그랬으면…….

'상상하기도 싫군.'

한숨을 쉬면서 자신의 거처로 돌아오자 예은이 반갑게 맞아주었다.

"공자님! 돌아오셨군요!"

"다녀왔어."

형운도 활짝 웃었다. 예은을 보니 정말 돌아왔다는 실감이 나서 절로 미소가 지어진다.

넉 달 정도 못 봤을 뿐인데 예은도 많이 자랐다. 여전히 열여섯 살로는 안 보이지만, 전에 일월성신 이룰 때 한동안 쓰러져 있던 때와 마찬가지로 매일 볼 때는 몰랐던 변화가 확 눈에 들어온다.

'예뻐졌네.'

그런 생각이 들었다.

예은이 말했다.

"무사히 돌아오셔서 정말 다행이에요. 다치신 데는 없어요?"

"괜찮아."

사실 많이 다쳤지만 지금은 다 나았다. 굳이 그런 이야기를 해서 걱정시키고 싶지 않았기에 생략했다.

문득 예은이 말했다.

"저기, 그런데……."

"응?"

"그 여우는 뭔가요?"

형운의 어깨에 설산여우의 모습을 한 유설이 매달려 있었던 것이다. 왠지 지치고 힘들어 보이는 기색으로 축 늘어진 채였다.

"아, 이분은……."

"이분?"

"이런 모습이기는 하지만 영수님이거든. 앞으로 내 거처에서 지내시게 될 거야."

"영수님이라고요?"

예은의 눈이 휘둥그레졌다. 영수에 대해서 이야기는 많이 들었지만 이렇게 가까이서 직접 보는 건 처음이다. 신기한 기분이었다.

"근데 아픈, 아니, 아프신 것 같은데……."

영수라는 걸 알자마자 존대를 한다. 형운이 말했다.

"아, 그게… 여기가 너무 덥다고 하시더라고."

"더워요? 여기가요?"

별의 수호자 총단은 주변에 쳐진 결계의 효과로 계절의 변화와 상관없이 춥지도, 덥지도 않은 상태를 유지한다. 기온과 습도 모두 사람이 가장 생활하기 편한 수준이다.

문제는 유설이 북방 설산 출신이라는 것이다.

혹한을 당연시하고 심지어 그 기운을 이용하기까지 하는 그녀에게 이 '사람이 살기 좋은 환경'은 힘들기 짝이 없었다. 그나마 밖에 있을 때는 계절이 겨울이라 괜찮았는데 총단에 들어오자마자 급격하게 기운을 잃기 시작했다.

형운이 말했다.

"기환술사분들께 부탁드려서 유설 님을 위해서 뭔가 해야겠어. 하지만 일단은 내 거처에 있는 걸 써야지. 그거 아직 밖으로 옮기지는 않았지?"

"그거라면… 아하. 네, 아직 안쪽 방에 있어요."

딱 집어서 뭐라고 말하지는 않았지만 예은도 금방 알아들었다. 형운은 예은을 따라서 안쪽 방으로 향했다.

"아?"

방문을 열자마자 축 늘어져 있던 유설이 눈을 반짝 떴다. 열린 문을 통해서 희미한 냉기가 느껴졌기 때문이다. 마치 얼음을 쌓아둔 것처럼…….

형운이 그 냉기의 근원을 보면서 말했다.

"다른 데로 보내지 않기를 잘했네. 다시 가져오기도 힘들었을 텐데."

"공자님 침실에서 여기로 옮기는 데만도 다들 힘들어했거든요. 그래서 꼭 내가라는 지시가 없으면 일단은 여기에 두기로 결정했었지요."

그것은 예전에 형운이 수면 수련(!)용으로 썼던 빙청옥(氷靑玉)으로 만든 침상이었다.

자체적으로 얼음보다도 차가운 한기를 발하는 이 침상은 형운이 일월성신을 이룬 후로는 더 이상 쓰지 않았다. 하지만 워낙 무거운 데다가 냉기를 발하는 특성상 함부로 옮기기도 힘들었다. 그래서 다른 방에다가 옮긴 뒤 냉기가 새어 나가지 않도록 결계를 설치해 두었던 것이다.

"와."

유설이 폴짝 뛰어서 빙청옥 침상에 올라갔다. 조금 전까지와는 달리 물 만난 고기처럼 활기가 넘친다.

예은이 깜짝 놀랐다.

"어, 그냥 올라가시면 얼어서 달라붙을지도 모르는데……."

"괜찮아."

"아."

유설의 입에서 나온 말에 예은이 깜짝 놀랐다. 영수라고 듣기는 했지만 겉으로 보기에는 새하얀 여우로밖에 안 보이는데 소녀의 목소리가 튀어나오자 굉장한 이질감이 들었다.

"이거 너무 좋아."

예은이 그러거나 말거나 유설은 신나서 빙청옥 침상 위를 데굴데굴 굴러다녔다. 그녀에게 이 빙청옥은 정말 최고의 보물이었다.

형운이 웃으면서 말했다.

"유설 님, 죄송한데… 제가 어르신들도 찾아뵙고 말씀도 드리고 해야 해서 그런데 여기서 좀 기다려주시겠어요?"

"응. 이거 좋아. 기다릴게."

유설이 눈을 반짝반짝 빛내는 걸 본 예은이 숨을 삼켰다.

'귀, 귀엽다아…….'

폭신폭신해 보이는 새하얀 털, 도톰한 꼬리, 그리고 동그랗고 불그스름한 갈색 눈동자의 조화는 당장에라도 안아보고 싶은 욕구를 자극했다. 형운도 같은 감정을 느끼면서 유설을 바라보다가 헛기침을 했다.

"그럼 혹시 먹고 싶은 거라든가, 뭐 필요한 게 있으면 예은이에게 말해주세요. 예은아, 부탁해."

"아, 네."

예은은 좀 당혹스러워하면서 고개를 끄덕였다. 윗사람을 시

중드는 거야 그녀의 전문 분야이긴 하지만 그 대상이 영수인 경험은 이번이 처음이다. 그러다 보니 뭘 어떻게 해야 할지 알 수가 없었다.

그런 당황스러움은 형운이 거처를 나선 후에는 아주 심각해졌다.

"아, 남자한테만 안 보이면 됐댔지?"

"네?"

예은이 영문을 몰라 물었을 때였다. 유설이 두 발로 일어나더니 제자리에서 핑글핑글 돌았다. 펑 소리와 함께 새하얀 연기가 퍼져 나가고……

"……."

그 속에서 모습을 드러낸, 자신과 비슷한 또래의 소녀를 본 예은은 경악한 나머지 입만 뻐끔거렸다.

희미하게 잿빛을 띤 백발에 백옥 같은 피부, 그리고 설산여우의 귀와 꼬리를 가진 소녀가 망측하게도 알몸을 드러낸 채로 옆으로 누웠다.

"배고프다아. 단거 있어? 단거?"

"아, 그게… 저어……."

상상도 못 한 사태에 예은은 울상을 짓고 말았다.

4

서하령은 할아버지에게 인사를 올리자마자 긴 이야기도 나누지 않고 귀혁을 찾아왔다.

형운이 일을 마치고 오기를 기다리던 귀혁은 예상치 못한 그녀의 방문에 놀라서 물었다.

"이 장로님께서 섭섭하시지 않더냐?"

"전 그런 말씀보다는 무사히 돌아와서 다행이라고 말씀해 주시는 쪽이 더 좋아요."

"그렇구나."

귀혁이 쓴웃음을 지었다. 하지만 훈훈한 이야기를 건네기에는 서하령의 표정이 좀 많이 심각하다.

"큰일을 치렀구나. 아직 내상이 다 낫지 않은 것 같은데 돌아다녀도 괜찮은 것이냐?"

"내상약을 먹고 운기조식을 한 번 하자마자 온 거예요. 귀혁 아저씨에게 꼭 여쭤보고 싶은 게 있어요."

"그게 뭔지는 모르겠지만… 아마 이 장로님께서 너를 붙잡지 않고 보내주실 만한 이유겠구나."

"네."

"물어보거라."

"성운을 먹는 자란 대체 뭘 의미하는 건가요?"

"흠……."

귀혁의 표정이 진지해졌다.

아직 그는 서하령을 정식으로 일맥의 계승자로 받아들이지 않았다. 이 문제에 대해서는 이 장로와 이야기가 끝나지 않았기 때문이다. 그런 입장을 잘 알고 있을 서하령이 단도직입적으로 물어오니 살짝 당혹스러웠다.

서하령이 말을 이었다.

"제가 이걸 여쭤보는 이유는 흑영신교주 때문이에요. 백야문에서 있었던 일은 어디까지 들으셨나요?"

"지금까지 보고된 것들은 다 보았다."

흑영신교주가 성운의 기재인 서하령, 진예, 가신우를 연달아 패퇴시켰으며 가신우는 어린 나이에 유명을 달리했다. 그렇게 무위를 입증한 흑영신교주를 형운이 쓰러뜨렸다는 사실이 목격자들을 통해 강호로 퍼져 나가고 있었다.

별의 수호자에 전달된 보고는 좀 더 자세했다. 형운 일행이 지부에 들러서 세부적인 내용까지 전달, 그쪽에서 정리된 정보가 기환술로 일찌감치 총단까지 도착했기 때문이다.

서하령이 말했다.

"그렇다면 흑영신교주가 무슨 말을 했는지도 아시겠지요."

"성운을 먹는 자가 될 것이라고, 그렇게 말했다지?"

"네. 그리고……."

"역시 그렇게 되었군."

서하령이 말을 잇기 전에 불쑥 끼어드는 목소리가 있었다. 서하령은 깜짝 놀라서 목소리가 들려온 곳을 바라보았다.

'기척이 전혀 없었는데.'

천라무진경을 익힌 그녀의 감지 능력은 다른 무인들과는 격을 달리한다. 그러나 분명히 조금 전까지는 없었던 한 사람이 방 안에 홀연히 나타날 때까지 전혀 알아차리지 못했다.

숨 쉬듯이 자연스럽게 축지의 비술을 사용하면서 공간을 뛰어넘는 기환술사, 환예마존 이현이 그 자리에 있었다.

귀혁이 눈살을 찌푸렸다.

"마존께서는 여전히 불청객이 되길 즐기시는 것 같군요."

"보고 싶은 사람만 보는 게 습관이 되어서 말일세. 뭐 그것도 그렇고 이번에는 성존을 뵙고 성몽 속에서 나가야지, 하는데 두 사람이 이야기하는 게 들려서 바로 온 것뿐이네."

이현은 멋대로 의자를 찾아서 앉더니 말했다.

"그나저나 노인네가 손님으로 왔는데 아무것도 내오지 않을 셈인가? 괜찮은 술 정도는 대령해야지."

"……."

서하령은 어안이 벙벙했다. 이런 사람은 처음이다. 모든 면에서 상식을 초월하는 데다가…….

'뻔뻔해.'

굉장히 낯짝이 두꺼운 노인네였다.

귀혁은 대놓고 혀를 차고 있었다. 연장자를 앞에 두고 할 만한 행동이 아니건만 얼굴에 짜증이 풀풀 풍겨난다. 그러면서도 손을 슥 들어 올리니 벽에 진열되어 있던 술병 하나가 허공섭물로 잡혀서 이현의 앞으로 휙 날아갔다.

이현이 그걸 척 하고 잡더니 반대쪽 손을 든다. 그러자 거기에 어느새 술잔이 나타나는 게 아닌가?

"하여간 예나 지금이나 어른을 대하는 예절이 부족한 놈이고. 늙은이에게 술병 하나 던져 주고 자작하게 시키다니, 나윤극을 좀 본받거라."

"그놈은 마존께 받아먹은 것도 많고 앞으로도 받아먹을 게 많아서 마존께 무슨 일을 당해도 살살 웃으면서 손바닥에 불이 나도록 비비는 거고, 딱히 아쉬운 게 없는 저는 그럴 이유가 없습니다. 마존께서 좀 인세의 어르신답게 손님으로서의 예를 갖춰주신다면 저도 태도를 달리하도록 하지요. 남의 이야기를 엿듣는 불청객에게 비싼 술을 대접하는 것만으로도 저 스스로를 예의의 화신이라고 부르고 싶습니다만."

"여전히 한 마디도 안 지는구만. 하긴 그래야 귀혁답지."

이현이 클클 웃으면서 술잔을 기울였다. 확실히 돈 주고도 구경하기 힘들 각별한 향기와 맛을 자랑하는 술이 흥취를 돋우어 준다. 그가 물었다.

"백리 장군의 이야기는 들었는가?"

"들었습니다."

"어디까지?"

"황실의 비호만 믿고 거만하던 놈이 마교의 무리들에게 두들겨 맞았다더군요."

"자네는 여전히 백리 장군을 싫어하는구면."

이현이 말하는 백리 장군이란 팔객의 일원으로 손꼽히는 폭성검(暴星劍) 백리검운이었다. 별의 수호자와 더불어 대륙에서 가장 거대한 금력을 소유한 백리세가의 일원이며 위진국의 장군이기도 한 남자였다.

"별 실력도 없는 놈이 배경만 믿고 까불거리는 걸 참아주다 보면 싫어하게 됩니다."

"나한테는 늘 정중하던데."

"그야 어르신께서 타고난 신분이 귀하셨던 데다가 지금은 그놈 입장상 얻어먹을 게 많기 때문이지요."

"…늘 생각하는 건데 자네가 세상을 보는 시각은 정말 심하게 비뚤어졌어."

"천명을 받은 황제 성격이 마음에 안 든다고 가문을 뛰쳐나오신 분께서 하실 말씀은 아닌 것 같습니다만?"

"어, 뭐 그거야… 젊은 날의 치기라고나 할까? 자네가 태어나기도 전의 일이라네."

세간에는 알려져 있지 않았지만 환예마존 이현은 풍령국에서 이름난 가문의 차남으로 어려서부터 출셋길이 보장되어 있었다.

하지만 장차 황제의 자리를 확정한 황태자의 성질머리가 마음에 안 든다는 이유로 입신양명의 길을 때려치우겠다고 선언, 어려서부터 자식들의 앞길을 하나하나 가문의 이익에 맞춰 통제하려고 하던(하지만 바람기가 넘쳐서 삼처사첩을 두고 사생아도 줄줄이 낳았던) 아버지와 대판 싸우고 가출해 버렸다.

분을 못 참은 이현의 아버지는 주저 없이 이현을 호적에서 파 버렸고, 그리고 그 일을 죽을 때까지 후회하게 되지만 그건 또 다른 이야기다.

귀혁이 코웃음을 치며 물었다.

"그럼 지금 와서 당시 풍령국의 황제를 모시라면 모시겠습니까?"

"내가 미쳤나? 그딴 놈을 모시느니 천명을 뒤집고 말지. 나중에 태도 안 바꿨으면 확 뒤집어엎고 내가 나라 하나 세웠을 게야."

"…참도 그러시겠습니다. 문파 관리도 못하고 제자들한테 다 떠맡기신 분이."

귀혁이 혀를 끌끌 찼다.

강호의 쌍극으로 칭송받는 환예마존 이현은 분명 불세출의 천재다. 신수들조차 주목할 정도로 빼어난 기환술의 경지를 이룩한 것은 물론이요, 자신이 쌓아 올린 지식을 제자들을 통해서 강호에 퍼뜨려서 지난 100년간 기환술의 평균 수준이 진일보했다는 평가를 받을 정도다.

하지만 귀혁이 아는 한 그도 못하는 게 있었다.

나윤극과 비교해 보면 그 차이가 일목요연하다. 지난 100년 간 강호의 전설로 군림했음에도 이현은 드문드문 제자를 두었을 뿐, 세력을 일구지 못했다.

호사가들은 이현이 세상의 명리에 관심이 없어서라고 한다. 하지만 귀혁은 전혀 그게 아님을 알고 있었다. 이현이 문파를 세우거나 그럴싸한 기환술사 조직을 만들려다가 말아먹은 것만도 일곱 번이 넘는다.

참고로 별의 수호자 총단에 이토록 놀라운 결계를 설치해 주고 정기적으로 유지 보수를 해주는 것도, 장로회에서 투자해 준 막대한 거금을 홀라당 날려먹은 과거가 있기 때문이다.

이현의 표정이 구겨졌다.

"꼭 어르신의 아픈 과거를 찔러야겠느냐? 고얀 녀석 같으니."

"찔러달라고 사정하시는 것처럼 보여서 말입니다. 전 가끔 어르신에 대해서 잘 모르는 사람들이 부러워집니다."

"왜?"

"그럼 저도 강호의 전설을 순수하게 동경하면서 뵐 때마다 영광으로 여겼을 테니 말이죠. 세상에는 모르는 게 좋은 것이 있다는 말도 아주 틀린 말은 아닌 것 같습니다."

"끄응."

자신을 흘겨보는 귀혁의 말에 이현은 할 말이 없었다. 과거에 그는 귀혁과 강호의 굵직굵직한 사건에서 자주 얽혔는데 그때 마다 지인이나 제자들을 통해서 좋지 못한 과거가 폭로되는 바람에 망신살이 뻗쳤다.

귀혁이 다른 데로 빠진 대화를 다시 제자리로 되돌렸다.

"신비로운 현자 행세는 어르신에 대해서 무지한 이들 앞에서나 하시지요. 뭐 어쨌거나, 백리가의 애송이가 마교 놈들한테 두들겨 맞고 질질 짠 건에 대해서 하실 말씀이 있으십니까?"

"제자도 잃은 사람한테 말이 너무 심한 것 아닌가?"

"그놈이 지금까지 팔객이라고 칭송받기까지 저질러 온 일들을 생각하면 이제야 역지사지(易地思之)가 어떤 의미인지 실감하고 있겠군요. 그놈에게는 한 줌의 동정심도 생기지 않습니다. 그런 사부를 모시는 바람에 목숨을 잃은 가엾은 아이에게는 애도를 금할 길이 없습니다만."

귀혁의 백리검운에 대한 태도는 북풍한설보다도 싸늘했다. 그냥 사이가 안 좋은 정도가 아니라 진심으로 경멸하는 것 같다.

귀혁이 누군가에게 이 정도로 악의를 드러내는 경우가 드문지라 서하령조차도 놀랐다.

'무슨 일이 있었던 것일까?'

귀혁은 별의 수호자 소속임을 감추고 폭풍권호로 명성을 날린 바 있다. 억울하게 눈물을 흘리는 사람을 위해서라면 천 명의 관군과 싸우는 것조차 망설이지 않았던 그가 이토록 경멸할 정도라면 분명히 그만한 이유가 있으리라.

혀를 끌끌 차던 이현이 문득 문 쪽을 보며 말했다.

"이제 이야기할 사람이 다 모인 것 같구나."

"그렇군요."

여기서는 둘이 무슨 소리를 하는 건지 당황해 줘야 할 것 같지만, 유감스럽게도 서하령도 초인적인 감각의 소유자였다. 그녀는 금세 둘의 말뜻을 깨닫고 문 쪽을 바라보았다. 그리고 문이 열리면서 한 사람이 들어왔다.

"사부님, 저 왔습… 어라?"

예상치 못한 면면들이 모여 있는 상황에 형운이 눈을 휘둥그레 떴다.

5

흑영신교가 백야문을 공격하기 한 달 전, 위진국 황실은 큰 혼란을 겪었다.

위진국의 현 황제는 지난 30년간 위진국을 다스렸으며, 이제는 슬슬 기력이 쇠하는 것을 느껴 물러날 때를 기다리고 있었다. 그러나 비교적 무탈하게 나라를 다스려 온 그는 한 가지 문제에 있어서만은 무른 모습을 보였으니, 하필이면 그 문제가 후계 문제였다.

아마 자신이 제위에 오를 때는 별 혼란이 없었기 때문이었으리라. 그에게는 위협적인 경쟁자도 없었고 그를 황제로 옹립하고자 하는 지지 세력이 압도적이었다.

그러나 이번 대에는 이야기가 달랐다.

황제에게는 열일곱이나 되는 황자와 공주들이 있었으며 그들 중 명확하게 후계자로 주목받은 이가 없었다.

중원삼국의 황제가 신수의 눈에 들어 천명을 받는 것은 황위에 오른 후다. 즉 황제가 정해지기 전까지, 황위 계승자들의 자리다툼은 인간들끼리의 일이었다.

전 황제는 은퇴를 결심하고 나서야 본격적으로 후계자들을 평가하기 시작했고 이 기간은 매우 짧았다. 그러다 보니 혼란은 필연이었는데…….

거기에 흑영신교가 개입했다.

"아마 광세천교도 개입했으리라 보이지만, 주도 세력은 흑영신교였던 것으로 판단하고 있다네."

"늘 사이가 나빴던 놈들이 이번에는 아주 사이가 좋군요. 이상한 일입니다."

"대놓고 공동전선을 펼치지는 않지만… 흠. 이 건에 대해서는 혼마의 견해를 들어봤는데…….

"아직도 그 마인 놈과 친하게 지내십니까?"

귀혁이 혀를 찼다.

그 말에 형운이 움찔했다. 여기서 한서우에 대해서 이야기가 나올 줄이야? 사부의 반응이 두려워져서 눈치를 보니, 못마땅해하는 것 같기는 한데 의외로 그 정도가 온건하다.

이현이 히죽 웃었다.

"마인이기는 해도 심성이 올바른 아이야. 그 아이가 업을 지지 않았다면 혼원교는 더욱 득세했을 것이고."

"음……."

귀혁은 못마땅한 표정이었지만 반박하지는 않았다. 형운은 그런 귀혁의 태도가 신기했다. 마인이라면 죽어 마땅한 놈이라고 잘라 말하는 귀혁조차도 한서우는 특별하게 생각하는 것일까?

이현이 말을 이었다.

"어쨌거나 그의 말로는 서로 예지를 이용해서 장기를 두는 것과 비슷한 상황일 거라는군."

"그런 이야기였군요."

"어, 저기… 죄송한데 무슨 말씀인지 여쭤봐도 될까요?"

형운은 그 말뜻을 알아들을 수 없었는지라 조심스럽게 물었다. 어른들의 말에 끼어드는 게 부담스러웠지만 형운이 들어왔을 때 귀혁과 이현이 그의 이야기를 꼭 들어봐야 한다고 말했기 때문에, 이런 부분은 알고 넘어가야 할 것 같았다.

귀혁이 설명했다.

"흑영신교와 광세천교의 공통점은 교내에 높은 지위를 가진 예지 능력자가 있다는 거다. 기환술사들 중에 천기를 짚어 예지를 좇는 자들이 있지만 그보다 훨씬 정확하게 미래를 짚어내지."

흑영신교에는 신녀가, 광세천교에도 그에 준하는 예지 능력자가 있다. 아직까지 광세천교의 예지 능력자가 누구인지는 밝혀지지 않은 부분이었다.

어쨌든 둘 다 거의 동급의 예지 능력자가 있다면, 예지를 통해서 미래를 선택하는 게 가능해진다. 이들은 그걸 이용해서 직접적으로는 손을 잡지 않으면서도 교묘한 협력 체제를 이루어 내고 있는 것이다.

형운이 혀를 내둘렀다.

"미래를 그렇게 정확히 내다본다는 게 가능한가요?"

"아주 불가능하진 않지. 기본적으로 기환술사들이 이야기하는 예지란 통찰의 극대화니까. 대부분의 사람은 자기 앞에서 벌어지는 일에만 눈길을 빼앗기지만, 남들보다 멀리, 많이 보고 변화를 예측하는 사람들이 있지 않더냐? 근데 만약 저 먼 곳에서 이 세상을 굽어보면서 사람보다 훨씬 많은 것을 한 번에 보고, 사람이 모르는 것을 알며, 그렇게 얻은 정보를 한순간에 종합해서 결론을 내릴 수 있는 존재가 있다면 어떻겠느냐?"

"흑영신과 광세천이 그런 존재라는 거지요?"

"그렇다."

귀력은 흑영신교와 광세천교의 예지 능력자들이 어떻게 앞날을 내다보는가를 명쾌하게 정리했다. 예지에 대한 것들은 언제나 두루뭉술하고 현학적으로 이야기해서 신비해 보이지만, 파고들어 보면 이해할 수 있는 이유가 존재하는 것이다.

이현이 말했다.

"어쨌거나 그놈들이 이번 황위 다툼에서 모략을 꾸몄단 말이지."

광세천교가 황실 외부로 눈길을 돌리는 사이, 흑영신교는 자신들을 드러내지 않기 위해 십 년 이상 공들여서 건너 건너의 개입로를 만들어서 몇몇 황위 계승자에게 접촉했다. 능력은 부족하지만 지지해 주는 외척이 강하고 자존심이 강한 황자들을 꼬드겨서 무력 충돌을 유발한 것이다.

절묘한 시점에 사건을 격발시켜서 위진국 황실은 대혼란에 빠졌다.

그리고 이 틈을 타서 흑영신교는 백리세가에서 나와 있던 백리검운과 그 제자, 성운의 기재 사검우를 덮쳤다.

"설마 황실의 제위 다툼에 개입한 게 미끼였을 거라고는 아무도 상상 못 한 게지."

흑영신교의 노림수는 대혼란 속에서 흑영신교주와 사검우가 일대일로 자웅을 결할 무대 만들기였다. 좀처럼 성지를 떠나지 않는 것으로 알려진 흑영신교의 수호마수 암익신조가 인간의 모습으로 나타나 백리검운을 압도하는 동안, 흑영신교주는 너무나도 쉽게 사검우의 목숨을 취했다.

"십 년 이상 공들여서 만들어놓은 개입로를 통째로 날려 버리면서까지 교주로 하여금 성운의 기재와 일대일로 자웅을 결하게 한다. 아무리 봐도 이상하지 않은가? 도대체 그 이유를 알 수가 없었는데, 아무래도 이 아이들이 답을 가져온 모양이야."

"성운을 먹는 자……."

서하령이 신음처럼 중얼거렸다. 이현이 빙긋 웃었다.

"그래. 성존께서 저지르신 죄로 인해 사람이 짊어진 업, 거기에 사특한 마교 놈들이 눈독을 들인 것 같구나. 그게 무엇인지 이야기하기 전에… 일단은 너희가 겪은 일을 들려주지 않겠느냐?"

이현은 형운과 서하령에게 흑영신교주와 싸울 때 있었던 일에 대해서 듣고 싶어 했다. 서하령과 눈짓을 나눈 형운이 어깨를 으쓱했다. 아무래도 이런 건 자기보다는 서하령 쪽이 더 잘 설명할 것 같아서였다.

서하령이 고개를 끄덕인 다음 당시의 일을 설명했다.

"흑영신교주는⋯⋯."

6

이야기는 길어졌다. 서하령은 최대한 간략하게 줄여서 설명했지만 이현이 대목마다 세세한 부분을 짚어서 질문을 던졌기 때문이다. 몇몇 부분은 과연 이걸 외부인인 이현에게 말해줘도 되나 싶었지만, 귀혁은 이현에게는 모두 말해줘도 된다고 허락했다.

결국 원하는 사실을 다 들은 이현이 감탄했다.

"정말 대단하군. 대마수 암익신조의 혈통이며, 전설의 극마지체고, 거기에 성운의 기재라? 이번 대의 성운의 기재들은 하나같이 놀라운 면면인데 그중에서도 발군이야."

이전에 이현이 나윤극과 이야기할 때도 제기했던 의문이다.

왜 이번 성운의 기재들은 이토록 비범한가?

서하령만 봐도 대단한데 윤극성의 위해극은 그녀를 능가한다. 그리고 흑영신교주는 위해극보다도 한술 더 뜬다.

"양진아, 그 아이도 그렇고⋯ 흠. 어쩌면 이 모든 것이 흑영신교주 때문일지도 모르겠군."

"무슨 말씀입니까?"

"하늘의 저울은 언제나 균형을 가장 중시하지. 이 세상을 연옥이라 규정짓고 자신들의 뜻대로 바꾸려는 광세천이나 흑영신 같은 존재들이 천기를 뜻대로 움직여 자신들에게 유리한 뭔가를 얻어냈다면, 그 반동 역시 감내해야만 한다는 의미일세. 이 아이들의 말대로라면 이번 흑영신교주의 그릇은 역대 흑영신교주들 중 최강이라 봐도 과언이 아닐 터."

"즉 새로운 흑영신교주가 그런 그릇을 손에 넣은 반동으로 다른 성운의 기재들이 이토록 비범해졌다는 말씀입니까?"

귀혁이 묻자 이현이 고개를 끄덕였다.

"그런 말일세. 흑영신교주가 이 아이에게 했다는 말도 이 주장을 뒷받침해 주는 근거가 될 수 있겠지."

흑영신교주는 서하령에게 말했다.

'그대와 같은 존재가 우리의 적이 될 천명을 받고 태어난 것부터가 나를 세상에 내보내기 위함이었느니라.'

가장 탁월한 그릇을 손에 넣는 대가로, 자신을 가로막을 자들이 뛰어나지는 것을 감수한다.

그것이 저 아득한 영역에서 천기를 다투는 자들의 의지가 부딪친 결과라면 이번 세대 성운의 기재들의 비범함도 납득할 수 있으리라.

이현이 말했다.

"그리고 네 말대로라면 흑영신은 그것조차도 자신을 위한 포석으로 삼고자 한 것 같구나."

성운의 기재를 죽이고 그 육신에 잠재된 별의 힘을 추출해서 먹어치운다.

서하령의 이야기는 귀혁과 이현에게도 충격적이었다. 평생 성운의 기재를 능기하고자 해온 귀혁은 물론, 스스로 성운의 기재로 태어난 이현조차도 가능하리라고 상상해 본 적이 없는 일이었던 것이다.

이현이 말했다.

"자, 그러면 이제 흑영신교주가 성운의 기재들을 죽여 그들이 타고난 별의 힘을 취함으로써 이루려는 성운을 먹는 자가 대체 무엇인지를 이야기할 차례로구나. 귀혁, 자네가 하겠는가?"

"이제 와서 저한테 떠넘기십니까?"

"아무래도 자네 일맥이 5대에 걸쳐 추구해 온 목표이지 않나? 내가 나서서 알은척 말하기도 뭣하군."

"마존답지 않으시군요. 어쨌든 좋습니다. 언젠가는 이야기해 줄 생각이었으니……."

귀혁은 고개를 설레설레 젓고는 말을 이었다.

"성운을 먹는 자, 그것은 내가 이어받은 일맥의 이름이고, 5대에 걸쳐 추구해 온 목표이며… 그리고 우리를 이끄는 성존을 집착에서 해방시킬 유일한 답이다."

7

지금으로부터 천 년도 더 전의 일이다.

아직 중원삼국이 건국되지 않아서 백 개도 넘는 나라가 패권을 노리며 다투던 난세.

그 시절, 한 명의 연단술사가 있었다.

아무도 그의 이름을 모른다. 어떤 사서에도 기록되어 있지 않은 데다가 연단술사 본인조차도 잊어버렸기 때문이다.

무공의 역사를 보면 기심법이 나타나기 전까지는 훨씬 더 원시적이고 조악한 형태였다. 당시에는 아무리 뛰어난 무인이라도 혼자서는 날뛰는 마수나 환마와 대적할 수 없었다고 한다.

그리고 연단술을 보면 고대에는 그야말로 뜬구름 잡는 소리에 불과했다. 먹는 것만으로도 인간을 초월하여 영생불사할 수 있는 단약을 만든다니?

하지만 인간의 집착은 무서운 법이다. 연단술사들은 셀 수 없을 정도로 많은 시행착오를 거듭하면서 학문으로서의 기틀을 수립하고 연단술을 발전시켜 나갔다. 여기에는 기심법의 등장 이후로 폭발적으로 발전한 무학, 그리고 초기에는 인간보다는 영수들이 주도했던 기환술도 맞물려 있었다.

그러나 그것조차도 한 사람이 등장한 후에나 이루어진 일이다.

고대는 지금보다 훨씬 더 정보를 신뢰하기 어려운 시절이었다. 뜬구름 잡는 소리가 범람하지만 그것 말고는 매달려 볼 희망이 없어서 많은 사람이 인생을 허비하고, 절망하는 경우가 비일비재했다.

연단술은 그 정점에 서 있다고 봐도 과언이 아니었다. 연단술사가 되고자 이름난 연단술사를 찾아가 봤자 엉터리 잡술만 배우는 경우가 대부분이었다.

그런데 그 연단술사는 진정한 연단술을 확립했다. 그가 만든 비약들은 죽어가는 사람을 살리고, 무인이 십 년은 고련해야 얻을 수 있을 강대한 기운을 한순간에 부여했다.

그는 평생 세상을 헤매며 광활한 모래사장에 묻힌 보석 같은 지식들을 그러모았다. 거기에 자신의 경험을 더해 영역을 확장시켜 나가고, 그러한 토대 위에서 아무도 가보지 못한 영역으로 도약했다.

원래 학문과 기술은 긴 시간 동안 수많은 사람이 시행착오를 겪으면서 발전해 가게 마련이다. 역사를 돌아보면 중간중간에 획기적으로 도약하는 시점이 존재하지만 그것조차도 선대가 쌓아놓은 토대가 있기에 가능했다.

후에 이름을 잃고 성존이라 불리게 되는 연단술사는 이런 상식을 무시했다.

연금술을 학문으로 정립한 그는, 자신이 만든 학문을 사람들이 배우고 이해하기도 전에 저 멀리 내달렸다. 남들이 불을 쓰는 법, 물을 정제하는 법, 약초를 구분하고 조합하는 법을 배우는 동안 삼라만상을 이루는 기의 본질을 이해하고 그를 통해 혁신적인 도약을 이루었다.

천 년 이상이 지난 지금에 와서 보면, 그는 정말로 수천 년의 시간을 뛰어넘었다. 다른 이들이 수십, 수백 세대에 걸쳐서 나아가야 할 진도를 혼자서 나가 버린 것이다.

"…성존께서는 그때 이미 연단술이 수천 년 동안 나아가야 도달할 종착점을 보기 시작한 거다. 자신을 따르는 추종자들이 별의 수호자라는 조직을 설립하기도 전에 말이다. 그 후로 천

년도 넘게 지났는데 아직 아무도 당시 그분이 이루었던 경지에 이르지 못했지. 심지어 일월성단조차도 아무도 만들 수 없고, 천재라 일컬어지는 연단술사들조차도 그분이 만들어놓은 것을 가공할 수 있을 뿐."

"잠깐. 그게 말이 돼요?"

형운이 당황해서 물었다.

아무리 그래도 이건 말이 안 되지 않나? 물론 시대를 앞서가는 천재는 있는 법이다. 하지만 아무리 그래도 저럴 수가 있단 말인가?

이현이 끼어들었다.

"일견 말이 안 되는 것 같지만, 몇몇 분야에서는 불가능한 이야기가 아니지. 예를 들어서 무공이 그렇다. 지금의 무공은 기심법이 창안되기 전의 고대 무공과는 비교도 할 수 없을 정도로 뛰어나다. 인체에 대한 이해, 보다 효율적으로 힘을 쌓아 올리고 활용하는 방법, 그리고 다양한 상황을 상정한……."

"…무예하고는 담 쌓으신 분께서 무인이라도 되는 것처럼 말씀하시는 걸 들으니 심히 제 배알이 꼴립니다만?"

귀혁이 한마디 하자 이현이 못마땅한 기색으로 헛기침을 했다.

"흠흠! 어디까지나 이론적인 이야기 아닌가? 내가 틀린 소리하는 것도 아닌데 트집 잡지 말게."

"뭐 저도 나이를 먹고 심성이 많이 온후해졌으니, 관대하게 참아드리도록 하겠습니다."

"온후해지기는 무슨. 하여튼! 어쨌든 무공 자체만을 놓고 보면 현재가 고대보다 훨씬 뛰어난 수준까지 발전했지. 하지만 기의 본질에 얼마나 다가가 있는지를 놓고 보면 과연 그럴까? 아마 너희 둘은 고대의 그 어떤 고수보다도 강할 것이다. 그러나 너희가 과연 기심법을 창안한 위대한 선인보다 기의 본질을 더 깊게 이해한다고 말할 수 있겠느냐?'

무공, 기환술, 연단술… 기의 본질을 이해하여 삼라만상의 이치를 깨치는 것을 궁극으로 삼는 기술들은 이런 말도 안 되는 예외가 나타날 수 있었다.

단순히 약학, 약초학, 가공 기술 등을 기준으로 삼는다면 지금이 성존이 깨달음을 얻던 시기보다 월등하다. 그러나 연단술이 추구하는 약이란 기의 결정체다. 그 본질을 이해하고 활용하는 경지는 개인의 성취로 앞서가는 게 가능했다.

귀혁이 설명을 이어갔다.

"성존께서는 마치 하늘의 선택을 받은 것처럼 온갖 기연을 겪으면서 계속해서 더 높은 곳으로 향했다고 하지. 무인에게 초인적인 힘을 부여하는 약, 어떤 병마라도 단번에 치료하는 기적의 묘약… 그런 비약들을 하나하나 만들어갔고 마침내 자신이 궁구(窮究)하는 것이 무엇인지 알게 되었다."

성존은 그것을 가리켜 성운(星運)이라 명명했다.

"먼 옛날에 사람들이 이 세상의 형상을 지금과는 다르게 상상했음을 아느냐?"

"어떻게요?"

"옛날 사람들은 이 세상이 평평한 판과도 같으며 대륙 밖의 바다로 나아가다 보면 세상의 끝에 도달해서 지옥으로 통하는 낭떠러지로 떨어지게 된다고 믿었다."

그 믿음은 부정되었다. 집요하게 세상의 이치를 파고들던 기환술사들이, 그리고 하늘과 땅이 만나는 거대한 역사적 사건들에 의해 저 아득한 곳에서 세상을 굽어보던 신수들이 인간과 만나게 되면서 진리가 밝혀졌다.

세상의 형상은 둥글어 어디로 가도 끝이 없이 순환한다. 우리가 사는 이 세상 또한 혼원의 하늘 위에 존재하는 별이다.

"그 진리를 바탕으로 연단술사들은 하나의 깨달음을 얻었지."

모든 생명은 별에서 태어나, 별 위에서 살아가다가 죽어서 다시 별의 일부가 된다. 즉 별이야말로 가장 거대하며 근원적인 기의 집합체였다.

"그래서 성존께서는 별을 만들고자 했고, 결국 성공해 버렸다."

"…엥?"

여기까지 이야기 대부분을 알아들을 수 없어서 멍청한 표정만 짓고 있던 형운이 눈을 크게 떴다.

이야기의 맥락상 성존이 엄청나게 대단한, 막 시대를 초월해서 천년 후의 사람들도 따라오지 못할 업적들을 이루어냈다는 것까지는 알겠다.

'하지만 별을 만들어? 이게 무슨 소리야?'

이현이 클클 웃었다.

"그렇게 말하면 애들이 못 알아듣는 게 당연하지. 누가 천재 아니랄까 봐 애들 가르치는 법을 모르……."

"하령이는 이해하고 있습니다만?"

"……"

옆에서 경악의 표정을 짓고 있는 서하령을 본 이현이 입을 다물었다.

물론 형운도 경악하는 건 마찬가지인데 척 봐도 형운의 경악과 서하령의 경악은 다름을 알 수 있다. 형운과 달리 그녀는 귀혁의 말에 담긴 참뜻을 알아들었던 것이다.

귀혁이 이현에게 비웃음을 던져 준 다음 형운에게 말했다.

"좀 더 알기 쉬운 예를 들자꾸나. 우리가 발 딛고 있는 이 별이야말로 이 세상의 중심이며, 그 주변을 해와 달과 무수한 별들이 돌고 있지 않느냐?"

과거의 일로 이 세상이 혼원의 하늘 위에 떠 있는 둥근 형상의 별임이 밝혀졌다.

그러나 천외천에 무엇이 있는지 정확히 아는 이는 아무도 없었다. 별의 움직임을 통해 천기를 짚어내는 기환술사들은 해와 달이 그렇듯이 모든 별들이 우주의 중심에 있는 이 세상 주변을 운행하고 있다고 여겼으며, 그것이 이 시대의 세계관이었다.

"해도, 달도, 그리고 무수한 별들도 모두 거대한 기의 집합체다. 이 세상은 천외천의 존재들로부터 받은 기운으로 만물의 순환을 이루지."

해와 달과 별은 천외천에 존재하지만 동시에 이 세상을 이루는 구성 요소다. 해와 달과 별이 사라진 세상을 상상할 수 있겠는가?

"성존께서는 연단술을 통해서 별을 만들어낼 수 있다고 믿었다. 단순히 그와 같은 성질의 기운을 모으는 것만이 아니라 그만큼이나 거대하고 근원적인 것, 더 나아가서는 이 세상과 같은 세상을 만들 수 있다고 믿었다."

기는 삼라만상의 본질이다. 그렇다면 근원의 기운을 만들어낼 수 있다면, 그것을 바탕으로 삼라만상을 만들어내는 것도 가능하지 않겠는가? 해와 달과 별을 하나로 모아 이 세상과 같은 세상을 이룰 운명을 내포한 씨앗을 만드는 게 가능하지 않을까?

"그분은 해의 유사품을 만들고 달의 유사품을 만들고 마침내 별의 유사품을 만들어… 그 모든 것을 하나로 모아 또 다른 세상이 될 수 있는 운명을 품은 씨앗을 만들고자 했으니 그것이 바로 성운단(星運丹)이었다."

하늘의 비밀을 엿본 신수들조차도 경탄할 전입미답의 경지를 개척해 나가던 천재는, 마침내 지상에 발 디딘 채로 별을 만들어내는 데 성공했다.

그리고 그것이 비극의 씨앗이 되었다.

"성운단은 진정한 별이었다. 일월성단과는 비교도 되지 않는, 삼라만상을 내포한 씨앗."

문제는 이 지상에는 그러한 존재를 담을 그릇이 없었다.

또 다른 세상이 될 가능성을 내포한 별의 씨앗이 나타나는 순간, 세상이 요동쳤다. 영감이 발달한 자들은 하나의 단약이 내포한 힘과 심상이 풀려나는 순간, 또 다른 창세가 이루어지면서 현세가 멸망할 것임을 예견했다.

"거기에 대해서는 자세한 기록이 남아 있진 않은데… 어쨌든 진짜로 세상이 멸망할 뻔한 모양이다."

"……."

형운이 입을 쩍 벌렸다.

세상에. 연단술사가 단약 하나 만드는 바람에 세상이 멸망할 뻔했다고?

그러나 기록상으로는 사실이었다. 귀혁도 이게 말이 되나 싶어서 성존 본인과 신수의 일족을 통해서 확인해 본 적도 있었는데…….

"유감스럽게도 사실이더군. 내가 성운을 먹는 자 일맥의 계승자로서 진짜 어떻게든 답을 내야 한다고 결의한 이유 중에 하나지."

"……."

"그런 멸망의 위기를 당시의 영웅들과 영수들과 신수들, 선악을 초월하여 힘 있는 모든 존재가 모여서 후세에는 알려지지 않은 여차저차한 웅장하고 서사시적인 과정을 거쳐서 막아내는 데 성공했다고 한다."

"그 여차저차한 웅장하고 서사시적인 과정이 매우 궁금한데요?"

"나도 매우 궁금하지만 기록이 제대로 안 남아 있어서 말해 줄 수가 없구나. 운룡족에게 확인해 본 바로는 당시에는 흑영신과 광세천 등등조차도 세상을 지키기 위해 한손 거들었다고 하니 얼마나 신화적인 사건인지 알 수 있을 것이다."

인세의 관점으로 보면 흑영신이나 광세천은 실로 신화적인 악이다. 그러나 무차별로 세상의 끝을 보고자 하는 파괴자가 아닌 이상 선이고 악이고 일단 세상이 존재하지 않으면 아무런 의미도 없다. 자신이 차지하려는 판 자체가 깨질 위기에 한손 거들고 나서는 건, 참 우습지만 당연한 일이었다.

"그릇을 찾지 못한 별의 씨앗은 싹을 틔워 현세를 깨부수기 전에 하늘로 올라갔다. 저 아득한 천외천에 무수한 힘의 파편들이 엉망진창으로 흩어졌고, 그중 일부가 작은 별의 형상을 이루었으나 진정한 별이 되진 못하여 다시 지상으로 추락했으니… 그것이 바로 별의 수호자라는 조직의 시작이었단다."

그 말에 형운은 성존의 성몽에 들어갔을 때 보았던 '떨어진 별'을 떠올렸다. 성채보다도 거대한 돌덩어리를 처음 보는 순간부터 하늘에서 지상한 별이라고, 근거도 없이 그런 생각이 들었다.

"당시의 흔적은 곳곳에 남아 있는데, 일단 성도의 탑 위에 떠 있는 성혼좌(星魂座)다. 그게 진정한 별이 되지 못하고 지상으로 추락한 파편이지. 그리고……."

귀혁의 시선이 서하령에게 향했다.

"성운의 기재들 역시 그로 인해 태어나게 되었다."

8

흑영신교주는 눈을 떴다. 주변은 온통 짙은 어둠이라 아무것도 보이지 않는다. 그가 있는 곳은 영원한 어둠이 지배하는 흑영신교의 성지였다.

형운에게 입은 상처는 이미 완전히 나았다. 원래는 단시간 내에 완치될 수 있는 상처가 아니다. 그러나 이 성지에 있는 동안은 흑영신의 권능이 그를 비호하기에 비정상적인 회복 능력이 생긴다.

문득 그에게 말을 거는 목소리가 있었다.

"성운의 기재들로부터 빼앗아 온 별의 힘은 어떤가?"

마치 노래하듯이 아름다운 목소리였다. 젊은 남성의 목소리를 두고 그런 표현을 쓰는 것이 어울리지 않을지 모르나, 분명 그 목소리는 평범한 높낮이로 말을 하는데도 계속해서 듣고 싶은 마력을 지녔다.

"오랜만이군, 아버지. 그 힘들은 아직 내 안에서 따로따로 맴돌 뿐이다."

"마치 연옥의 인간 같은 호칭을 쓰는구나, 교주."

"아버지는 그런 것을 좋아하지 않던가?"

"각성하기 전에야 늘 좋아했지만… 지금은 잘 모르겠군. 싫지는 않은 것 같다. 그대를 눈앞에 두고 있는데도 살의가 조금씩 가라앉는 걸 보니."

교주의 농 섞인 말에 상대가 살벌한 말을, 전혀 그런 감정이 느껴지지 않는 편안한 노래 같은 어조로 말한다. 다른 이가 교주에게 이런 말투를 썼다면 그것만으로도 처형되었을 정도로 불경하지만 교주 본인은 물론이고 어둠 속에 대기하고 있는 이들 모두 아무 말도 하지 않는다.

흑영신교의 성지에서 교주에게 존대하지 않는 자, 그는 바로 수호마수 암익신조였다.

흑영신이 연옥을 바꾸고자 내려보낸 사도들 중에서도 가장 격이 높은 존재 중에 하나다. 종종 서하령의 부친인 광령익조와 대비되는 그는 인간 여성 교도와 교합하여 교주를 잉태한 부친이기도 했다.

암익신조가 물었다.

"무슨 심경의 변화가 있었기에 나를 그리 부르는 것인가?"

암익신조는 위진국 황도에서 폭성검 백리검운과 싸운 후로는 교주 앞에 모습을 드러내지 않았다. 광령익조와 달리 흑영신의 사도로서의 역할에 묶여 본성을 거스르는 그는 외부 활동에 제약이 많았고, 지난번에 한 번 힘을 발휘한 것만으로도 한동안 어둠 속에서 잠들어야 했다.

교주가 말했다.

"나는 연옥의 주민들이 어떤 마음을 가졌는지, 그리고 어떤 고통을 겪는지를 배웠다."

"바람직한 일이군."

"그런가? 한낱 인간에게 패배했는데도 말인가?"

"그 또한 구원을 위한 과정이리라. 누군가를 구원하고자 하는 자가, 구원하고자 하는 대상의 고통을 모른다면 진정한 구원이 이루어질 수 있을 리 없다."

"아버지의 말이 옳다. 나 또한 좋은 배움이었다고 생각한다."

백야문의 격전을 통해서 흑영신교가 입은 손실은 컸다. 그러나 결국 목적한 바대로 빙령을 탈취했으며, 교주는 성운의 기재 가신우를 죽여 그로부터 별의 힘을 강탈할 수 있었다.

교주가 말했다.

"나는 본질의 목소리에 따라 성운을 먹는 자가 되고자 한다. 고통이 따르기는 했으나… 올바른 선택일 것이다."

"선택의 옳고 그름은 흑영신의 뜻을 지상에 펼치는 화신인 교주만이 알 수 있는 것. 스스로 옳다고 여긴다면 우리는 따를 뿐이다."

흑영신은 한낱 인간이 이해하기에는 너무나도 거대한 존재다. 신녀는 흑영신이 내리는 위대한 예지를 전하며, 교주는 작은 인간의 머리로 흑영신의 뜻을 헤아려 행하기에 존귀하다. 이 일은 장구한 세월을 살아오며 탁월한 힘과 영지를 손에 넣은 암익신조조차 할 수 없는 일이다.

"성존이 만들어낸 별의 파편들이 연옥의 주민들의 고통스러운 갈망에 이끌려 탄생한 성운의 기재… 그리고 사람이 담기에는 너무나도 거대한 그 정수를 하나로 모을 수 있는 그릇."

20여 년 전의 일로 흑영신교는 많은 기록을 유실했지만 교주는 자신을 통해 나타나는 흑영신의 의지를 헤아려 진실에 도달했다. 교주가 어둠 너머의 하늘을 올려다보았다.

"아버지여, 그대는 저 아득한 하늘에 펼쳐진 또 다른 세상을 보았는가? 그곳에 존재한다는 별의 파편들을 접해보았는가?"

"나 또한 우러러 보았을 뿐이다."

광령익조와 마찬가지로 암익신조 역시 본래는 인간의 눈길조차 닿지 않는 아득한 하늘 저편을 날아다니는 존재다. 그러다가 수백 년에 한 번씩 육체가 낡아 수명이 다했을 때 끝없는 어둠으로 날아올라 소멸하면서 하나의 알을 지상에 남기고, 새로운 육체로 전생(轉生)한다.

그러나 그런 암익신조도 하늘로 흩어진 별의 파편들이 있는 곳까지 가보지 못했다. 그저 끝없는 어둠으로 이루어진 혼원의 하늘에서 떠도는 것을 우러러 보았을 뿐.

그 별의 파편들이야말로 성운의 기재가 태어나는 이유였다.

"연옥의 가련한 자들이 품은 갈망에 이끌려 지상으로 내려온 별의 파편들이 성운의 기재라는 존재를 탄생시킨다. 의심의 여지 없이 성운의 기재는 천명을 갖고 태어나는 자다."

고대에, 성존이 만들어낸 별의 씨앗이 하늘로 올라가 수많은 파편으로 흩어졌다. 이 세상과 혼원의 하늘 사이에 떠 있는 그 파편들은 지상의 존재들에게 이끌려 떨어지게 되고 그로써 성운의 기재가 태어났다.

그러나 그 모든 과정을 아는 자는 없었다. 어째서 별의 파편이 50여 년을 주기로 떨어지는가? 어째서 다른 무언가가 아닌 성운의 기재를 탄생시키는가?

"그 천명은 하나로 모였을 때 비로소 별의 운명을 바꿀 기적이 될 것이다."

이 문제에 대해서 흑영신교는 한 가지 결론을 내렸다. 그리고 그 결론에 근거해서 교주가 태어난 것이다.

"그러나 한 가지 궁금해지는군."

"무엇이 말인가?"

"흉왕, 그자 역시 성운을 먹는 자를 추구하는 일맥이라고 한다. 그 업의 시작이라고 할 수 있는 별의 수호자에서 이야기하는 성운을 먹는 자와 내가 이루고자 하는 성운을 먹는 자, 이 둘은 같을까?"

분명히 '성운을 먹는 자'의 정의에 대해서는 귀혁 쪽이 원본이다. 독자적인 답을 구했다고는 해도 저쪽의 답이 궁금해지는 건 어쩔 수 없었다.

과연 둘의 답은 같은가, 다른가?

그리고 다르다면 어떻게, 그리고 어째서 다른가?

교주가 말했다.

"나는 가끔 흥왕 그자와 만나서 이야기를 나눠보고 싶다는 충동에 사로잡히고는 한다."

"……."

"물론 헛된 바람임을 알고 있노라. 그러나 갈수록 그 마음이 강해지는구나."

교주는 그리 말하며 눈을 감았다.

9

귀혁이 말했다.

"나는 새 흑영신교주가 어떤 의미로 '성운을 먹는 자'를 언급했는지는 모르겠다. 흑영신을 통해서 참뜻을 알고 우리 일맥과는 다른 방식으로 접근한 것인지, 아니면 아예 독자적인 해석을 내놓은 것인지."

흑영신교주가 의문을 품었듯 귀혁도 의문을 품었다. 그럴 수밖에 없었다. 성운의 기재가 다른 성운의 기재를 죽여서 별의 힘을 강탈하는 것은 상상도 해본 적이 없는 문제였기 때문이다. 게다가 그런 식으로 과연 '성운을 먹는 자'에 도달할 수 있는가를 묻는다면 귀혁은 고개를 갸웃할 수밖에 없다.

형운이 물었다.

"성운을 먹는 자란 도대체 무엇인가요?"

"그건 그릇이다."

"네?"

"가장 거대한 그릇. 우리 일맥은 사람을 그 그릇으로 만들고자 하였으나 사실 사람일 필요는 없지. 무엇이든 단 하나를 담을 수 있는 그릇이기만 하면 된다."

"그 하나가 뭔데요?"

"성운이라고 정의되었고, 달리 삼라만상이나 만유(萬有)라고도 말할 수 있는 것… 즉 세상이다."

"……"

형운이 입을 쩍 벌렸다. 이야기를 들으면 들을수록 가관이다. 사람의 몸에다 세상을 담아? 이게 무슨 소리야?

귀혁이 말했다.

"아까도 말했다시피 성운단이란 또 다른 세상이 될 수 있는 별의 씨앗이었느니라. 그리고 연단술의 관점으로 보면 인간을 비롯한 모든 생명은 기로 이루어진, 기를 담을 그릇이지. 형운 네가 이룬 일월성신을 해와 달과 별의 힘을 한데 모아 담을 수 있는 그릇이라 이야기하듯이."

즉 귀혁의 일맥이 추구해 온 성운을 먹는 자란 바로 성존의 업, 성운단을 온전히 담아낼 그릇이었다.

형운이 아연해하며 물었다.

"그게 가능한가요? 존재 자체가 세상을 멸망시킬 수도 있었던 걸 사람의 몸에 담는다니……."

"이전에는 역사상 그 누구도 일월성신을 이루지 못했다. 그러기는커녕 세 일월성단 중 하나만을 사람의 그릇에 담는 것조차 위험하다고 했지. 그런데 형운아, 너는 지금 일월성신이구나."

"……."

그렇게 말하니 할 말이 없다. 일월성신도 형운 이전에는 아무도 이루지 못하지 않았던가?

귀혁이 말을 이었다.

"우리 일맥이 추구하는 것과 성존이 추구하는 것, 그 궁극적인 결론점은 같다. 진정한 의미에서 성운을 담아낼 그릇을 만들어내는 것."

성존이 어떤 방법으로 그 그릇을 만들어내고자 하는지는 아무도 아는 이가 없다. 그러나 그 역시 혼자서 자신의 목표를 이루고자 하는 게 아니라 별의 수호자를 통해서 가능성을 모색하고자 하고 있었다. 마치 이미 숙달된 어른이 미숙한 아이들을 키우듯이, 자신이 만들어낸 결과물을 던져 주고 별의 수호자의 연단술사들이 다양한 방법으로 그것을 연구해서 새로운 가능성을 만들어내기를 바라는 것이다.

그런 일이 1300년 넘게 이어져 오고 있었다.

이현이 말했다.

"어쨌든… 요는 자네조차도 흑영신교주의 참뜻을 짐작할 수 없다는 거군."

"그렇습니다. 이야기를 들으니 정말 한 번쯤 보고 싶어지는군요. 어떤 의미로 '성운을 먹는 자'라는 이름을 입에 담은 것인지, 그리고 흑영신이 선택하고 부여했을 그릇과 능력이 어떤 것인지……."

"아이들의 이야기를 들어보니 온갖 전설을 한데 모아놨지만, 결국 자네 제자를 보고 놀란 것 같은데?"

"그야 당연합니다."

"음?"

귀혁의 대꾸에 이현이 눈을 크게 떴다. 귀혁은 뭘 그런 걸 비교하냐는 듯 피식 웃었다.

"성운의 기재, 극마지체, 대마수의 혈통… 하나하나가 놀라운 것들인데 그 셋이 하나로 모였다는 점은 엄청나지요. 인정합니다. 하지만 그래 봤자 다 기존에 있었던 걸 모아놨을 뿐이지 않습니까?"

"그런데?"

"일월성신은 역사상 최초의 사례입니다. 역사적인 관점으로 보면 흔해 빠진 그쪽보다는 이쪽이 경이롭고 대단한 게 당연하지 않습니까?"

"……."

이현은 할 말이 없어서 멍청하니 귀혁을 바라보았다. 이걸 뭐라고 해야 하나? 마교의 무리들에게는 흉왕이라고까지 불리는 사내가 뒤늦게 제자를 들이더니 무슨 딸 가진 아빠마냥 팔불출이 된 것 같다?

'틀린 말은 아니긴 한데…….'

확실히 일월성신은 굉장하다. 정작 형운이 별로 안 대단해 보이기는 하지만, 객관적으로 볼 때 정말 경이로운 신체다. 이현도 형운을 보면 볼수록 놀라고 있었다.

'어떻게 이런 몸을 만들었는지 정말 불가사의하군.'

기이하거나 탁월한 신체를 타고나는 자들은 많다. 그러나 후천적으로 이런 몸을 만들다니 기절초풍할 노릇이다. '성운을 먹는 자' 일맥의 연구 성과는 귀혁의 대에 이르러 안정적으로 9심 내공의 그릇을 만들어내는 수준까지 도달했는데, 형운은 거기서 또 한 차례 도약하는 모습을 보여줄 것 같았다.

이현이 빈 술병을 내려놓으며 말했다.

"그럼 난 이만… 장로들을 만나러 가기로 하지. 이따 다시 봄세."

"그러고 보니 슬슬 결계 유지 보수하실 때가 됐었군요. 볼일 끝나셨으면 가시지 그러십니까?"

"겸사겸사라고 하지 않았나? 모처럼 먼 길을 왔는데 볼일이 그것뿐일라고?"

이현은 그렇게 말하더니 홀연히 사라져 버렸다. 봐도 봐도 적응이 안 되는 광경이라 형운과 서하령은 숨죽인 채 그가 사라진 자리를 바라보고 있었다.

귀혁이 투덜거렸다.

"참견쟁이 영감탱이 같으니."

"예전부터 잘 아시는 사이이신가 봐요?"

형운이 물었다. 귀혁이 대답했다.

"슬픈 일이지. 영감탱이의 본성을 몰랐으면 행복했을 것을, 너무 깊게 얽혔어."

"환예마존께서 저런 분이실 줄은 몰랐는데… 혹시 무상검존께서는 어떤가요?"

"그놈은 네가 상상하는 모습에서 별로 벗어나진 않을 거다. 뒷간에 갈 때도 진지할 놈이지."

"헤에."

"그런데……."

놀라는 형운 옆에서 서하령이 물었다.

"마존께서는 무공을 전혀 못 하시나요?"

이현은 기환술의 정점으로 알려져 있다. 그러나 기환술사들도 무공을 익히는 경우가 드물지 않다. 무인들처럼 열심히 단련하지는 않더라도 건강을 위해서, 그리고 체내의 기운을 키워서 기환술에 응용하고자 등등의 이유로 무공을 익힌다.

이현의 경우 수많은 분쟁에서 활약한 바 있다 보니 사람들은 자연히 그가 무공에도 상당한 조예가 있으리라 여겼다. 그런데 귀혁의 말을 들어보니 전혀 아닌 것 같지 않은가?

귀혁이 코웃음을 쳤다.

"마존께서는 무공을 못 하는 정도가 아니라 몸 쓰는 데는 아예 재주가 없으시다."

"네?"

"걸어 다니지 않고 축지법으로 쉭쉭 공간을 넘는 거? 걷기 싫어서 그런 거다. 그리고 자기가 이런 거 할 수 있다고 자랑하고 싶어서 그런 것이기도 하고."

"아니, 잠깐. 그러면 무슨 어린애 같잖아요?"

"딱 그거다. 멀리까지 걷기도 귀찮고 말이나 마차 타고 다니는 것도 힘들고 싫으니까 빨리 가는 방법을 엄청난 노력을 들여서 연구해야지! 그게 그분의 사고방식인 게다. 누워 있다가 물을 마시고 싶은데 물병이 3장(약 9미터) 밖에 있더라. 그럼 보통 사람은 일어나서 물병이 있는 곳으로 가겠지? 저분은 어떻게 하면 누운 채로 물병이 자기 손으로 저절로 오게 만들 수 있을까를 몇 년에 걸쳐서 연구하는 분이지."

"……."

형운은 할 말을 잃었다. 이걸 뭐라고 해야 하나? 분명 대단한 사람이고, 천재라는 말이 어울리기는 하는데…….

'천재인데 바보?'

동시에 무진장 바보 같다.

귀혁은 형운과 서하령의 표정을 재미있다는 듯 바라보다가 말했다.

"뭐 저 오지랖이 광활한 영감님에 대한 이야기는 이쯤 해두고… 너희가 겪은 일들이나 이야기해 보려므나. 듣고 싶은 이야기가 산더미 같구나."

"아, 그거야 저도 할 이야기가 참 많았어요."

형운과 서하령이 앞다투어 이번 여행에서 겪은 이야기를 늘어놓는 동안 밤이 깊어갔다.

제30장
별 부스러기

성운을 먹는자

1

백야문의 일로 별의 수호자 내에서 형운의 평판은 급속도로 높아졌다. 흑영신교와의 싸움으로 많은 인원이 희생되기는 했지만, 윗선에서는 그보다는 형운이 강호에 명성이 퍼질 정도로 혁혁한 공을 세웠음에 더 주목했다.

풍혼권(風魂拳).

성운의 기재들을 연달아 쓰러뜨린 흑영신교주를 패퇴시킨 형운에게 붙은 별호였다.

발 없는 말이 천 리를 간다 했던가? 백야문에서 생존해서 돌아간 이들이 각지에서 형운의 활약을 이야기하다 보니 젊은 후기지수 중에서는 주목받는 이름으로 떠올랐다.

별의 수호자는 집단의 무력보다 일부 고수들의 힘이 돌출되는 것을 달가워하지 않는다. 그러나 형운은 강호에서는 아직 애송이라 불릴 나이였기에 아무리 명성이 높아져 봤자 '뛰어난 후기지수' 정도에 그친다. 자신들에게 뛰어난 젊은이가 있다는 것이 알려지는 것이 문제 되지 않기에 이 건에 대해서는 딱히 정보 조작이 이루어지지 않았다.

"언제나 생각하는 건데 강호의 별호라는 것은 참 거창하군요."

백야문에서 흑영신교와 일전을 치른 뒤 두 달 반, 별의 수호자 총단으로 돌아온 지는 보름가량이 지났다.

그동안 자기 이야기가 어떻게 퍼져 나갔는지 정리된 보고서를 읽는 형운은 낯이 뜨거웠다. 분명히 자기가 한 일이 맞기는 한데 그게 여기저기 퍼져 나가면서 살이 덧붙여져서 '강호에 혜성처럼 등장한 젊은 영웅이 만인이 감동할 의협심과 놀라운 무공으로 악의 무리를 무찔렀다!' 는 식이 되어 있었다.

'으, 강호 영웅들의 이야기라는 게 다 이런 식이겠지.'

형운의 소문을 즐기는 이들에게 진실이 어떤지는 별로 상관없을 것이다. 어린 형운이 이야기꾼이 들려주는 이존팔객의 이야기에 눈을 빛냈던 것과 같은 맥락이다. 하지만 역시 자신이 그 주인공이 되어서, 과장된 이야기를 정리한 보고서로 읽으니 낯이 뜨거워진다.

그에게 뭔가를 전하기 위해 온 가려가 말했다.

"수련 중에 보고서를 읽으시는 게 별로 좋은 태도는 아니신 것 같습니다만……."

참고로 형운은 지하 수련장에서 벽을 평지처럼 걷고 있었다. 천장에 거꾸로 매달리는 것보다도 더 힘든 일인데 거기에 정해진 순서대로 정해진 지점을 밟으며 나아가는 것이 평지를 걷듯이 자연스럽다.

형운의 한 손에는 보고서가 들려 있었으며 다른 한 손은 때때로 화살처럼 빠르게 날아드는 모래주머니나 나무 공 등을 막아냈다. 연속적으로 날아드는 건 아니지만 언제 날아들지 모르고, 이곳에 설치된 기환진의 효과로 속도와 궤도 모두가 불규칙하기 때문에 언제나 긴장하지 않으면 막아낼 수 없었다.

그런데 형운은 보고서를 읽으면서도 그것들을 막아낸다. 언제 어디서 날아들든 상관없다는 듯한 태도였다. 그러면서 둥글게 이어진 벽을 비스듬하게 타고 올라가듯이 걷다가, 기둥의 면을 나선형으로 천천히 걸으면서 내려왔다 올라갔다가, 둥근 천장을 걷다가… 하는 식으로 입체적인 공간 모두를 평지처럼 걸어 다니고 있으니 기가 막힌 일이다.

"아, 이거 사부님이 시키신 거예요."

보고서를 다 읽은 형운이 쓴웃음을 지었다.

이것은 감극도 수련의 일환이다. 일부러 보고서나 서책을 들려주고 거기에 집중하면서도 기습적으로 날아드는 공격을 막아내는, 무심의 방어를 단련하고 거기에서 다시 의식적인 행동으로 빠르게 이어나가는 기술을 연마하기 위함이었다.

"이제 끝났네요."

형운이 보고서를 덮는 것과 동시에 희미한 연기로 존재를 드러내던 기환진이 풀리기 시작했다. 계획되었던 훈련 시간이 끝났다는 의미다.

드넓은 연무장의 바닥, 벽, 기둥, 천장까지 무한히 이어지는 보법의 행로를 따라서 걷던 형운이 깃털 같은 움직임으로 바닥에 내려섰다. 얼굴에 좀 땀이 흐르고 있었다.

"열 배 가중은 확실히 부담이 좀 되긴 하네요. 하긴 이 정도 안 하면 수련이 안 되지만."

"그 말씀은⋯ 체중을 열 배로 늘린다는 말씀입니까?"

가려가 놀라서 물었다. 무인들은 천근추의 수법으로 체중을, 정확히는 자신의 몸이 대지에 가하는 하중을 가중시킬 수 있었다. 그런 수법의 연장선에서 타인에게 부하를 거는 것도 가능하다.

방금 전의 수련을 하는 동안 형운에게는 자기 몸무게의 열 배에 달하는 하중이 가해지고 있었다. 보통 사람이라면 무게를 이기지 못하고 쓰러진 채 숨을 못 쉬어서 질식해 죽었을 상황이다. 그런데 형운은 전신에 커다란 철 덩어리를 단 것보다도 더 무시무시한 상황 속에서 벽과 천장까지 걸어 다니면서 날아드는 위협을 쳐 내고 있었단 말인가?

형운이 대답했다.

"이런 몸이 된 후부터 어지간해서는 몸에 부담이 안 걸려서 사부님이 슬슬 당신께서 쓰시는 수련법을 저한테도 적용하시네요. 이런 식으로 단련을 하고 계셨다니 참."

"⋯⋯."

"이 상태로 뛰어다닐 수 있게 되려면 얼마나 걸릴지 모르겠어요."

"체중의 열 배 하중이 걸린 상태로 뛰어다닌다고요?"

가려는 말문이 막힐 지경이었다. 저건 육체와 내공, 양쪽을 모두 갖추지 않은 자는 아무리 기술이 뛰어나도 엄두를 낼 수 없는 영역이다.

형운이 투덜거렸다.

"사부님이 그쯤은 해야 된다고 하시더라고요. 그냥 뛰어다니는 거야 지금도 가능하지만……."

"가능하다고요?"

"네. 체중이 열 배가 된다는 게 저한테 뛰어다닐 수 없을 정도의 부담은 아니에요."

"……."

"문제는 움직일 때 발에 가해지는 하중을 분산시키는 거죠. 아까 실험해 봤더니 막 쿵쾅거리는 게 여기 무너지지 않을까 걱정되어서 참. 사부님은 나중에는 가느다란 나무 봉과 그네 등등을 변화무쌍하게 뛰어다니게 할 거라고 기대하라고 하시던데… 기물 파손의 전설을 쓰게 되는 거 아닌지 몰라."

체중이 열 배가 되면 당연히 발을 내디딜 때마다 바닥에 가해지는 충격도 늘어난다. 지금의 형운은 걸어 다니면서도 종종 하중 분산에 실패하고 있는 상황이라 뛰어다녔다가는 무슨 사태가 일어날지 두려웠다.

형운이 물었다.

"아, 누나, 근데 오늘은 괜찮아요? 며칠 더 쉬어도 되는데."

"이제 괜찮습니다. 사흘이나 쉬었는데 더 쉴 수는 없지요."

"뭐 어때요? 전 누나한테 특별수련기간이라는 명목으로 휴가를 줄까 하고 있었는데."

"지금으로서는 공자님 직속이 저뿐인데 그럴 수는 없습니다."

형운은 이전에 결심한 대로 귀혁에게 청해서 가려의 소속을 자기 직속으로 옮겼다. 그리고 곧바로 그녀의 직위 등급을 올려주고 몇몇 상급 무공의 열람권을 준 뒤 비약을 내려서 내공 증진을 꾀했다. 그 결과 가려의 내공은 곧 4심에 도달할 것 같았다.

　'누나가 일월성단 같은 걸 먹으면 내공이 좀 더 팍팍 늘 텐데. 다들 쩨쩨해, 정말.'

　마음 같아서는 가려에게 좋은 비약을 팍팍 주고 싶었지만 형운에게 주어진 권한이 그렇게까지 크지는 않았다. 그래도 직속 인원이 가려 한 명뿐이라 앞으로도 지속적으로 비약을 지원해 줄 수 있을 것 같다는 점이 다행이다.

　이번에도 그랬지만 형운은 가려의 내공이 일천한 것이 안타까웠다. 그녀는 정말 특출한 재능의 소유자이며 자신을 지키기 위해서는 몸을 아끼지 않는다. 그런데 처한 환경과 받은 지원이 부족해서 만신창이가 되었으니…….

　'조금만 욕심을 부려주면 좋을 텐데.'

　형운은 지난번 비무연 우승으로 기회를 얻었으면서도 그늘에 묻혀 있으려는 가려가 안타까웠다. 그녀가 바라기만 했다면 얼마든지 좋은 환경을 얻을 수 있었을 텐데…….

　뭐 그녀의 성격이 쉽게 바뀌지는 않을 테니 자신이 잘 챙겨주는 수밖에 없다. 형운은 그렇게 마음먹었다.

2

총단에 돌아온 뒤로 형운은 한동안 바빴다. 일행의 책임자로서 보고하고 처리해야 할 일들도 많았고, 스스로에게 일어난 변화 때문에 여기저기 정신없이 불려 다녔기 때문이다.

구체적인 과정은 귀혁에게만 알렸지만, 형운이 7심의 내공을 이루었다는 것은 별의 수호자 상층부 모두에게 알려졌다. 그러다 보니 일월성신과 관련해서 형운에게 실험을 청하던 곳들이 다들 한 번만 와달라고 성화였다.

"그래, 차라리 너랑 이러고 있는 게 낫지."

"무슨 소리야?"

뜬금없는 소리에 마곡정이 눈살을 찌푸렸다.

총단에 돌아온 후 한동안 정양하던 마곡정은 내상이 완치되자마자 형운에게 달려왔다. 물론 형운과 한판 붙어보기 위해서였다.

"옛날에는 몰랐는데 머리 비우고 주먹다짐이나 하는 게 의외로 마음 편하더라고."

"여유가 넘치는군그래."

"딱히 그런 건 아닌데……."

"흥! 내가 그동안 내상 때문에 빌빌거려서 우습게 보였지? 고향에서 지옥훈련으로 얻은 힘을 보여주마!"

마곡정은 처음부터 연습용 목도를 들고 나섰다. 맨손으로는 도저히 형운을 당해낼 수 없음을 인정하기 때문이다.

그가 기세 좋게 달려들기 직전, 형운이 손을 들었다.

"아, 잠깐."

"뭐야?"

"시작하기 전에 물어볼 게 있는데."

"끝나고 하지그래?"

"그럴까 했는데 내가 이기면 너 또 울면서 가버릴 거 아냐?"

"……."

마곡정이 이를 빠드득 갈았다. 근데 이미 한번 저지른 짓이라(심지어 저때는 짐 싸들고 머나먼 고향으로 가기까지 했다) 반박을 못 하겠다.

'하여튼 이놈 도발하는 솜씨 하나는 진짜… 크으, 흐트러지면 안 돼. 내공이 무식하게 센 놈 상대로 눈 벌게져서 달려들었다가는 반드시 깨져. 평정을 찾자.'

마곡정은 고향에서의 지옥훈련을 떠올리며 마음을 다잡았지만, 형운에게는 전혀 그런 의도가 없었다. 진짜 궁금해서 물어볼 뿐이다.

"하령이가 요즘 안 보이던데 뭐 하는지 알아?"

"누나? 비약 먹던데."

"응?"

그 말에 형운이 눈을 크게 떴다. 마곡정이 떨떠름한 기색으로 말했다.

"내공 낮으니까 서러워서 안 되겠다고 내공 증진하겠대. 이 장로님이 이쪽에서 주문한 걸 줄 생각은 안 하고 손녀 우선으로 퍼준다고 사부님이 불만이시던데."

"……."

내공이라는 게 서러워서 증진하겠다고 마음먹으면 증진되는 거였던가?

'뭐 되겠지?'

서하령은 원하기만 하면 얼마든지 비약을 얻을 수 있는 위치에 있었다. 당장 이 장로가 별의 수호자에서 가장 양질의 고급 비약을 만들어내는 인물 아닌가? 현재 서하령의 내공은 4심, 아마 5심까지는 수월하게 늘릴 수 있을 것이다.

마곡정이 투덜거렸다.

"흑영신교주한테 당한 게 어지간히 분했던 모양이더라고. 누나야 태어나서 지금까지 설렁설렁 해도 누구한테 뒤쳐져 본 적이 없으니까. 하여간 천재 따윈."

"…흠. 하령이가 내공을 늘린다면, 너 앞으로도 평생 맞고 살겠다?"

"이, 이젠 안 맞는다! 내가 지옥훈련으로 얼마나 강해졌는데! 직접 그 몸으로 겪어보시지!"

그때 가만히 보고 있던 귀혁이 끼어들었다.

"형운아, 이 사부는 일정이 바쁘단다. 정다운 대화는 그쯤 해두었으면 좋겠구나."

"네. 뭐 알고 싶은 건 다 들었어요."

마곡정과 하는 대련은 반드시 귀혁의 참관하에 이루어졌다. 맨손으로도 바위를 부수는 두 사람인데 마곡정이 무기를 들기까지 하면 그 위험도가 얼마나 높은지는 말할 것도 없다.

두 사람은 느슨해진 분위기를 바로잡고 서로를 바라보았다. 그리고 형운의 자세를 살피던 마곡정이 어느 순간 뛰어들었다.

펑!

첫 격돌로 울려 퍼진 폭음이 스러지기도 전에, 질풍 같은 격돌이 이어졌다.

그리고 반각 후…….

"이 자식, 두고보자아아아아!"

마곡정의 울분에 찬 외침이 멀어져 갔다.

형운은 찢어진 소매를 털면서 중얼거렸다.

"봐. 미리 물어봐서 듣길 잘했지."

3

연말이 다가오면 별의 수호자의 무인들은 바빠진다. 다른 일 때문이 아니라 신년 비무회 때문이다. 참가자들은 다들 최적의 상태를 유지하기 위해 신경을 쓰면서 무공을 갈고닦았다.

형운은 가려를 상대로 애걸하고 있었다.

"누나아."

"싫습니다."

"한 번만요, 네?"

"안 할 겁니다."

"자꾸 이러면 명령해 버릴 거예요?"

"명령하십시오. 그럼 출전하겠습니다."

"…끙."

이제 가려도 형운을 대하는 게 익숙해져서인지 막 배 째라는 식으로 나온다. 형운이 입술을 삐죽였다.

"내공도 4심 된 김에 한번 활약 좀 해주면 좋잖아요."

최근 가려는 형운에게 받은 비약을 소화해 내어 내공이 4심의 경지에 올랐다. 형운은 이걸 이유로 들어서 이번에도 신년 비무회에 참가를 종용했는데, 가려는 완강하게 거부 의사를 표했다.

"공자님도 안 나가시지 않습니까?"

"저야 솔직히 입장이 너무 애매하다고요. 안 그랬으면 제가 싫다고 해도 사부님께서 출전시켰을걸요."

형운은 이번 신년 비무회에도 불참을 선언했다. 이것을 두고 불만의 목소리가 많이 나왔지만 싹 무시해 버렸고 귀혁도 같은 의견이었다.

스스로 말한 것처럼 형운은 신년 비무회에 나가기에는 입장이 애매했다. 나이대로라면 청년부에 나가야 하는데, 그러자니 다른 젊은 무인들의 기회를 짓밟는 것 같은 양심의 가책이 느껴진다고나 할까? 일월성신에 내공이 7심에 달하는 형운은 존재 자체가 반칙이다.

실력과 배분, 양쪽을 생각할 때 중장년부에 나가는 게 맞다. 하지만 나이 차이가 워낙 큰 사람들과 투닥거리자니 그것도 부담되어서 웬만하면 피하고 싶었다.

여기에 대해서 귀혁은,

'스무 살까지는 그냥 불참해도 된다. 그 후에는 나가거라.'

고 말해주었다.

형운이 푸념했다.

"누나가 안 나가니 곡정이가 우승하겠네요. 그놈 으스댈 거

생각하니 배알이 꼴리네 이거."

"서 소저께서는 안 나오신답니까?"

"걔는 비무회에 나가서 무위를 뽐내는 데 관심이 없어요. 제 생각에는 누나가 안 나가면 곡정이가 무난하게 우승할 것 같아요."

청년부에 새로운 신성이 나타나지 않는 한 그렇게 될 것이다. 얼마 전에 겨뤄보니 마곡정은 정말 강해졌다. 형운이 불과 반각 만에 승리하기는 했지만 그건 대련의 특성상 많은 제약을 두고 겨뤘기 때문이다. 실전이라면 마곡정은 훨씬 위협적인 상대이리라.

가려가 물었다.

"제가 마 공자를 상대로 승산이 있다고 보십니까?"

"누나 스스로는 어떻게 생각하시는데요?"

"……."

가려가 입을 다물었다. 입장상 결과에 대해서 말할 수 없다고 여겨서인지, 아니면 다른 생각 때문인지는 모르겠다. 잠시 그녀를 바라보던 형운이 말했다.

"제 생각엔 충분히 승산이 있다고 보는데요? 물론 쉬운 상대는 아닐 거고 격전을 치르게 되겠지만."

"제 실력은 많이 부족합니다."

"누나는 자기를 너무 낮춰서 보는 경향이 있어요. 누나는 이미 오량을 이긴 전적도 있잖아요? 오성의 제자 중 하나를 쓰러뜨렸으니 좀 더 자신감을 가지라고요."

형운은 이전 비무연에서 가려가 우승했던 순간을 떠올리며 말했다. 그때의 가려는 정말로 아름다웠다. 이번에도 비무회에서 그 모습을 다시 보고 싶었는데…….

'과욕인가.'

저렇게나 완강하게 거부하는데 강요하기도 그렇다. 형운은 쓴웃음을 지으며 포기했다.

"만약……."

문득 가려가 물었다.

"서 소저께서 나오신다면 어떻겠습니까?"

"음. 그럼……."

형운은 고민할 것도 없다는 듯 말했다.

"하령이가 우승할 거예요."

"……."

"곡정이가 상대라면 전 누나가 좋은 승부를 펼칠 수 있으리라고 믿어요. 하지만 하령이라면 솔직히 승산이 안 보이네요. 제가 나가도 마찬가지일 거고."

"공자님께서는 서 소저께서 패하신 흑영신교주를 쓰러뜨렸는데도 말씀입니까?"

가려가 놀라서 물었다. 그녀가 보기에 형운의 무위는 도저히 열여덟 살이라고는 생각할 수 없는 수준이다. 그런데도 서하령을 상대로 승리를 자신하지 못한단 말인가?

형운이 심각한 표정을 지었다.

"일단 그때는 저도 특수한 상태였고… 무엇보다 수 싸움에서는 도저히 하령이를 이길 수 없어요. 만약 하령이를 상대로 승리하려면 장기전으로 끌고 가야 하는데, 규칙이 있는 비무라면 그것도 꽤나 어려울걸요."

형운은 서하령이 진정한 의미에서 흑영신교주에게 패배했다고는 여기지 않았다. 그때 그녀는 너무나도 불리한 상황에 처해 있었으니까.

흑영신교주와 싸울 당시, 서하령은 기나긴 싸움을 거치면서 지쳤고 내력도 많이 소모했다. 그리고 농밀한 마기의 영향으로 전체적인 전력이 저하되기까지 했다. 그에 비해 흑영신교주는 만전의 상태였던 데다가 마기 속에서 전력이 증진되고 마수의 힘을 일깨우기까지 했다.

목숨을 건 실전에서 공평한 조건을 논하는 건 우스운 일이다. 하지만 서로의 기량을 판단할 때는 승패만이 아니라 거기에 개입된 요소까지 고려해야 마땅하다.

"하지만 하령이는 안 나올 테니, 안타깝지만 이번에는 곡정이 녀석이 우승하는 거나 지켜봐야겠네요. 쳇."

4

"야! 형운! 너 왜 비무회 안 나와!"

뒤늦게 형운의 불참을 알게 된 마곡정이 찾아와서 화를 냈다. 그 말에 형운이 시큰둥한 표정을 지었다.

"내가 나가든 말든 무슨 상관이야? 나 없으면 네가 우승할 수 있으니 좋잖아? 네 사형은 이번에도 나온다니까 그쪽이나 신경 쓰지?"

원래 지난 비무회를 우승으로 장식하고 비무회 청년부를 졸

업할 생각이었던 오량은 이번에도 출전자 명단에 이름을 올렸다. 이번에야말로 우승하겠다면서 수련에 매진한 모양이지만……

마곡정이 짜증을 냈다.

"열 받으니까 그 인간 이야기는 하지 마라."

"왜? 자기가 우승해야 되니까 너보고 출전을 사퇴하라고 압박이라도 넣었어?"

형운은 지극히 일반적으로 떠올릴 수 있는 '더러운 가능성'을 물어보았다. 마곡정이 코웃음을 쳤다.

"그랬으면 비무회에 참가 못 하는 몸으로 만들어줬지. 그런 수법을 선호하는 인간은 아냐."

"그럼?"

"감히 나를 안중에도 안 두고 있단 말야! 네 호위무사 누나한테 눈이 벌게져서!"

"…어, 가려 누나 이번에 안 나가는데."

"……"

그 말에 마곡정이 어안이 벙벙해졌다. 형운이 어이없어하며 물었다.

"몰랐어?"

"나는 너 말고 누가 나오는지는 안 봐서……"

출전자 명단에 형운이 있냐 없냐만 신경 쓴 모양이다. 형운이 피식 웃으며 물었다.

"명단 아예 안 본 거냐?"

"뭐하러 보냐? 네가 안 나오면 다 그놈이 그놈이구만."

"내가 나가면 이길 자신은 있고?"

"대련에서 한 번 이겼다고 기고만장하군. 지난번에는 내가 방심해서 당한 거다! 비무회에서 붙으면 이길 거야!"

"난 하령이가 나온대서 안 나간 건데?"

"뭐?!"

순간 성을 내던 마곡정이 펄쩍 뛰었다. 귀신이라도 본 것처럼 질린 표정이었다.

"저저저저정말이냐? 누, 누나가? 누나가 나와?"

"…미안. 농담이었어."

그야말로 혼비백산한 표정이라 형운은 진심으로 미안해졌다.

마곡정이 무너지듯이 한숨을 쉬었다.

"후우우. 이, 이 자식… 장난칠 게 따로 있지……."

"난 네가 그렇게 무서워할 줄은 모르고……."

"누가 무서워한다고 그래! 그냥… 그러니까, 좀 놀란 것뿐이다!"

"음, 그래. 뭐 난 이번은 물론이고 다음 비무회도 안 나가니까 그때까지 우승 실적 많이 쌓아라. 아, 그다음부터는 중장년부에 나갈 거니까 어차피 청년부 우승은 네가 계속하면 되겠네?"

"……."

"그리고 이건 내가 미안해서 말해주는 건데… 너 이번에 한 명은 신경 쓰는 게 좋을걸?"

"뭔 소리야?"

"강주성 지부에서 출전시킨 애가 하나 있는데… 기록을 보니까 범상치 않더라고. 별 부스러기라던데."

"지금 나보고 성운의 기재도 아니고 별 부스러기 따위를 무서워하라고? 얕보는 것도 정도가 있지… 하여튼 두고 보자. 젠장!"

성을 낸 마곡정은 문을 꽝 닫고 나가 버렸다. 형운이 볼을 긁적였다.

"성질머리하고는. 뭐, 저놈이 큰코다치든 말든 내가 상관할 바는 아니지."

"마 공자님하고는 정말 친하신 것 같아요."

막 차를 내오던 예은이 웃으며 말했다. 마곡정은 화만 내다가 차를 내오기도 전에 가버린 것이다.

"내가 저 녀석하고? 어딜 봐서… 아, 뭐 나름 친하다면 친할지도?"

뭔 소리를 하냐는 듯 예은이를 바라보던 형운은 이내 긍정했다.

"잘 생각해 보니 내가 달리 친구가 없잖아? 곡정이랑 하령이 정도면 친한 거 맞지? 근데 이런 사이를 두고 친구라고 할 수 있나? 내가 친구라고 하면 쟤네가 뭐라고 할지를 모르겠는데… 으음."

"……."

예은의 표정이 굳었다. 형운의 표정을 보니 딱히 자조적으로 말한 건 아니고 그냥 생각나는 대로 말한 것 같은데…….

'우리 공자님, 불쌍해…….'

평소에도 지옥 같은 의식주 제약에 불쌍하다는 생각을 했지만 이건 또 종류가 다른 불쌍함이다. 예은이 뭐라고 말해야 할지 몰라서 어쩔 줄 몰라 하는 기색을 눈치챈 형운이 의아해하며 물었다.

"음? 예은아, 왜?"

"아, 그게… 마 공자님은 정말 많이 달라지셨네요. 지난번에 처음 봤을 때는 못 알아봤어요."

예은이 얼른 화제를 돌렸다. 형운이 피식 웃었다.

"나도 그랬어. 영수의 피라는 거 진짜 요상하지? 어떻게 사람이 저렇게 변하냐."

"우락부락하시던 분이 저렇게나 아름다워지시다니……."

"아, 아름다워?"

순간 형운은 마시던 약차를 뱉을 뻔했다. 마곡정을 대상으로 '아름답다' 는 표현이 나오다니 전신에 소름이 돋는다. 하지만 예은은 형운의 반응을 이해할 수 없다는 듯 고개를 갸웃했다.

"아름다우시지 않아요? 잘 꾸미고 다니시면 아마 마 공자님을 쫓아다니는 여자가 줄을 설걸요?"

"아니, 그게… 음. 뭐 곡정이가 잘생긴 건 사실이긴 한데… 그렇지만… 음."

지금의 마곡정은 그야말로 그림으로 그린 듯한 미소년이다. 객관적으로 보면 아름답다는 표현도 틀린 말은 아닐 것이다.

"입만 다물고 있으면 그럴 수도 있겠네."

"그렇다니까요. 아마 마 공자님을 모시는 사람들은 다들 답답할 거예요."

"성격이 저러니 당연하겠지만… 그런 의미로 말한 건 아니지?"

"네. 저만 해도 마 공자님을 보면 꾸며 드리고 싶다는 마음이 솟는걸요? 평소에 모시는 사람들은 오죽하겠어요? 저렇게 입고 다니시는 건 정말 미적 자원의 낭비예요."

"…예은아, 너도 은근히 유식한 표현을 쓰는구나."

미소년이 된 마곡정은 입고 다니는 옷이 심각하게 안 어울리기는 했다. 그냥 빈티가 좀 나도 대충 편한 옷을 입고 다니는 정도면 모르겠는데……

"아무래도 짐승 가죽 옷은 좀 심하지."

보는 순간 산적이 생각나는 차림새라고나 할까? 아무리 생각해도 곰 가죽이나 늑대 가죽 옷은 좀 아니다. 야성미가 넘치는 것도 정도가 있지…….

"전이었으면 어울렸을지도 모르겠지만."

"그때였으면 그랬을지도요."

예은이 쓴웃음을 지었다. 예전의 우락부락한 마곡정이었다면 저런 차림새도 잘 어울렸을 것이다. 하지만 지금은 진짜 끔찍하게 안 어울려서 한마디 해주고 싶어진다.

"보고 있으면 왠지 눈물이 날 것 같아요."

"신경 꺼. 저놈 팔자가 그런 거지."

그렇게 말하며 약차를 홀짝거리던 형운이 문득 천장을 올려다보며 말했다.

"누나, 뭔 일 있어요?"

"…어떻게 아셨습니까?"

"그런 표정을 짓고 있는 것 같아서요."

"……."

기척을 죽이고 은신해 있는데 표정을 본 것처럼 이야기하다니, 할 말이 없다. 하지만 요즘은 일상적으로 겪는 일이기도 했다.

백야문에서 일월성신의 진의를 깨달은 형운은 이제 자신에게 향하는 시선에 묻은 감정까지 읽어낼 수 있었다. 이전에는 그런 자신의 느낌을 이상해했지만, 이제는 자연스럽게 받아들인다.

"막 보고가 들어왔습니다. 사제분들께서 계신 곳에서 소란이 일어났다고……."

"흠. 무슨 일이지? 가보죠."

5

영성의 제자단은 상당한 지원을 받고 있었다. 귀혁은 직접 그들을 가르치는 시간은 적었지만 매번 정확하게 개인의 장단점을 파악하고 그에 맞춘 수련 과제를 부여했고, 최적의 효율을 자랑하는 훈련 계획을 짜주었다.

또한 그들은 각자 개인 수련장을 가진 것은 물론이고 구비된 수많은 무공들을 열람할 수 있었다. 그리고 귀혁이 선택한, 각자 특정 분야를 전문적으로 수련한 교사들이 항시 대기하고 있다가 그들에게 가르침을 주기까지 했다.

엄선된 기재들이 이런 환경을 손에 넣었으니 일취월장하는 게 당연한 일이다. 다들 올해 비무회 유소년부는 그들 서로 말고는 경쟁자가 없을 거라는 평가를 하고 있었다.

그런 그들 사이에도 패거리가 나뉘고 우열이 갈리는 것은 당연한 일이었다.

6

제자단 아이들은 같은 건물을 숙소로 쓰고 있었다. 각자 자신의 처소가 있고 거기에 개인 연무장이 붙어 있기는 했지만 일과의 많은 시간을 함께 배우고 공용 연무장에서 수련한다.

형운이 찾아갔을 때, 아이들은 건물 뒤쪽에 있는 공개된 연무장에 모여 있었다.

지금의 형운은 청각이 굉장히 좋다. 단순히 잘 듣는 것만이 아니다. 멀리서 들려오는 소리들에 정신을 집중하면 그중에 원하는 소리만 골라내고 잡음으로 인식한 다른 소리는 배제할 수도 있었다.

"대충 싸움은 멈춘 것 같은데……."

오면서 가려에게 사정을 들으니 제자단 아이들끼리 시비가 붙었다고 한다. 그런데 거기에 외부인이 한 명 끼어들면서 소동이 커졌다는 것이다.

시비가 붙은 것이 강연진이라는 소리를 들은 형운은 날듯이 달려왔다. 건물을 지나쳐서 뒤로 나가보자 사람들이 많이 모여 있었다. 제자단만이 아니라 어른들도 모여 있는데 다들 함부로 나서지 못하고 난감해하는 기색이었다.

"무슨 일이죠?"

형운이 일부러 목소리를 크게 내자 모두가 그를 바라보았다. 그리고 화들짝 놀라 고개를 숙이며 인사했다.

그들의 인사를 받아준 형운은 소란의 중심지로 다가갔다. 그리고 물었다.

"이게 무슨 상황인지 설명해 줄 사람 있어요?"

제자단 아이들이 주변을 빙 두르고 있는 가운데 강연진과 처음 보는 소년 하나가 멍투성이가 된 채 숨을 몰아쉬고 있었다. 이쯤 되면 설명을 안 들어도 대충 짐작은 간다. 하지만……

'얘는 누구야?'

강연진보다는 연상의 소년이다. 형운보다 한두 살 정도 어리지 않을까? 눈이 가느다래서 마치 여우 같은 인상이었다.

'이건……'

그를 본 형운은 묘한 느낌을 받았다. 왠지 낯설지 않은 느낌이다. 분명히 처음 보는 느낌이지만 기파 속에서 느껴지는 이 느낌은……

"제가 설명드리겠습니다."

그때 제자단 아이 중 하나가 말했다. 지난 비무회에서 유소년부 우승을 거머쥔, 즉 현재 제자단 중에서는 최고 서열이라고 할 수 있는 양우전이었다.

'흠.'

형운은 제자단 사이에서도 패거리가 나뉘어 있다는 것 정도는 알고 있었다. 그리고 강연진이 운 장로와 줄을 대고 있는 아이들에게조차도 따돌림을 받고 있는 입장이라는 것도.

이유는 몇 가지가 있다. 강연진이 제자단의 다른 아이들과 달리 인재육성계획 출신이 아니라는 점, 경력의 차이 때문에 무공이 떨어진다는 점, 그리고 형운과 가까이 지낸다는 점이다. 똑같이 운 장로의 입김이 닿아 있는 아이들도 강연진은 첩자질 말고는 제대로 하는 게 없는 못난 놈이라면서 괄시한다.

'이걸 어째야 하나.'

이런 기류 자체는 이전부터 있었다. 신년 비무회를 거치면서 아이들 사이의 우열이 갈렸고, 형운이 백야문에 다녀오느라 장기간 자리를 비우는 동안 강연진에 대한 대접이 심각해진 모양이다.

"수련 중이었습니다."

"수련?"

"네."

"내가 보고받은 것과는 좀 다른 것 같은데?"

"어떤 내용을 보고받으셨는지 모르겠지만 저희들끼리 합동 수련을 하다가 좀 분위기가 격해졌을 뿐입니다. 사형께서는 늘 혼자 수련하시니 모르시겠지만 이렇게 다 같이 모여서 수련할 때는 흔한 일이죠."

'이것 봐라?'

은근히 신경을 긁는 말에 형운의 눈썹이 치켜 올라갔다. 하지만 곧바로 받아치는 대신 다른 걸 묻는다.

"다 같이 수련할 때 한 사람만 콕 집어서 차륜전을 수련하는 줄 몰랐는데?"

"그건……"

양우전은 거기에 대해서도 이미 대답을 준비해 놨는지 망설임 없이 뭐라고 말하려고 한다. 머리가 잘 돌아가는 녀석이니 입을 열었을 때는 형운이 던질 질문을 예상하고 거기에 맞춰서 명분을 세울 수 있는 대답을 정해둔 것이리라.

형운도 눈치 빼면 시체인 몸이다. 양우전이 어떻게 나올지 예상했기에 관심 없다는 듯 시큰둥하게 말을 잘라 버리면서 다른 이야기를 했다.

"뭐 너희들끼리 수련하는 거야 그렇다 치고… 여기 이 사람은 왜 끼어 있는 거지? 우리 쪽 사람은 아닌 것 같은데?"

"사부님께 인사하러 왔다더군요."

"사부님께?"

"강주성에서 올라왔는데 같이 온 사람이 사부님께 인사를 드리겠다고 찾아왔답니다."

거기까지 들은 형운은 여우 인상의 소년을 다시 바라보았다. 조금 전에 긴가민가하던 그 느낌이 뭔지 알 것 같았다.

'이게 별 부스러기구나. 이런 느낌이었군.'

성운의 기재에게 부여되고 남은 별의 힘, 그 편린을 받은 존재들.

이들은 반드시 성운의 기재와 같은 날 태어나지는 않는다. 태어난 지 며칠 되는 아이라도 성운의 기재가 태어날 때 부근에 있다가 그 별의 힘의 편린을 받게 되는 경우가 있었다. 하지만 같은 날 태어나는 아이가 훨씬 확률이 높다.

당연하지만 별 부스러기의 수는 성운의 기재보다는 훨씬 많았다. 그런데 신기하게도 형운은 지금껏 성운의 기재를 여섯 명이나 봤지만 별 부스러기는 한 번도 본 적이 없었다.

이번에 강주성 지부에서 출전했다는 별 부스러기가 바로 이 소년인 모양이다. 이름이 무일이라고 했던가?

잠시 그를 바라보던 형운이 다시 양우전에게 물었다.

"근데 그런 사람이 왜 여기에서 이런 꼴을 당한 거지?"

"저희들이 다대일 수련 중인 걸 보고 오해를 했습니다."

"어떤 오해?"

"여러 명이서 한 명을 괴롭히는 건 안 된다면서 끼어들더군요. 말이 오가는 중에 분위기가 좀 격해졌고… 그러다가 상황이 이 사람도 다대일 수련을 같이 하는 방향으로 흘러갔습니다. 원래대로라면 해서는 안 되는 일을 감정이 격해져서 실수한 것, 알고 있습니다. 죄송합니다."

"……."

형운이 눈을 가늘게 떴다. 이 녀석, 빠져나갈 구멍을 마련하는 솜씨가 능수능란하다. 영성의 제자단이라는 신분상 머나먼 지부에서 온, 특별한 지위도 없는 소년 하나 핍박한 것 정도는 적당히 명분을 세워놓고 반성하는 모습을 보이면 해결된다고 보는 것이리라.

'짜증 나지만 실제로 그렇단 말이지.'

형운이 아주 싫어하는 유형이다. 애당초 어린것들이 힘 있는 어른을 배경에 업고 지네들끼리 편 가르고 좀 못한다고 따돌림하고 괄시하는 것도 대단히 짜증 나는데…….

"좋아, 사정은 알겠어. 음…….

형운은 여우 인상의 소년, 무일에게 말을 걸었다.

"전 영성의 대제자 형운입니다. 제 사제들의 실수를 사과드리겠습니다."

"고, 공자님을 뵙게 되어 영광입니다. 전 강주성 지부의 호위

부단장 유열의 제자 무일이라고 합니다."

무일이 화들짝 놀라서 읍했다. 워낙 제자단이 오만방자하게 굴어서 영성의 대제자라는 신분에 강호에서 명성을 날리기까지 한 형운이 이리 나올 거라고는 생각을 못 했나 보다.

형운은 슬쩍 주변의 어른들 중에서 한 사람을 바라보았다. 차림새나 난감해하는 표정으로 보아 그가 무일을 데리고 온 보호자인 모양이다. 사부인지 아닌지까지는 모르겠지만…….

형운이 양우전과 제자단 아이들을 바라보며 말했다.

"너희도 사과드려."

그 말에 제자단은 좀 멈칫하는 기색이었으나 대충 입 발린 말로 사과를 했다. 물론 누가 봐도 진심이 담겨 있지 않은 것을 알 수 있었다.

"그리고 내 생각에는 이대로 넘어가면 다들 납득이 안 갈 것 같구나."

"무슨 말씀이신지요?"

"감정이 격해져서 실수를 했다고는 해도 속사정을 잘 모르는 사람들이 보면 영성의 제자단이 품위 없게 자기들 지위를 내세워서 힘없는 사람을 핍박한 걸로 보이지 않겠어?"

"그 말씀은……."

"공개적으로 불거진 문제니 공개적으로 해결하는 모습도 보여주자꾸나."

형운은 양우전이 뭐라고 하기 전에 화사하게 웃으면서 빠른 속도로 말했다.

"너희끼리 사람을 돌려가면서 똑같은 수련을 하는 걸 보여주는 건 너무 시간이 오래 걸리겠고, 어디 이 기회에 내가 한번 사제들의 실력을 볼까? 연진이는 아무래도 상태가 안 좋으니 빼고, 너희들 전원이 나를 상대로 연수합격을 펼쳐 봐. 시간제한은… 그래, 나한테 정타를 한 대라도 먹일 때까지로 하면 되겠지?"

일부러 턱을 살짝 들어 올리면서 도발적인 말투로 묻는다. 귀혁의 교육 덕에 형운도 오만한 척, 자신만만한 척하면서 상대 신경을 긁는 재주는 도통했다.

양우전이 발끈해서 물었다.

"그거야말로 대충 넘어가겠다는 말씀 아닙니까?"

"호오, 너 나한테 정타 먹이는 걸 되게 쉽게 생각하는구나? 대충 넘어간다는 말이 나올 정도로 빨리 끝날 것 같아?"

형운은 미끼에 낚인 물고기를 보는 심정으로 계속 양우전의 신경을 긁었다. 그리고 그가 뭐라고 말하려는 찰나, 일부러 절묘하게 말을 끊으면서 말한다.

"하긴 나는 '너희와 달리 늘 혼자서만 수련해서' 너희들 실력을 모르고 너희도 내 실력을 모르지? 솔직히 내가 너희를 너무 높게 치는 것 같기는 해. 정타를 먹일 때까지 하면 하루 종일 해도 안 끝날 테니 조건을 좀 더 쉬운 걸로 바꿀까?"

"저희를 무시하시는 겁니까?"

"설마. 너희들은 장로분들께서 인정한 기재인데 그럴 리가 있나. 어디 한번 서로의 실력을 보자꾸나."

"하지만… 이렇게 보는 눈이 많은 곳에서는…….."

양우전은 한 박자 늦게 자기가 형운의 도발에 말렸다는 사실을 깨달았다. 그리고 빠져나갈 핑계를 찾지만 형운은 그가 무슨 말이든 늘어놓을 기회를 주지 않는다.

"상관없어. 내가 책임지지."

"……"

"왜? 만전의 상태가 아니라서 안 되겠어? 정 못 하겠다면 뒤로 미루자. 내가 사부님께 정식으로 허락을 받아 오지. 아예 총단의, 아니, 신년 비무회 하러 올라온 인원들까지 전부 모아서 영성의 제자들의 공개 대련을 해보는 것도 괜찮겠군."

형운은 생글생글 웃고 있었지만 그 시선을 받는 제자단 아이들은 식은땀을 흘렸다. 지금까지 자기들에게 거의 관심을 안 두고 견제하는 모습도 안 보이는 데다가 첩자 노릇을 하는 강연진에게도 전혀 경계심을 안 보여서 좀 만만하게 보고 있었다. 무위가 대단하다는 평가를 받기는 하지만 그것도 시간 좀 지나면 충분히 따라잡을 수 있을 거라고…….

그런데 이런 식으로 부딪치고 보니 식은땀이 흐른다. 이렇게까지 빠져나갈 구석을 안 주고 궁지로 몰다니.

그때 보고 있던 교사들 중 하나가 나섰다.

"대공자님. 외람되오나 한 말씀 올려도 되겠습니까?"

"하세요."

"공자님의 사제분들은 아직 어리십니다. 아무리 다수라고는 하나 강호에서 명성이 자자한 대공자님을 상대한다는 것은……"

"그 말씀대로라면 좋은 기회지요. 고만고만한 아이들끼리 다 대일 대련을 하는 것보다 약간이나마 무림의 선배라고 부를 수 있는 사람을 상대해 보는 것, 좋은 경험이 아니겠어요?"

"하오나……."

"걱정 말고 계셔요. 지금부터 일어나는 일은 제가 책임진다고 했을 텐데요? 그리고 이미 사제들이 외부인을 수련에 끼워서 상처까지 입힌 실수를 저지른 부분은 전후 사정을 확실하게 조사해서 관리 감독 책임을 물을 테니 그 점도 염려 안 하셔도 좋습니다."

"헉……."

형운이 생긋 웃으며 한 말에 교사가 움찔했다. 형운은 미리 가려를 통해 조사해서 그가 호 장로 측에도 줄을 대고 있는 사람이라는 걸 알고 있었다. 그러니 같은 호 장로 쪽 사람인 양우전이 억지를 부려도 봐주고 지금도 편들어주려고 한 모양인데… 잘못 걸렸다.

'확실히 내가 좀 만만해 보이기는 하지.'

아랫사람들한테 함부로 대하지도 않고 뭔가 정치적인 움직임을 보이지도 않는다. 심지어 대외적으로 자기의 존재를 과시하는 행동 자체를 귀찮아서 피하고 있다.

하지만 그런다고 손을 놓고 있는 건 아니다. 형운도 여유가 생긴 후로는 별의 수호자 내부의 정보는 부지런히 수집해서 알아두고 있었다. 필요하면 언제라도 써먹을 수 있도록.

형운이 여전히 생글생글 웃으며 사제들에게 물었다.

"어쩔래? 나중으로 미룰까?"

"…지금 하죠."

이렇게 된 이상 빠져나갈 수 없다. 양우전은 입술을 깨물며 형운을 노려보았다.

7

제자단 아이들 역시 어디 한번 해보자는 태도로 형운을 에워쌌다.

그들 역시 자기들이 다른 이들과 비교할 때 뒤떨어진다고는 생각해 본 적도 없는 자신감의 소유자들이었다. 형운이 강호에 나가서 명성을 날렸다고는 하지만 아직 어린 나이다. 아홉 명이서 그 하나를 못 당할 리가 없다.

하지만 양우전은 무작정 달려들지는 않았다.

"사형, 확실히 해두고 싶은 게 있습니다."

"뭔데?"

"여기서는 기공파는 쓰지 않습니다."

"내가 너희들 죽이고 싶어서 안달난 사람 같냐? 당연히 안 쓰지."

"사형께서는 대단히 심후한 내공을 가지신 걸로 알고 있어서 말입니다. 감정이 격해지셔서 저희를 기공파로 날려 버리는 건 아닌지 무서워서요."

"걱정 마라. 안 쓸 테니까."

형운이 피식 웃었다. 양우전의 의도는 뻔하다. 형운이 아무리 심후한 내공을 가졌다고 해도 기공파를 쓸 수 없다면 다대일에서는 압도적으로 불리해진다. 한 손으로 열 손을 당할 수 없다는 말이 괜히 나왔겠는가? 고수가 이 말을 뒤집는 비상식적인 존재인 이유는 대부분 기공파가 원인이다.

형운 역시 마찬가지다. 백야문에서 흑영신교를 상대할 때 그랬듯이, 형운이 지닌 심후한 내공의 진수는 기공파를 활용할 때 최대한으로 발휘된다.

'이것들이 나를 아주 물로 보네? 자기들도 사부님 무공을 배웠다 이거지?'

제자단이 출범한 지도 벌써 1년 반이 넘었다. 그동안 제자단은 귀혁에게 기본을 철저하게 단련받으면서 자신의 개성을 발견하고 발전시키는 과정을 거쳤다.

당연하지만 형운과 제자단이 익힌 무공의 뿌리는 같다. 귀혁의 성격상 형운은 물론이고 제자 개개인마다 특성이 다르게 나타나긴 했지만 말이다. 따라서 양우전이 자신들의 무공을 바탕으로 형운의 전력을 계산하는 건 당연한 일이다. 그러나…….

"아, 너희들은 기공파 써도 돼. 허락하지."

"네?"

형운의 말에 다들 경악했다. 제자단뿐만 아니라 보고 있던 이들 모두 마찬가지였다. 아무리 형운의 무위가 높다 하나 이것은 무모하기 짝이 없는 행동이었다.

—사형!

보다 못한 강연진이 전음을 날렸다. 하지만 형운은 무시하고 오만한 표정으로 사제들을 바라보았다.

자존심 강한 제자단 아이들은 울컥해서 그를 노려보았다. 하수 취급을 해도 정도가 있지 이건 진짜 너무하지 않은가?

양우전의 목소리에는 억누를 수 없는 분노가 실려 나왔다.

"사형. 죄송하게도 저희가 아직 미숙하기 때문에… 자칫하다 가는 돌이킬 수 없을 수도 있습니다만?"

"내가 책임진다고 말했을 텐데? 설마 이렇게까지 해줘도 불공평한 느낌이 들어서 못해먹겠다는 건 아니지?"

"알겠습니다. 해보죠."

형운이 도발에 아이들의 눈빛이 흉흉해졌다.

'오만하다 못해 어처구니가 없는 사람이군. 다 알면서도 강연진 저놈을 곁에 두는 것도 성격이 이래먹어서인가? 좋아. 어차피 언젠가는 넘어야 할 벽이었는데 스스로 무너지고 싶어서 안달이니 소원대로 해주지.'

양우전은 차라리 잘됐다는 생각을 했다. 그렇잖아도 자기들보다 먼저 들어와서 대제자로서 특혜를 누리는 형운이 마음에 안 들었다. 이건 그를 두들겨서 입지를 빼앗을 수 있는 좋은 기회다.

"가겠습니다."

양우전은 다른 아이들과 전음으로 대화를 나누었다. 다음 순간 제자단 전원이 광풍혼을 전개하자 흐릿한 기류가 전신을 휘감는다.

형운은 지루하기까지 한 표정으로 그들의 공격을 기다리고 있었다. 그런 형운에게 가려의 전음이 날아들었다.

─다치시진 않을 거라 믿겠습니다.

모두가 형운이 미쳤다 여겼지만 단 한 사람, 가려만은 다른 눈으로 상황을 지켜보고 있는 것이다. 형운은 자기도 모르게 미소를 지었고… 그것을 도발로 여긴 제자단이 공격을 가했다.

파파파파파파!

첫 공격은 그들이 말한 아홉 발의 유성혼이었다. 형운이 기공파를 쓰라고 했더니 정말 아낌없이 쓸 생각인 모양이다.

형운이 전광석화 같은 손놀림으로 그것들을 쳐 내는 순간, 곧바로 아홉 명이 달려든다. 미리 전음으로 합을 맞춰놨기에 서로의 공간을 방해하지 않고 완벽한 시간 차 공격을 가했다.

두 명이 몸을 낮춰 다리를 노리고, 세 명이 몸통을 노리고, 네 명이 머리를 공격한다. 도저히 빠져나갈 공간이 없는 완벽한 연계 공격이다. 막 아홉 발의 기공파를 쳐 내느라 힘을 쓰고 아직 자세를 바로잡지 못한 형운은 속수무책으로 당할 수밖에 없어 보였다.

"흠."

하지만 형운은 표정 하나 바뀌지 않았다. 아직 힘을 거둬들이지 못한 걸로 보였던 그의 손발이 거짓말처럼 가속한다.

가장 앞서서 아래쪽을 후리는 발 하나를 뒷발로 쳐 내고, 그 반동으로 다시 발을 앞으로 쳐 낸 다음 다시 튕겨 올라간 발로 몸통을 노리는 발차기까지 쳐 낸다. 그 반동으로 회전하면서 뒤로 뻗은 손이 다른 쪽의 발차기를 아래쪽으로 쳐 내고, 다시 몸을 비스듬히 숙이면서 양팔이 네 방향으로 뻗어 나가서 상단을 노리던 네 명의 공격을 모조리 격침시켰다.

파파파팍!

그걸로 끝이 아니다. 상단을 공격하던 네 명이 전부 몸통에 한 대씩 얻어맞고 날아가 버렸다.

여기까지가 단 한 호흡의 공방이다. 그러나 보고 있던 이들은 경악했다.

'뭐야, 이 속도는?'

양우전은 눈을 부릅떴다. 그는 방금 몸통을 노리고 발차기를 날린 세 명 중에 한 명이었다. 그가 이 역할을 맡은 이유는 가장 위험 부담이 적기 때문이다. 멀찍이서 발차기를 넣은 다음, 공격이 실패한다 싶으면 바로 빠질 생각이었다.

그런데 형운의 발에 튕겨 나간 다리가 지독한 통증을 호소하고 있었다. 침투경 같은 것에 당한 게 아니다. 그저 빠르고 강하게 발끝으로 다리의 한 지점을 쳐서 충격이 관통했을 뿐이다. 그 접촉만으로 다리가 반쯤 마비됐다.

문득 형운이 고개를 갸웃했다.

"음? 왜 한 번 공격하고 안 와? 설마 다대일 대련이라는 게 딱 한 합만 연습하고 끝나는 거였어?"

"……."

"아, 하긴. 첫수야 내가 양보해 줬지만, 원래 다대일에서는 혼자인 쪽이 공세로 다수의 연계를 무너뜨리는 게 기본이지. 공격과 방어를 번갈아서 연습하나 보구나?"

'그럴 리가 없잖아!'

양우전이 속으로 비명을 질렀다. 그뿐만 아니라 다들 단 한 수로 형운에게 압도되어 버렸다. 심적으로만 그런 게 아니라 형운과 접촉한 부위의 통증 때문에 운동 능력이 반쯤 마비된 것이다.

"그럼 간다?"

빙긋 웃은 형운이 움직였다. 그리고……

파파파파파팍!

"악!"

"어억!"

"켁!"

격타음과 비명이 난무하면서 제자단 아이들이 전원 나동그라졌다.

빠르다. 형운은 허실로 감각을 속이지 않는다. 정직하기 짝이 없는 공격을 날리는데 너무 빨라서 따라가질 못한다. 몸이 못 따라가는 정도가 아니라 눈으로도 그 움직임을 포착할 수 없어서 뭘 하는지조차 모르겠다.

"야, 위험하잖아. 기공파는 표적을 보고 날려야지."

심지어 형운은 아이들이 발악적으로 날린 기공파가 맞은편에 있는 다른 아이가 맞을 궤도로 날아가자 그걸 튕겨내 주는 배려까지 보였다. 양우전은 입을 뻐끔거렸다.

'이건 말도 안 돼!'

단 두 번의 격돌만으로도 전의가 박살 났다. 사람이 이렇게 빠를 수가 있나? 기공파도 안 쓰는데 공격했다가 방어와 부딪치는 것만으로도 몸이 부서질 것 같다.

더 무서운 것은, 형운이 충분히 사정을 봐주고 있는 게 느껴진다는 것이다.

'진심으로 한다면⋯⋯.'

그랬다면 첫 격돌 때 전원 중상을 입었을 것이다. 형운이 얼마나 신경 써서 힘 조절을 하고 있는지 뼈저리게 느낄 수 있었다.

완전히 압도된 아이들을 보며 형운이 말했다.

"아무래도 더 해봤자 의미가 없겠군. 이쯤 하지. 혹시 어디 부러지거나 한 사람 없지?"

그리 말한 형운이 입맛을 다시며 양우전을 바라보았다.

"이거 미안하군."

"…뭐가 말씀입니까?"

"이렇게 빨리 끝날 줄은 몰랐거든. 정말 네 말대로 대충 끝낸 것처럼 보여도 할 말이 없겠는데?"

"……."

형운은 울컥하는 양우전에게 가서 손을 내밀었다. 일으켜 세워주려고 하는 의도였지만 양우전은 그 손길을 거부했다.

"혼자서도 일어날 수 있습니다."

"다행이다. 난 또 내가 힘 조절을 실수해서 어디 부러뜨린 거 아닌가 걱정했는데."

"……."

입술을 깨무는 양우전을 보며 형운은 그가 자신에 대한 경쟁심이나 적개심을 절대 포기하지 않을 거라고 확신했다. 이놈은 이렇게 격차를 보여주면 더욱 절치부심해서 자신을 뛰어넘고자 할 놈이다.

형운이 말했다.

"그럼 난 이만 가봐야겠군. 무일이라고 했죠?"

"아, 네."

넋이 나가 있던 무일이 퍼뜩 정신을 차리고 대답했다. 형운이 말했다.

"연진이와 같이 의원님께 가보도록 하세요. 제가 그쪽으로 사람을 보내죠."

형운은 그렇게 말하고는 그 자리를 떠났다. 그러다가 건물에 들어서자마자 말했다.

"누나, 웬일로 웃고 있어요?"

"······아닙니다."

가려의 대답이 들려왔다. 형운이 능글거리며 말했다.

"에이, 웃고 있잖아요."

"보지도 않으시고 사람의 표정을 멋대로 짐작하셔서 우기시는 건 별로 좋아 보이지 않습니다."

"지금이라도 볼까요?"

"안 보일 겁니다."

"흠. 안타깝네요. 누나 웃는 거 보고 싶은데······."

형운은 진심으로 아쉬워했다. 자연스럽게 웃는 가려라니, 참으로 아름다운 볼거리가 아니겠는가.

가려가 말했다.

"잘하셨습니다."

"······누나가 웬일로 제 행동을 다 칭찬해요?"

"공자님께서 대외 활동을 너무 자제하셔서 사제분들한테까지 얕보이는 건 좋지 않습니다. 이번 일로 저들도 공자님의 위상을 뼈저리게 실감했겠지요."

"겉으로야 그렇겠지만 속으로는 '반드시 이 수모를 갚아주고야 말겠다!' 고 절치부심할 것 같은데요. 욱해서 어린애들 밟아 준 게 칭찬받을 일인지는 좀······."

형운이 쓴웃음을 지었다. 강연진이 괴롭힘받는 것을 보고는 확 열 받아서 일을 저지르기는 했는데 이게 잘한 짓이냐고 하면 아닌 것 같다.

가려 말대로 형운 자신의 위상을 세우는 것에는 도움이 될 것이다. 하지만 강연진에게는 도움이 될까?

고민하던 형운은 문득 참 싫은 표정을 지으며 말했다.

"저기, 어르신, 제가 한 가지 간곡하게 부탁드리고 싶은 게 있는데요."

"음? 네가 나한테 부탁을? 처음 있는 일이구나."

대답한 것은 바로 환예마존 이현이었다. 축지로 불쑥불쑥 얼굴을 내미는 그가 이번에도 아무런 기척 없이 형운의 곁에 나타났던 것이다.

형운이 말했다.

"그렇게 갑자기 나타나지 마시고 평범하게 다가와 주실 수 없을까요? 제가 겁이 많아서 나타나실 때마다 귀신 보듯이 깜짝깜짝 놀라게 되는지라……."

"평범하게라면 어떻게?"

"그러니까 예를 들면 눈길이 없는 곳에 나타나신 다음에 자연스럽게 걸어서 다가오시는 거죠."

"축지를 쓰지 말라고는 안 하는구나? 네 사부는 쓰지 말라고 하던데."

"다가오실 때는 안 써주시면 좋겠는데요."

"싫다."

"……."

"멀쩡한 축지 놔두고 왜 귀찮게 두 다리로 걸어 다니느냐? 넌 이 노인네의 연약한 두 다리를 혹사시키고 싶어서 안달이 났구나."

"그런 게 아니라… 아니, 아닙니다. 제가 잘못했습니다."

틀렸다. 이 노인네는 상식이 통용되는 인간이 아니었다. 형운은 지난 한 달간 뼈저리게 깨달은 사실을 새삼 되새겼다.

"그냥 뜻대로 하시되 처음 나타날 때만 좀 멀찍이서 나타나셔서 기척을 내주시면 좋겠는데요."

"그 정도라면야 긍정적으로 검토해 보마."

"들어주시는 게 아니라 긍정적으로 검토하는 건가요……."

"다른 사람도 아니고 내가 이 정도까지 양보해 주는데도 부족하다는 것이냐?"

"…아, 네. 황송해서 어찌할 바를 모르겠습니다그려."

형운은 한숨을 푹 쉬고 말았다. 백 살도 넘은 어르신 앞에서 이러는 게 무척이나 버릇없는 행동임을 알지만 도저히 한숨을 억누를 수가 없다. 그와 만난 지 한 달이 지난 지금, 왜 귀혁이 그를 그렇게 대하는지 너무나도 잘 알아버렸다.

이현이 말했다.

"참 봐도 봐도 대단하구만."

"뭐가요?"

"네 몸 말이다. 정말 성능이 탁월하구나. 왜 여기 연단술사 녀석들이 일월성신 일월성신 노래를 불렀는지 알겠어."

"……."

형운이 입술을 삐죽였다.

이현은 형운에게 관심이 많아서 하루 한두 번씩은 불쑥 나타나서 귀찮게 했다. 안 그랬으면 형운이 그에 대해 품고 있던 동경심이 이렇게까지 처참하게 붕괴하진 않았을 것이다.

이현이 말했다.

"그런데 성존께는 언제 가볼 셈이냐?"

"어르신과 달리 저는 그분 뵙고 싶다고 뵐 수 있는 게 아닌데요?"

"성존께서 왜 안 오냐고 구시렁구시렁하시던데. 그분이 누군가를 기억하고 기다린다니 정말 기절초풍할 노릇이거늘."

"저는 그분께서 원하시는 상태로 가려면 이런저런 조건이 까다로워서요. 그 조건 맞추는 게 쉽지 않아요."

"그 조건이 뭔가?"

"사문의 비밀입니다."

"쩨쩨하게 굴지 말고 가르쳐 주지 그러느냐?"

"성존님이나 사부님께 물어보세요. 그것은 제 마음대로 말씀드릴 수 있는 사항이 아닙니다."

"쯔쯔. 어린 녀석이 이렇게나 권위의 노예가 되어 있어서야. 젊을 때는 패기와 자유! 이 두 가지를 가슴에 품고 바람처럼 살아야 하지 않겠느냐? 윗사람을 두려워하지 말고 마음 가는 대로 행하거라."

"제 마음이 어르신께 사문의 비밀을 발설해서는 안 된다고 외치고 있습니다."

"쩨쩨한 마음이로군."

이현이 혀를 찼다. 형운이 시큰둥한 표정으로 그를 바라보았다. 자기가 강호의 전설이라는 환예마존을 상대로 이런 표정을 지어 보이는 날이 올 거라고는 상상도 못 했는데, 이현을 상대하다 보면 자연스럽게 그렇게 된다.

'이런 점은 참 좋으신 분이긴 한데.'

만약 이현이 자기는 안하무인으로 굴면서 타인에게는 예절을 강요한다면 형운은 일찌감치 그에게 정나미가 떨어졌을 것이다. 하지만 이현은 그 점에 있어서는 참 공평한 성격이었다. 형운의 자기에 대한 존경심이 하루가 지날 때마다 바닥으로 떨어지는 걸 보면서도 전혀 신경을 쓰지 않았다.

"그런데 어르신."

"왜?"

"어르신께서는 바람처럼 강호를 떠도는 분이라 알고 있는데 언제까지 여기 계시는 겁니까?"

"이 노인네가 귀찮아서 빨리 떠나 버렸으면 좋겠다 이거구나?"

"딱히 그런 건 아니고요, 이유가 궁금해서요."

"그건……."

이현이 의미심장한 표정으로 운을 뗐다. 형운의 호기심이 동하는 듯싶자 장난스럽게 웃는다.

"내가 말해줄 수 없는 사항이란다. 네 사부에게 물어보거라."

"…그대로 돌려주시는군요."

"나도 강호의 평화를 지키기 위해 동분서주하는 몸이라 눈코 뜰 새 없이 바쁘지만 네 사부가 사정사정을 해서 남아 있는 게다."

'퍽이나 그러시겠어요?'

형운은 그렇게 생각했지만 당연히 말하지는 않았다.

8

의원에게 치료를 받은 무일은 곧 형운이 보낸 시비를 따라서 그의 거처로 왔다. 안으로 들어서자마자 무일이 가느다란 눈을 크게 떴다.

"아, 어서 와요."

형운이 웃으며 그를 맞이했다. 하지만 무일은 그에게 답례하는 것조차 잊고 굳어 있었다.

그럴 수밖에 없었다. 형운의 머리에 새하얀 털을 가진 설산여우, 유설이 올라타 있었기 때문이다. 옆에서는 예은이 한숨을 애써 참는 표정으로 시선을 돌리고 있었다.

형운이 난처한 웃음을 지으며 말했다.

"유설 님, 손님들 오셨으니 이제 좀……."

"응? 나 있으면 안 돼?"

"여, 여우가 말을 한다?!"

무일이 펄쩍 뛰었다. 종종 겪는 반응이라 형운이 웃었다.

"아, 이분은 영수님이라 그래요. 신경 쓰지 말고… 음. 유설 님, 계셔도 되긴 하는데 제 머리에 올라가 계시는 게 손님들 보시기에 좀 그래서요."

"좀 그래?"

"네."

"좀 그렇다는 게 어떻다는 거야?"

"으음. 그러니까……."

인간들끼리 대화할 때는 대충 어감상으로 척 하면 착 하고 전달이 된다. 하지만 유설과는 그런 대화가 성립되지 않았다.

"별로 보기 좋지 않다는 뜻이죠."

"이거, 보기 안 좋아?"

"전 좋은데 다른 사람들이 보면 안 좋대요."

"난 형운하고 붙어 있는 게 좋은데……."

설산여우인 유설은 사람 살기 쾌적한 기온 속에서도 덥다고 헉헉거린다. 그래서 형운이 전에 쓰던 빙청옥으로 만든 침상을 내줬는데 거기서만 뒹굴고 있으면 또 심심해서 못 견뎌 한다. 그러다가 한 가지 방법을 찾았는데 그건 바로 빙청옥에서 냉기를 흡수한 뒤 형운에게 달라붙는 것이다. 유설의 말로는 그러면 빙청옥에서 흡수한 기운이 형운을 통해 순환하면서 오래오래 기분 좋은 상태를 유지한다나 뭐라나.

여기에 대해서 귀혁은 다음과 같이 분석했다.

'네가 빙령의 분신체를 품은 적이 있고 그 힘의 잔재를 취하기도 해서 그런 것 같구나. 근본적으로는 일월성신이라 그렇게 된 것이 겠지만.'

본래 일월성신은 완전한 기운의 그릇이라 외부에서 어떤 기운이 유입되어도 녹여 버린다. 그러니 유설이 냉기를 주입한다고 해도 형운이 섬세하게 조절하지 않는 한 자신의 기운 속에

녹여 버려야 정상이리라.

그런데 빙령의 분신체를 품었던 경험이 형운에게 기이한 능력을 부여했다. 기운의 성질을 냉기로 변환시키는 건 별로 어렵지 않게 할 수 있게 된 것이다. 유설이 빙청옥의 한기를 자신을 통해 순환시킬 때는 그냥 그러자고 생각만 해도 자동적으로 되는 수준이었다.

'이건 뭐 갈수록 실력이 아니라 성능으로 때우는 기분이……'

냉기를 다룰 수 있게 된 게 참 좋긴 한데 실력이 늘어났다는 기분이 전혀 안 든다. 그냥 천하일품의 일월성신에 새로운 기능이 추가된 것 같다고나 할까?

형운이 말했다.

"저도 좋긴 한데, 인간들의 예의라는 것은 때와 장소를 구분하는 걸 기본으로 삼는답니다."

"응, 알겠어."

유설은 뽀르르 내려와서 빙청옥 침상이 있는 안쪽 방으로 들어가 버렸다. 요즘은 심심함을 달래라고 거기에 문방사우(文房四友)와 상당량의 책 등을 갖다 두어서 유설도 지내기가 좋아졌다.

형운은 헛기침을 한번 하고는 무일에게 말했다.

"사제들의 실수를 다시 한 번 사과드립니다. 사부님을 찾아오신 손님이신데 이런 일에 휘말리셨으니 제가 면목이 없군요."

"아, 아닙니다. 말씀 편하게 하세요. 손님이라뇨. 웃어른께 인사드리러 왔을 뿐이지요."

그 말에 형운이 쓴웃음을 지었다. 무일의 말이 옳다. 별의 수호자 내부의 권력 구조를 보면 형운은 그보다 까마득하게 위의 신분이니까.

"전 아직 아무런 감투도 안 쓰고 있는데요 뭐. 사부님이라면 몰라도 저야 딱히 소협의 윗사람은 아닙니다."

형운은 아직까지도 '영성의 제자'일 뿐 특정한 직위를 부여받지 않았다. 원한다면 그럴싸한 감투는 쓸 수 있겠지만 대외 활동을 피하고 싶어서 안달이 났는지라 슬금슬금 피해 다니는 중이다.

무일이 어쩔 줄 몰라 했다.

"아니, 그래도… 영성님의 대제자이신데……."

"제가 나중에 감투 쓰면 그때나 그렇게 하지요."

그러면서 형운은 계속 묘한 기분을 느끼고 있었다. 분명 무일은 안절부절못하고 있는데…….

'왜 굉장히 침착하게 나를 관찰하고 있는 것 같지?'

무일의 시선에서 그런 감정이 느껴진다. 형운은 자신의 감각이 틀렸나 싶었지만 여태까지 그런 적이 없다.

'아무래도 겉보기만으로 판단할 수 있는 사람은 아닌 것 같은데.'

형운은 눈치 하나는 자신이 있었지만 무일의 태도에서는 전혀 이상함을 느낄 수 없었다. 그저 일월성신의 기이한 감각이 겉과 다른 그의 심리 상태를 전달해 주고 있을 뿐.

"그나저나 무일 소협은 이번에 비무회에 참가하신다고 들었는데요."

"그렇습니다."

"강주성 지부에서 내부적으로 치른 비무회에서 우승했다고 들었습니다."

"운이 좋았습니다."

무일이 겸양했다.

강주성 지부에서는 총단에서 열리는 신년 비무회에 참가할 인원을 골라내기 위해서 내부적으로 비무회를 열었다. 총단의 신년 비무회와 똑같이 연령대별로 참가자들을 나누었고 이중 청년부에서 무일이 우승한 것이다. 형운과 같은, 이제야 호칭이 소년에서 청년으로 바뀔 나이의 그가 자기보다 연상의 무사들을 꺾었다는 건 대단한 일이다.

'스스로 말한 대로 운도 어느 정도 적용하기야 했겠지만 그것만으로 여기까지 왔을 리가 없지.'

강주성 지부의 비무회는 하루 일정으로 치러졌다고 하니 대진 운이 결과에 적지 않게 영향을 끼쳤으리라. 하지만 그걸 감안해도 무일의 우승은 눈여겨볼 만했다.

곧 형운은 예은으로부터 목함 하나를 받아서 무일에게 건네주었다.

"이건 제가 사과의 뜻으로 드리는 선물입니다. 내상을 다스리는 데 효과가 있을 겁니다."

형운이 건네준 것은 내상을 다스리고 기력을 복돋아주는 효능을 가진 비약이었다. 무일이 감격해서 고개를 숙였다.

"감사합니다."

"소협의 선전을 기원하지요."

그를 보낸 형운은 고개를 갸웃했다.

가려가 물었다.

"왜 그러십니까?"

"묘한 사람이다 싶어서요."

일월성신의 감각이 알려주었다. 그가 마지막 순간까지 자신을 차분하게 관찰하고 있었음을.

비약을 받았을 때, 겉으로는 감격했지만 그의 시선에서는 당혹감과 의문이 더 짙게 묻어났다. 순진하게 기뻐하기보다는 형운의 의도를 알아내는 데 골몰했다는 뜻이다.

'이거 참. 몰랐던 걸 알게 된다는 게 역시 좋지만은 않아.'

형운이 자신이 느낀 것을 가려에게 말해주고는 의견을 물었다.

"전 그보다는 공자님께서 이런 이야기를 남에게 함부로 하시면 안 될 것 같습니다."

"누나가 어디 남인가요?"

"…그런 이야기가 아니지 않습니까. 상대가 자신의 마음을 읽어낼 수 있는 걸 좋아하는 사람은 없을 겁니다. 괜히 이상한 소문이 돌 수도 있고요."

"마음을 읽는다고 할 정도는 아닌데… 뭐 누나 말이 맞아요. 좀 더 주의하지요."

형운은 어디까지나 자신을 향한 시선과 그 속에서 묻어나는 감정 정도만 알 수 있을 뿐이다.

하지만 가려가 말하는 바는 이해했다. 자기 거처라고 별생각

없이 말하다가는 아랫사람들을 통해서 이상한 소문이 날 수도 있지 않겠는가? 예은에게도 비밀을 지켜줄 것을 당부하고는 앞으로는 듣는 귀가 있을 때는 말하지 않기로 했다.

형운이 다시 물었다.

"다시 하던 이야기로 돌아가서… 누나 생각은 어때요?"

"공자님의 감이 맞더라도 이상하게 여기실 건 아닌 것 같습니다."

"그래요?"

"원래의 공자님이라면 이상하게 여기시지 않았을 것 같습니다."

"원래의 저라뇨?"

"그 감을 갖기 전의 공자님이라면 말입니다."

"음?"

"사람이 겉과 속이 다른 건 흔한 일입니다. 그리고 사람됨과 능력도 별개지요."

"아…….."

확실히 그렇다. 사람이 순진하다고 해서 눈치 없고 능력 없는 것은 아니지 않은가? 약삭빠르게 이익만 좇는 방법을 떠올릴 수 있느냐 없느냐와 그것을 행하느냐는 별개다.

이번 일의 전후 사정을 들어보면 무일은 다른 제자단 아이들이 강연진을 다대일 수련을 핑계로 괴롭히는 것을 보고는 참지 못하고 끼어들어서 그들을 막았다. 이성적으로 생각하면 어리석은 짓이었다. 마침 형운이 보고를 받고 급하게 갔기에 망정이지 안 그러면 비무회에 참가도 할 수 없는 몸이 될 수도 있지 않았겠는가?

그렇다면 그가 뒷일을 상상할 머리가 없어서 그랬을까?

아닐 것이다.

가려 말대로다. 일월성신의 기이한 감각을 손에 넣기 전의 자신이라면 그에게 이런 의구심을 품지 않았을 것이다. 바로 앞에서 느껴지는 감정이 전에는 몰랐던 혼란을 던져 주고 있었다.

"이것 참."

모르던 것을 아는 게 좋은 것만은 아니다. 형운은 그 사실을 깨닫고는 실소하고 말았다.

9

오후 수련을 끝낸 형운에게 강연진이 찾아왔다. 본래는 의원에게 치료받자마자 찾아올 생각이었지만 형운이 무일을 부르는 것을 보고는 방문을 늦추었다.

형운은 긴 의자 위에 축 늘어져서 흐느적거리고 있었다. 그를 본 연진은 어리둥절해하며 물었다.

"사형, 어디 아프신가요?"

"아, 아냐. 수련 끝내고 났더니 기력이 빠져서. 아으, 이거 뭐 매번 사람 잡을 수련법을 새로 꺼내시니."

형운이 투덜거렸다. 귀혁의 지론은 매번 새로운 방법으로 한계를 자극해 줘야만 잠재력을 끌어낼 수 있다는 것이다. 내공수련에 있어서도 마찬가지라 7심에 이르는 형운의 내력을 바닥까지 쥐어짜내지 않으면 해결할 수 없는 과제를 아무렇지도 않게 던져 준다.

"거 새 수련법 만드는 데도 돈이 장난 아니게 들 텐데 적당히 좀 하시지. 하이고."

귀혁이 형운을 위해 준비하는 수련법은 막대한 돈과 인력 양쪽이 다 들어가는 것들이 많았다. 일반적인 무인들은 아예 시도할 엄두도 못 낼 것이다.

그를 멍청하니 바라보던 강연진이 말했다.

"오늘은 감사했습니다."

"음. 몸은 좀 어때?"

"괜찮습니다."

"비무회에 참가하는 데는 지장 없겠어?"

그 말에 강연진이 흠칫 놀라서 형운을 바라보았다. 형운이 피식 웃었다.

"전후 사정을 보고받았는데, 사제들 의도가 빤하더군."

신년 비무회는 연령별로 나누어진 각 부가 하루 만에 치르는 일정이다 보니 대전 수가 적을수록 유리하다. 강연진을 못난이 취급하고 있기는 하지만 비무회에서 상대로 만나면 피곤하리라고 판단했으리라.

"비무회는 일주일 남았으니 몸조심해라. 오늘 일도 있었고, 앞으로 나도 신경을 쓸 테니 함부로 수작을 부리지는 못할 거야."

"사형께서도 바쁘신데 그렇게까지 신경 써주실 필요는 없습니다. 어차피 우승하지도 못할 텐데……."

"그래. 우승은 못 할지도 모르지. 하지만 최소한 최선을 다해서 싸워볼 수는 있어야 할 것 아냐? 난 그런 협잡질로 네가 기회까지 잃는 건 못 봐주겠다."

"……."

강연진은 고개를 숙인 채 몸을 떨었다.

복잡한 감정이 휘몰아쳐서 눈물이 나올 것만 같다. 분하고 화가 나서, 그리고 자신이 어떤 의도를 가졌는지 뻔히 알면서도 이렇게 진심을 다해 위해주는 형운이 고마워서…….

그런 그를 바라보던 형운이 불쑥 말했다.

"내일부터 점심시간 끝나고 나서 내 거처로 와."

"네?"

"내게 주어진 자유수련 시간 중에 반 시진(1시간)을 너한테 주지. 나랑 같이 수련하자."

생각지도 못한 제안에 강연진이 눈을 휘둥그레 떴다.

참고로 형운은 오후 수련 전에 한 시진(2시간)의 자유수련 시간을 받았다. 이 시간은 형운이 어떤 식으로 수련하든 자유였다. 이제는 형운도 스스로 고심하고 연구하는 과정이 필요하다고 판단했기에 참고가 될 만한 방식이나 과제를 던져 주고 알아서 하게 했다.

형운이 물었다.

"네 생각은 어때?"

"사형은……."

강연진은 멍청하니 형운을 바라보다가 입을 열었다.

"…왜 저한테 이렇게 잘해주세요?"

이 질문에는 실로 많은 의미가 담겨 있으리라. 사형제지간이라고는 하나 서로 정을 가질 만한 입장은 아니다. 심지어 강연진은 귀혁과 반대 파벌이라고 할 수 있는 운 장로가 심은 첩자이며 형운도 그 사실을 안다.

그런데도 형운은 왜 강연진에게 이렇게 잘해주는 것일까? 강연진은 도무지 형운의 속내를 짐작할 수 없었다.

혼란스러워하는 강연진의 눈을 보면서, 형운은 쓴웃음을 지었다. 그가 무슨 생각을 하는지 손에 잡힐 듯이 알 수 있었다.

"내가 네 나이일 적에는… 사람들이 전부 무섭고 싫었어."

"네?"

"왠지 너를 보고 있으면 그때의 내가 생각나더라고. 그뿐이야."

형운은 굳이 자신의 과거사를 구구절절하게 늘어놓지는 않았다. 강연진은 여전히 이해할 수 없다는 표정이었지만 형운은 더 설명할 뜻이 없었다.

"뭐 대신 나도 얻는 게 있어야겠지? 사제들에 대해서 알게 되는 대로 정보를 줘. 최근의 무공 성취는 어떻다든가, 누구와 접촉한다든가… 그런 것들."

"……."

강연진은 어처구니없어하는 표정을 지었다. 형운은 자신을 상대로 첩자질을 하고 있는 강연진에게, 자신을 위해 첩자질을 하라고 말하고 있는 것이다.

"열심히 탐색할 필요는 없어. 넌 아무리 봐도 그런 재주가 좋아 보이진 않으니까 그냥 보이고 들리는 것만 말해주면 돼. 음……."

잠시 생각하던 형운이 말했다.

"이 정도면 뭐 그럭저럭 네가 납득할 수 있는 거래가 되겠지? 어쨌든 내가 제안하기는 했지만 사실 매일 할 수 있다고는 보장 못 하겠어. 워낙 사부님이 변덕이 심하셔서 내 수련 일정은 심심하면 바뀌거든? 못 하는 날은 미리 사람을 보내서 알려줄게."

"…알겠습니다."

강연진은 혼란스러워하는 표정으로 돌아갔다.

그가 돌아가자 형운은 다시 의자에 쓰러졌다. 세상만사 다 귀찮다는 표정을 짓고 있던 형운이 문득 말했다.

"아, 누나, 그런 눈으로 쳐다보지 말고 차라리 말을 해요, 말을."

"제가 무슨 눈으로 바라봤다고 그러십니까."

"알아요, 내가 너무 무르다는 거."

시선에 담긴 감정을 느낀다는 건 참으로 귀찮은 일이었다. 형운은 입술을 삐죽였다.

"근데 가만 놔두자니 울화통이 터지는 걸 어떡해요. 뭣보다 그놈들, 고만고만한 것들이 어디서 애 하나가 못났다면서 따돌리고 난린지. 그러면서 득의양양해하는 꼴은 도저히 못 봐주겠어요."

영성의 제자단이 강연진에게 한 짓은 형운의 분노를 샀다. 그 자리에서 쓴맛을 보여준 직후에는 애들 상대로 울컥한 게 바보같이 느껴지기도 했지만 강연진을 만나고 나니 그런 마음이 싹 날아갔다. 애당초 사형으로서 사제들을 위하는 마음 따위는 있지도 않았지만 이번 일로 인해 경멸을 품게 되었다.

가려가 말했다.

"하지만 공자님께서 사제분께 그렇게 해주신다고 해서 뭐가 달라질 것 같지는 않습니다."

"달라질걸요."

"다른 사제분들이 조심할 수는 있겠지요. 하지만……."

"누나가 무슨 말을 하려는지 알겠어요."

형운이 가려의 말을 잘랐다.

가려는 형운이 하루 반 시진 정도를 할애해 봤자 강연진이 극적으로 강해지는 일은 없을 거라고 말하는 것이리라. 귀혁은 제자단 모두에게 할 수 있는 최선의 지원을 하고 있었고, 형운이 강연진에게 그 이상의 특별한 무언가를 제공해 줄 수 있냐 하면 고개를 저을 수밖에 없다.

형운도 그 점을 부정하지는 않았다. 애당초 자신은 누구를 가르쳐 본 경험도 없지 않은가? 아니, 그전에 뭘 가르쳐야 할지 감이 잡히기는 하나?

"하지만 그래도 연진이에게는 귀중한 시간이 될 거예요. 아무리 봐도 연진이에게는 제대로 된 대련 경험이 필요해 보이거든요?"

"아."

그제야 가려도 형운의 의도를 알아차렸다.

이번 일만 봐도 강연진이 제자단 내부에서 대련 경험을 제대로 쌓지 못하고 있으리란 것을 쉽게 짐작할 수 있었다. 고작해야 귀혁이 직접 봐줄 때나 그럴 수 있지 않을까?

그렇지 않은 시간에는 대련이라기보다는 괴롭힘에 가까운 일들을 당하고 있으리라. 무공 수련에 있어서 대련 경험이 얼마나 중요한가를 생각한다면 시간이 지나면 지날수록 강연진은 다른 아이들에 비해 불리해지는 것이다.

형운이 말했다.

"아마 사부님이 직접 봐주실 때도 위축되어서 잘 못하고 있을 거예요."

뒤에서 그런 대접을 받는데 귀혁 앞이라고 제 실력을 발휘할 수 있을까? 형운은 회의적이었다. 강연진은 지금 심적으로 지나치게 위축되어 있었다.

"연진이가 다른 녀석들에 비해 자질이 나은지 못난지는 모르겠지만… 그런 놈들이 잘난 척하는 건 꼴 보기 싫으니까 이기게 해주고 싶네요."

"운 장로님이 보낸 첩자인데도 말입니까?"

"상관없어요. 다른 녀석들도 다 뒤에 줄을 달고 있는데요, 뭐. 그나마 내 마음에 드는 녀석을 밀어주는 게 낫지 않겠어요?"

"공자님은……."

가려가 한숨 섞인 목소리로 말했다.

"갈수록 못 말리겠습니다."

"이래도 한세상 저래도 한세상이면 마음 가는 대로 살기라도 해야죠. 앞날이 어떻게 될지 알 게 뭐람."

"……."

가려는 침묵했다.

10

총단에 돌아온 뒤 한동안 두문불출하던 서하령은 신년 행사에 참석하기 위해 모습을 드러냈다. 별의 수호자 소속의 성운의 기재로서, 이 장로의 손녀이자 수제자로서 알려져 있었기에 큰 행사 자리에는 참석하고 있었다.

서하령이 이 장로와 함께 나타나자 자연스럽게 사람들의 이목이 쏠리며 여기저기서 탄성이 흘러나왔다. 올해 생일이 지나면 열아홉 살이 될 서하령은 만개한 꽃처럼 아름다워서 남자들은 좀처럼 그녀에게서 시선을 떼지 못했다.

무수한 소년, 청년들이 그녀에게 연심을 품고 말이라도 한마디 붙여보려고 애썼다. 이 장로를 방패막이로 삼아서 대부분의 접근을 차단했지만, 이 장로와 인사를 나누려고 오는 사람들을 따라오는 녀석들은 어쩔 수가 없다. 그녀는 그런 남자들이 귀찮기 짝이 없었지만 나른한 미소를 지으면서 건성건성 상대해 주고 있었다.

그러다가 문득 그녀는 더욱 효과적인 방패(?)를 발견했다.

"형운."

"어, 오랜만이네."

형운은 반가운 표정을 지어 보이고는 잠시 기다려 달라는 손짓을 했다. 그리고 이 장로에게 다가갔다.

"이 장로님, 작년 한 해 신세가 많았습니다. 새해에도 건강하시고 좋은 일 가득하시길 바랍니다."

"너도 그러길 바란다. 흠. 영성은 어디다 두고 혼자 있느냐?"

"아, 사부님은 마존 어르신과 같이 황실에서 나오신 분을 상대하고 계세요."

"음? 마존께서 여기 오셨나?"

"아까 불쑥 나타나시던데요. 황실에서 나오신 분이 그 제자
분이시라고……."

"허어, 이거 동에 번쩍 서에 번쩍해서 총단에 와계서도 도통
뵙기가 힘든데 지금 많이 봐둬야겠군. 그리고 보니 네 사부는
그분과 재미있는 일을 계획했던데 알고 있느냐?"

"뭔가 준비하고 계시다는 건 알지만 구체적인 건 모르겠는데
요. 마존 어르신께서 미리 알려주면 재미없다면서 알려주지 말
랬다고……."

이현이 총단의 결계를 유지 보수하는 일을 끝낸 후에도 계속
머무르고 있는 것은 귀혁이 부탁했기 때문이다. 형운에게 뭔가
를 하기 위해서 그의 도움을 받으려고 하는 것 같은데, 그의 도
움까지 필요로 하는 일이 뭔지 감이 안 잡힌다.

'예감이 안 좋아.'

이 장로가 귀혁과 이현을 찾아서 그 자리를 떠나자 서하령은
다른 이들이 말을 걸어오기 전에 재빨리 형운에게 달라붙었다.
형운이 그녀의 의도를 알아차리고 걷기 시작했다.

"요즘 비약 먹느라 바빴다면서?"

"곡정이가 일러바쳤구나."

"네가 작심하고 내공 늘리면 앞으로 두들겨 맞을 때 얼마나
아플지 상상하면서 벌벌 떨더라."

"흥. 내공이 적든 많든 어차피 결과는 똑같아."

"…안 두들겨 팬다는 선택지는 없는 거야?"

"곡정이가 매를 안 벌고 얌전하고 예의 바르게 산다는 선택지가 있을 것 같아?"

"으음. 아니, 그건… 뭐, 뭐랄까……."

압도적인 설득력이다. 서하령이 폭력적이라는 점은 반박의 여지가 없는 사실이지만 마곡정이 매를 번다는 것도 마찬가지다. 마곡정이 서하령에게 당한 폭력은 이 두 가지 사실의 상승효과(!)가 낳은 비극인 것이다.

'어휴, 마곡정. 불쌍한 녀석.'

형운은 고개를 절레절레 젓고는 물었다.

"그건 그렇다 치고 내공은 좀 증진되고 있어?"

"조금은. 하지만 너 때문에 진도가 잘 안 나가."

"엥? 나 때문이라니?"

"할아버지께서 요즘 너와 관련해서 귀혁 아저씨한테 부탁받은 일을 하시느라 나한테 신경을 못 써주신단 말야."

"왜? 일월성단이라도 먹으려고?"

"마치 일월성단이 먹고 싶다고 먹을 수 있는 것처럼 말하는구나?"

서하령이 눈을 흘겼다. 마곡정을 비롯해서 제발 일월성단 하나만 먹을 수 있으면 소원이 없겠다고 부르짖는 수많은 별의 수호자 소속 무인들이 들었으면 땅을 칠 소리다.

서하령이 말했다.

"난 더 이상 일월성단을 먹어서는 안 돼. 효과도 없고 위험만 크지."

일월성단은 분명 해와 달 별, 세 가지가 존재하지만 이걸 다

먹는 건 말도 안 되는 짓이다. 누가 봐도 불가능하다고 생각되는 짓을 저지른 것은 물론이고 일월성신이라는 성공의 열매까지 취했기에 형운이 특별하게 여겨지는 것 아닌가?

　보통 무인이라면 일월성단 두 개를 먹는 것만으로도 죽고 싶어서 환장한 짓이다. 두 개의 힘이 섞이지 못하고 반발하는 충격만으로도 죽을 수 있고, 설령 기적적으로 안정화된다고 하더라도 효력의 대부분은 그냥 유실되어 버릴 것이다.

　서하령의 경우는 더 위험하다. 대영수의 혈통으로 특성이 뚜렷한 막대한 선천지기를 타고난 그녀는 자신과 맞지 않는 계통의 일월성단을 먹었다가는 그 반발력으로 파멸할 것이다.

　"일월성단─달을 취함으로써 얻은 것은 아직도 내 그릇을 키우고 있어. 그 힘의 가능성을 모두 취하는 건 훨씬 시간이 지난 후가 될 거야. 너는 네가 얼마나 이상한 존재인지 좀 자각하는 게 좋아."

　"…아니, 내 어디가 이상하다는 거야?"

　"강호에서 머리에 피도 안 마른 애송이 취급을 받을 나이에 그런 내공을 가졌는데 그런 소리가 나와?"

　"……."

　그렇게 말하면 할 말이 없긴 하다. 기술적인 역량은 아직 멀었지만 내공 자체만으로 따지면 형운은 분명 강호의 명사들과 동등한 수준이다. 그것도 일월성신의 특성을 생각하면 다른 이들의 7심보다 훨씬 우월하다고 봐야 할 터.

　서하령이 하늘을 올려다보며 말했다.

　"지금의 나는 아무리 발버둥 쳐 봐야 한 계단을 더 올라가는 게 고작이야. 그 이상은 시간만이 해결해 주겠지."

아무리 많은 영약과 비약을 먹어도 내공 증진은 쉽게 이루어지지 않는다. 한 계단, 또 한 계단 나아갈 때마다 점입가경으로 난해한 벽이 그 앞을 가로막는다. 서하령은 나이에 비하면 경이로울 정도로 무공 성취가 높고 타고난 재능은 경천동지할 수준이었지만, 거기에 막강한 외부의 지원이 더해진다고 해봤자 당장은 한 계단을 올라가는 게 고작이었다.

하지만 지금의 서하령에게는 그 한 계단이 절실했다. 그만큼 흑영신교주와의 싸움에서 서하령이 겪은 무력감과 절망은 컸다.

그런 그녀를 보던 형운이 말했다.

"…처음이네."

"뭐가?"

"네가 무공에 대해서 필사적인 모습을 보이는 거."

그 말에 서하령이 움찔했다.

그녀는 무인으로서도 열심이었다. 무인으로서 대성하는 것이 아니라 동경하는 귀혁의 무공을 좇는 게 목표라는 점이 문제였을 뿐. 그리고 귀혁은 강호 최강을 다투는 존재 중에 하나이니 그녀의 목표는 아득할 정도로 높다고 해야 할 것이다.

하지만 확실히 그녀는 무공에 모든 것을 바치지 않았다. 무인들에 비하면 한발 물러선 입장이었기에 지금까지 스스로의 부족함을 두려워하고 절실하게 더 강해지고 싶어 하지 않았다.

서하령이 말했다.

"나도 처음이야."

"뭐가?"

"무인으로서 다른 사람이 가진 것을 부러워해 보는 것."

"……."

콕 집어서 말하지는 않았지만 형운은 그 다른 사람이 자신임을 어렵지 않게 알 수 있었다. 형운은 늘 서하령의 천부적인 재능을 부러워했지만, 이제는 그도 그녀의 부러움을 사는 위치에 와 있었다.

"자신이 갖지 못한 것을 가진 타인을 질투한다……."

서하령이 중얼거렸다.

익숙하지 않은 감정이다. 그녀는 늘 타인의 질투를 받는 입장이었지 하는 입장이 아니었으니까. 남자도, 여자도, 무인도, 연단술사들도 모두가 그녀를 보며 감탄하고 질시했다. 타고난 혈통, 하늘로부터 받은 재능, 눈부신 외모, 그리고 이 장로라는 배경에 이르기까지 모든 요소들이 그럴 만했으니까.

"설마 그때의 그 '약한 사람'에게 이런 마음을 품게 될 거라고는 상상도 못 했어."

서하령이 형운을 보며 미소 짓는다. 오싹할 정도로 아름다운 미소였다. 평소에는 그녀의 외모에 무덤덤하던 형운조차 가슴이 두근거릴 정도로…….

처음 만났을 때, 서하령은 형운에게 귀혁의 제자라는 것 말고 아무런 가치를 부여하지 않았다. 그런데 지금은 세상에서 유일한 질투의 대상이었다. 귀혁의 제자라는 입장을 더 이상 질투하지 않게 된다 싶었더니 무인으로서 형운이 가진 것을 질투하게 될 줄이야.

형운도 마주 웃었다.

"그러게. 나도 내가 너한테 그런 소리 듣는 입장이 될 거라고는 상상도 못 했는데. 세상일은 역시 알 수 없는 법인가 보다."

"우쭐해하지는 마. 앞날은 알 수 없는 거니까."

"곡정이가 반드시 매를 벌어서 너한테 맞는다는 것을 제외하면 말이지."

형운이 장난스럽게 받아치자 서하령은 새침한 눈으로 형운을 흘겨보고는 몸을 돌렸다.

11

별의 수호자 총단에서 열리는 신년 비무회는 유소년부, 청년부, 중장년부로 나뉜다. 별의 수호자에는 노고수들도 많기는 하지만 그들은 이런 잔치에서는 한발 물러나 있는 입장이다.

유소년부는 작년에 이어 올해도 영성의 제자단이 압도적이었다. 올해는 다른 곳에서도 재능 있는 아이들을 내보냈지만, 영성의 제자단은 작년에 비해 훨씬 성장한 모습으로 우승과 준우승을 비롯해서 상위권을 독점했다.

강연진도 이번에는 4차전까지 올라가면서 작년보다 나은 결과를 얻었다. 무엇보다…….

"역시 하면 되잖아."

형운은 4차전에서 패하고 내려가는 강연진을 보며 웃었다.

강연진의 기량도 작년보다 월등히 향상되었다. 내공도 2심을 이루면서 훨씬 탄탄해졌고, 무엇보다 시합을 오래 끌지 않았다.

1, 2차전은 상대가 기량을 발휘하기도 전에 끝을 내서 체력 소모가 거의 없었다.

그리고 3차전의 상대는 영성의 제자단 아이였다. 강연진을 못난이 취급하던 경쟁자 중 하나가 그에게 패배한 것이다.

강연진이 비교적 대진 운이 좋아서 상대보다 상태가 좋았던 덕이기는 했다. 그래도 이것은 제자단 아이들에게는 꽤나 충격적인 결과이리라.

'일주일도 못 했지만 그래도 보람이 있었군.'

바로 어제까지 형운은 하루 반 시진씩 강연진과 대련을 벌였다. 형운 자신이 상대가 되어주기도 하고 가려를 상대로 세우기도 했다.

형운이 예상한 대로 강연진은 제대로 된 대련 경험이 취약했다. 그리고 계속 제자단 아이들에게 괴롭힘을 받아서 대련에서도 제 실력을 발휘하지 못할 정도로 위축되어 있었다.

불과 며칠이지만, 형운은 그런 문제를 고쳐 주기 위해서 공을 들였다. 그 성과가 어느 정도였는지는 지금 눈으로 확인한 셈이다.

문득 가려가 전음으로 물었다.

─만족하십니까?

─지금은요. 뭐 이번에도 이겼으면 좋았겠지만.

형운이 입맛을 다셨다. 3차전이 워낙 격전이었기 때문에 강연진은 지쳐 버렸고 결국 4차전에서 또 다른 제자단 아이를 만나서 지고 말았다.

하지만 지금은 이걸로 충분하다. 그들은 기나긴 여행을 하는 중이다. 지금 못 이긴다고 절망할 필요는 없다.

　─이것만으로도 충분히 가능성이 보이잖아요. 연진이는 내가 옆에서 이 정도만 도와줘도 다른 녀석들을 엿 먹일 수 있는 재목이에요.

　─그거 왠지 칭찬으로 안 들립니다만.

　─칭찬이에요.

12

　유소년부 다음 날 열린 청년부는 파란의 연속이었다.

　일단 예고 없이 특별 출전한 참가자가 모두에게 충격을 던져주었다.

　─야! 형운! 이거 도대체 어떻게 된 거야!

　출전자 명단에는 없는 한 사람의 이름이 불렸을 때, 모두가 경악했다.

　─왜 누나가 여기 나와!

　그동안 비무 행사에는 한 번도 나온 적이 없는 성운의 기재, 서하령이 출전한 것이다!

　마곡정이 혼비백산해서 전음을 날려댔지만 형운은 해줄 말이 없었다. 왜냐하면 그도 전혀 몰랐던 일이기 때문이다.

　'우와, 말이 씨가 된다더니.'

　마곡정에게 장난 삼아서 서하령이 참가한다는 거짓말을 했었는데 그게 진짜로 일어날 줄이야?

　아니, 무엇보다 사전에 참가 신청도 안 해서 참가자 명단에도 없었는데 어떻게 나올 수 있었을까? 의문을 품고 알아보니 신년 축제에 참석한 그녀가 자기도 비무회에 참가할 걸 그랬다고 한 마디 하자 장로들을 비롯한 어르신들이 너도 나도 그럼 참가하면 된다고 호응해서 그렇게 됐다나.

'하여튼 더러운 권력 같으니.'

서하령은 대진표상 상대가 없어서 부전승으로 올라가는 참가자의 상대로 배정되었다. 자신의 대진 운에 쾌재를 부르고 있었을 상대 입장에서는 마른하늘의 날벼락이겠지만 어쩌겠는가?

"서하령, 승!"

서하령은 압도적인 실력으로 승리를 따냈다.

아무리 성운의 기재라지만 여자의 몸인지라 그녀와 맞붙는 입장에서는 패배하면 자존심이 산산조각 나는 셈이다. 당연히 다들 필사적으로 맞섰는데, 그래도 아예 상대가 되질 못했다.

3차전이 끝나고 형운은 그녀를 찾아갔다.

"무슨 바람이 불어서 갑자기 출전한 거야?"

"곡정이."

"응?"

"형운, 네가 출전 안 하니까 우승은 당연한 거고 그래서 재미없다고 하더라."

"……."

즉 마곡정의 입방정을 듣고는 욱해서 출전을 결심했다는 소리다. 할 말을 잃은 형운에게 서하령이 한숨 섞인 목소리로 말했다.

"사실 진짜로 출전할 생각은 없었는데 장로님들이 떠밀어서 그만."

서하령은 그냥 마곡정이 투덜거리는 게 짜증 나서 한마디 했을 뿐인데 다들 그 말을 해주기만을 기다렸다는 듯 엄청난 추진력으로 일을 진행시켰다. 그녀가 성운의 기재임이 밝혀진 후로 많은 이들이 그 무위를 견식하고 싶어 했지만 기회가 없었으니 당연한 결과라고 하겠다.

사정을 들은 형운이 허허 웃었다.

"어처구니가 없다."

"나도 그래."

"음. 대진표상으로는 곡정이하고는 결승전에서 붙던데. 일부러 그렇게 배치한 거겠지?"

"풍성 아저씨나 운 장로님의 입김도 닿아 있을 거야."

원래 대진표상으로는, 물론 이겨서 올라온다는 전제하지만 오량과 마곡정이 결승전에서 사형제 대결을 하게 되어 있었다. 그런데 서하령이 난입하면서 준결승에서 오량과 붙게 되었다.

"곡정이를 좀 더 밀어주는 건가?"

"아마도?"

"하령아."

"왜?"

"너무 심하게 패진 마. 그래도 이렇게 관객이 많은 곳인데 곡정이 앞날도 좀 배려해 줘야지."

"......"

절대 봐주라고 하지는 않는 형운이었다.

13

    하지만 결승전까지 가기도 전에 또 다른 파란이 일었다. 바로 강주성 대표로 출전한 별 부스러기, 무일이 준결승까지 올라와서 마곡정과 맞붙은 것이다.

    "큭, 이 녀석!"

    마곡정은 준결승까지는 파죽지세로 올라왔다. 청년부는 상당한 격전지였지만 고향으로 내려가서 지옥 같은 수련을 거친 그의 기량은 이전보다 현격하게 상승해 있었다. 영수의 힘을 이끌어낼 것도 없이 어떤 상대든 초반에 결판을 냈다.

    그런데 무일을 상대로는 벌써 일각(약 15분) 동안이나 싸우고 있었다.

    채채채채챙!

    마곡정의 도와 무일의 창이 얽히면서 공기가 쩌렁쩌렁 울렸다.

    초반부터 마곡정은 강맹한 공세를 펼쳤다. 무식하게 돌격하는 것 같지만 그 속에 깜짝 놀랄 정도로 섬세한 기교를 섞는 것이 마곡정의 강점이다. 은신술과 분신술로 감각을 혼란시키면서 퍼붓는 도격은 웬만한 무인들은 전혀 따라갈 수 없었다.

    무일은 그 공격을 잘 받아내고 있었다. 짜증이 난 마곡정이 계속 맹공을 퍼붓는데도 별 성과가 없다. 큰 공격을 가하려고 하면 무모해 보일 정도로 과감하게 돌격해 와서 움직임을 막고, 빠르고 현란한 공격을 퍼부으려고 해도 몸을 던져서 변화의 맥을 끊어버린다.

시합을 관전하던 형운이 물었다.

"어때요, 누나? 할 만해 보여요?"

—통찰력과 결단력, 양쪽 모두 뛰어나군요. 비무라는 상황도 잘 이용하고 있고……

"…아니, 제가 물은 건 그쪽이 아니었는데."

—네?

"곡정이 말이에요. 누나가 싸웠으면 어떻게 될 것 같았냐고 물어본 거였어요."

—…….

일각이나 시합을 관전했으니 대충 머릿속에서 평가와 비교가 이루어졌으리라. 하지만 가려는 그 점에 대해서는 의견을 말하기를 거부했다.

형운이 피식 웃었다.

"무일, 저 사람은 확실히 대단하군요. 솔직히 만날 성운의 기재만 봐서 별 부스러기는 별거 아니라고 생각하고 있었는데, 인식을 고쳐야겠어요."

애당초 '별 부스러기'라는 호칭 자체가 그들의 존재를 무시하는 감이 있다. 그러다 보니 형운조차도 무의식중에 그들을 낮추어 보고 있었다.

그러나 무일의 무공은 훌륭했다. 마곡정의 실력은 형운이 잘 안다. 그가 또래를 상대로 일각 동안이나 결정적인 승기를 잡지 못한다는 건 놀랄 만한 일이다.

'나이에 비해 실전 경험이 상당히 풍부하다더니 과연.'

형운이 읽은 보고서에 따르면 무일은 강주성 지부에서 호위무사로 육성한 인재라고 한다. 어릴 때부터 무공에 대한 이해가 빼어난 것은 물론이고 눈썰미가 좋았던 것이 진로를 결정한 요소다.

첫 실전은 열두 살 때, 즉 아직 별 부스러기라는 사실이 판명나기도 전이었다. 별 위험이 없다고 판명된 표행에 따라나섰다가 요괴를 낀 산적 떼와 맞부딪치는 일이 생겼다. 난전이 벌어졌고 그 속에서 눈길을 피해 우두머리의 뒤쪽으로 접근, 결정적인 타격을 입힌 것이 무일의 첫 전공이었다고 한다.

이것으로 강주성 지부장의 호위대를 이끄는 호위무사장의 눈에 들어서 수제자로 발탁되었고, 그 후로도 표행이나 상행을 따라다니면서 어린 나이에도 불구하고 많은 실전을 겪었다.

문득 형운이 중얼거렸다.

"하지만 실전 경험만 갖고 따지면 곡정이도 꽤 될 텐데……."

실전 경험만 따지면 마곡정도 만만치 않다. 별의 수호자 총단에 있을 때, 풍성을 따라다니면서 실전을 겪은 적도 있었고 북방 설산에서는 청안설표의 일족과 함께 온갖 위험들과 맞서 싸운 과거가 있었으니까.

거기에 대해서 가려가 의견을 피력했다.

─무일 소협은 자기보다 강한 상대를 상대하는 법을 잘 아는 것 같습니다.

"확실히……."

마곡정은 힘과 속도, 내공 면에서 무일을 확연히 앞선다. 무일이 선공하는 걸 보고 반응해도 마곡정이 더 빨리 도달할 정도의 격차가 두 사람 사이에 있었다.

그런데도 마곡정은 그를 압도하지 못했다. 분명히 시종일관 무일이 수세에 몰려 있지만 결정적으로 저울추가 기울지 않는 것이다.

그 이유는 무일이 적극적인 수비를 펼치고 있기 때문이다. 마곡정의 공격을 기다렸다가 반응하는 게 아니라 움직임을 예측하고 뛰어들어서 제대로 힘을 실어서 폭발시키기 전에, 따라갈 수 없을 정도로 빠르게 가속하기 전에 맥을 끊어버리고 있다.

가려가 말한 대로 통찰력과 결단력, 양쪽을 겸비해야만 가능한 일이다. 설령 움직임을 뻔히 예측하고 있다고 하더라도 자기보다 훨씬 빠르게 움직이는 상대가 휘두르는 칼의 궤도 속으로 몸을 던지는 게 얼마나 큰 용기를 필요로 하는 일이겠는가?

무일은 그 일을 계속해서 해내고 있었다. 그 결과 마곡정은 자신의 힘을 제대로 발휘하지 못하고 무일의 수비에 막혀 버린다.

"하지만 여기까지군요."

문득 형운이 애석해하며 말했다.

매번 위험을 감수하면서 마곡정의 힘을 봉하는 무일의 대응력은 훌륭하다. 하지만 어디까지나 방어에 그칠 뿐, 마곡정을 밀어붙일 힘이 없다. 겨우 공세로 전환한다 싶으면 이번에는 마곡정이 탁월한 힘과 속도로 금세 상황을 반전시켜 버리기 때문이다.

이런 공방이 계속되면서 무일의 심력과 체력이 깎여 나가고 있었고…….

쉬이이이이!

결국 마곡정이 비장의 수를 끄집어냈다. 아껴두고 있던 영수의 힘을 끄집어낸 것이다. 푸른 눈동자가 빛나면서 냉기가 휘몰아치기 시작했다.

펑!

폭음이 울리며 무일이 튕겨 나갔다. 그것으로 승패가 결정되었다.

"하령이랑 싸우기 전까지는 절대 안 쓸 기세더니만."

형운이 피식 웃었다. 그대로 싸웠어도 결국 무일이 지쳐서 나가떨어졌을 확률이 높다. 하지만 마곡정은 그런 결말이 싫었는지 전력을 다해서 무일을 쓰러뜨렸다.

흥미로운 것은 그 과정이다. 예전의 마곡정이었다면 영수의 힘을 격발시키는 순간 이성이 마비되어서 미친 듯이 폭주했을 것이다.

'그랬으면 당했을지도 모르지.'

그런 상태는 강맹하지만 동시에 찌를 만한 허점도 많다. 무일이라면 오히려 승기를 잡을 수 있었을지도 모른다.

하지만 북방 설산에서 지옥훈련을 거친 마곡정은 실로 세련된 방법으로 영수의 힘을 활용했다. 한순간에 힘을 일깨우는 대신 느슨하게 조금씩, 확실하게 통제할 수 있는 수준으로만 힘을 일깨운다. 강력한 존재감을 과시하면서 동시에 속도를 늦췄다. 무일이 충분히 따라올 수 있을 정도로.

그러다가 힘을 다 끌어 올린 순간, 기척을 닫아버리면서 급작스럽게 속도를 높였다. 기감을 자극하는 강렬한 존재감과 느린 속도에 익숙해진 무일이 도저히 따라갈 수 없는 급전환이었다.

참고로 일전의 대련에서 형운이 소매를 찢어먹은 것도 마곡정이 저런 수를 썼기 때문이다. 하지만 결국 마곡정의 최고 속도조차도 일월성신의 반응 속도와 감극도의 조합을 깨지 못했다.

"자, 그럼 곡정이가 얼마나 발버둥치는지 지켜봐 줄 차례인가?"

형운은 서하령과 오량의 대전은 볼 것도 없다는 듯 중얼거렸다.

그리고 오량에게는 심히 안된 일이지만, 실제로도 그랬다.

14

무일이 기억하는 부모의 얼굴은 흐릿하다. 하지만 버려져서는 아니었다.

부모는 누군가에게 쫓기는 입장이었다. 무일을 데리고 곳곳을 떠돌아다니면서 추적의 손길을 피하던 그들은 결국 강주성 뒷골목에서 살해당하고 말았다.

그때 무일은 어렸다. 아마 두 살이나 세 살 정도였을까?

그래서 구체적으로 어떤 일이 있었는지 기억나지 않는다. 거듭 악몽을 꾸면서 그때 부모가 자신을 보면서 무슨 표정을 지었는지 기억하려고 노력하지만 한 번도 성공하지 못했다.

그 후의 일들은 더욱 암울하다. 부모가 살해당했지만, 어쩌면 부모의 노력으로 인해서 무일은 살아남았다. 당시의 일을 제대로 기억조차 못 할 정도로 어렸으면서도 용케 살인마들의 손길을 피해서 달아나는 데 성공했다.

하지만 강주성의 어둠에 자리 잡은 흑도문파 삭룡단(削龍團)이 그를 붙잡았다. 당시의 삭룡단은 사라져도 이상하지 않은 부랑아들을 모아다가 쓸 만한 도구로 키워내고자 하는 계획을 세웠고 무일도 거기에 휘말린 것이다.

무일은 그들에게 살수가 되는 훈련을 받았고 일곱 살 때는 이미 뒷골목에서 삭룡단의 적대문파에 속한 무인을 죽이기까지 했다.

그런 일이 몇 번이나 반복되고 아이다운, 아니, 사람다운 감성이 뭔지도 제대로 기억하지 못하게 되었을 때…….

'햇볕이 드는 곳으로 나가고 싶지 않으냐?'

한 사람이 던진 질문이 컴컴한 어둠 속에 묻혔던 무일의 인생을 바꾸었다.

15

신년 비무회가 끝난 다음 날, 형운은 의외의 인물에게 방문을 받았다.

바로 무일이었다. 형운의 일과는 수련으로 꽉 차 있었기 때문에 그는 점심때에 찾아와서 저녁까지 기다려서야 형운을 볼 수 있었다.

"기다리게 해서 미안해요."

"아닙니다. 미리 약속도 잡지 않고 갑자기 찾아와서 죄송합니다."

무일이 정중하게 대꾸했다. 무일의 입장에서 영성의 대제자인 형운을 만나려면 약속을 청하고 답을 기다려야 하는 게 상식이다. 사실 만날 수 없다고 쫓겨나는 것도 각오하고 왔는데 형운은 순순히 만나주는 것은 물론이고 기다리게 한 것을 미안해하고 있었다.

'어떻게 이리도 소탈하지? 연기처럼 보이지는 않는데……'

무일은 어릴 때부터 조직 사회에 적응해서 살아왔다. 높은 지위를 가진 자들이 얼마나 멋대로 행동하는지 지겹도록 봐왔다.

아랫사람의 사정을 잘 헤아려 주는 윗사람들이 있지만 그것도 자기 사정이 허락하는 한도 내에서일 뿐이다. 자기 사정을 내세워서 아랫사람을 이래저래 휘둘러도 미안하게 여기지는 않는다. 그건 그의 입장에서는 당연한 일이니까.

하지만 형운은 진심으로 미안해하고 있는 것 같았다. 일전에 영성의 제자단과 충돌했을 때도 그렇고, 아무리 이전에는 비루한 출신이었다지만 영성의 대제자로 살아온 지도 벌써 6년이 되어가는데 이럴 수가 있나?

형운이 말했다.

"비무회는 잘 봤어요. 아깝게 됐습니다."

"제 실력이 거기까지였지요. 결승전을 보고는 절감했습니다. 그분께는 덤빌 엄두도 안 나더군요."

"아, 뭐… 하령이가 좀 무섭기는 하지요."

형운이 쓴웃음을 지었다.

신년 비무회는 결국 서하령의 압승으로 끝났다. 마곡정은 초장부터 영수의 힘까지 끌어내서 전력으로 맞섰지만 완전히 압도당해서 채 일곱 합 만에 패배했다.

'뭐 그래도 하령이가 많이 배려해 주기는 했지.'

공식적인 자리라 서하령도 장기전으로 끌고 가면서 무식하게 두들겨 패는 대신 짧고 굵게 승부를 결판 지었다. 패하기는 했지만 풍성의 제자로서의 품위는 지킬 수 있었으니 서하령이 많이 봐준 것이리라.

'아마도.'

마곡정이 들것에 실려 간 것을 보면 그게 아니었던 것 같은 생각이 들기도 하지만, 형운은 굳이 그 점을 서하령에게 추궁하지는 않았다.

비무회에 대해서 몇 마디 한담을 나눈 다음, 형운이 본론으로 들어갔다.

"그런데 오늘은 무슨 일로 오셨나요?"

"실은 공자께 부탁드리고 싶은 게 있습니다."

"저한테요?"

"네."

"무슨 부탁인가요?"

형운은 의아해했다. 무일이 자신에게 부탁할 만한 게 뭐가 있을까?

무일은 곧바로 대답하지 않고 뜸을 들였다. 다시 마음을 다스리고 입을 여는 그의 표정은 비장했다.

"실은… 공자께서 저를 써주셨으면 합니다."

"네?"

형운의 눈이 휘둥그레졌다. 그러니까…….

"제 직속으로 들어오고 싶다고요?"

"그렇습니다."

"어……."

이건 전혀 생각지 못했는지라 형운은 당혹스러웠다. 무일이 재빨리 입을 열었다.

"공자께서는 아직 직속으로 거느린 인원이 거의 없다고 들었습니다. 강주성에서 호위무사 수업을 받은 몸으로써, 공자님의 호위대에 들어가고 싶습니다."

"…으음. 솔직히 당황스럽네요. 왜 그런 생각을 했어요?"

"총단에서 일하고 싶어서입니다."

"그거라면 다른 길이 많을 텐데요? 이미 많은 제안이 들어가 있는 걸로 아는데."

그 말에 무일이 입을 다물었다. 형운의 말이 핵심을 짚었기 때문이다.

신년 비무회 참가자들 중에 성과를 올린 이들은 비무회가 끝난 뒤부터 바빠진다. 총단의 사람들이 눈여겨본 인물에게 제안을 넣기 때문이다.

별의 수호자는 지부 혹은 다른 사업체 출신보다는 총단 출신이 출세에 유리하다. 그리고 그 정도는 아니더라도 총단에 근무한 경력도 귀중했다.

그런 면에서 신년 비무회는 총단 사람들에게 자신을 알려서 출셋길에 오를 수 있는 기회였다.

무일은 청년부 준결승까지 진출하면서 인상적인 무위를 선보였고 그래서 많은 제의를 받았다. 형운은 그 사실을 이미 알고 있었기에 무일이 자신의 사람이 되고 싶다고 청하는 것을 이해할 수 없었다.

잠시 후, 무일이 입을 열었다.

"두 가지 이유가 있습니다."

"말해보세요."

"솔직하게 말씀드리겠습니다. 첫 번째는 공자님께서는 영성의 대제자일 뿐만 아니라 강호에도 명성을 떨치면서 주목받는 상황인데도 아직 직속으로 거느린 사람이 거의 없다는 점입니다. 지금 공자님 밑으로 들어갈 수 있다면 장래에 얻을 수 있는 것이 크다고 생각했습니다."

"아무것도 얻지 못하고 쓸모없는 경력만 얻을 수도 있어요. 저보다는 훨씬 안전하고 좋은 기회가 될 곳이 많을 텐데?"

"위험을 감수해야만 더 큰 것을 얻을 수 있는 법입니다. 저는 기왕이면 많이 출세하고 싶습니다."

그 말에 형운은 자기도 모르게 석준을 떠올렸다.

'영성 호위대장은 별로 출세한 자리는 아닌 것 같은데…….'

참고로 영성 호위대장은 조직 내에서 말단 무사들이 목표로 삼기에는 굉장히 높은 자리다. 업무 특성상 영성의 그림자가 되어야 하기에 눈에 띄지 못할 뿐.

어쨌든 형운이 장래에 순조롭게 경력을 쌓아서 영성이, 아니,

꼭 영성은 아니더라도 오성의 일원이 될 수 있다면 무일의 선택은 크게 보답받을 수 있을 것이다. 꼭 호위대장이 아니더라도 그때까지의 경력을 등에 업고 노려볼 수 있는 여러 간부직이 있으니까.

무일은 잠시 형운의 반응을 기다렸다가 말을 이었다.

"그리고 공자님께서 제 마음을 움직이셨습니다."

"…네?"

형운은 움찔했다. 마음을 움직였다니, 또래의 소년이 이런 말을 하니까 어감이 굉장히 미묘했다. 하지만 무일은 진지하기 짝이 없었다.

"선택의 여지가 없다면 모르되, 윗사람으로 모실 사람을 선택할 수 있다면 기왕이면 의로운 사람을 원합니다. 자신의 지위를 이용해서 과오를 덮는 것을 옹호하는 사람이 아니라 올바르지 않은 일에 함께 분노할 수 있는 분을 모실 수 있다면… 그것만으로도 기꺼이 위험을 감수할 가치가 있겠지요."

"……."

형운은 잠시 멍청하니 그를 바라보았다. 살면서 누군가에게 이런 말을 듣는 날이 올 거라고는 생각해 본 적이 없다. 자기 또래의 소년이 의로운 자를 모시고 싶다며 자신에게 고개를 숙인다니… 절로 얼굴이 뜨거워졌다.

하지만 그 말이 마음에 와 닿은 것도 사실이었다. 장래를 좌우할 비무회를 앞두고서도 강연진을 핍박하는 제자단 아이들의 행태를 참지 못하고 나섰던 무일의 말에 가슴 한구석에서 뜨거운 감정이 일었다.

형운은 고개를 끄덕였다.

"알겠어요. 받아들이지요."

"정말이십니까?"

"네. 소속을 옮기는 것부터 시작해서 처리해야 할 일들이 많
겠지만… 무일, 당신을 제 직속 호위무사로 삼겠습니다."

"감사합니다!"

무일은 감격한 듯 고개를 숙였다.

그렇게 형운은 두 번째 직속 부하를 갖게 되었다.

16

세상에는 인간을 위협하는 존재가 너무나도 많았다.

휘몰아치는 사념 속에서 발생, 높은 영격을 바라며 인간의 영
과 육을 포식하고자 하는 요괴들.

신령스러운 짐승들의 반대쪽 극단에서 어둠을 추종하는 마수
들.

그리고 현계와 마계의 틈새 속에서 실체를 투영하여 허상으
로 현현하는 공허하고 탐욕스러운 존재, 환마(幻魔).

윤극성은 본래 사람의 적들이 지배하던 땅을 개척하여 일구
어낸 땅이다.

고대에 일어난 거대한 재해로 인해서 현계와 마계의 경계가
무너졌고 그로 인해 어마어마한 수의 환마들이 발생했다. 그들
은 인간을 포식하면서 실체를 확보했으며, 자신들이 활동할 수
있는 영토를 확장하고자 했다. 이것은 인간들 입장에서는 도저

히 타협할 수 없는 위협이었다.

현계의 활동에 많은 제약을 받는 신수의 일족까지 가세하여 이들의 위협과 싸운 지도 수백 년. 그 시간 동안 인간이 볼 수 없는 어둠 너머에서 환마들은 세계의 운명을 전복시킬 거대한 재난을 준비하고 있었다.

이것을 분쇄한 인물이 바로 나윤극이었다.

마기로 오염된 땅에서 나오지 못한다는 한계를 지녔으나 그 힘은 신수의 일족들조차 감당하기 어려워했던 환마왕.

과거에 수많은 이들이 그에게 도전했다가 처참하게 패하고 목숨을 잃었다. 그러나 나윤극은 그를 꺾고, 환마들이 수백 년 동안 준비한 거대한 위협을 분쇄하였다.

사람들은 그 위업을 칭송하며 그를 무상검존(無想劍尊)이라 불렀다.

그 제자 중 한 명, 만검호(慢劍虎) 봉연후가 거두어들인 위해극은 신수과 인간의 혼혈로 이번 세대 성운의 기재 중에 가장 특출한 출신 성분을 가졌다 평가받고 있었다.

"맙소사."

위해극이 어이없다는 듯 신음했다.

눈처럼 새하얀 머리칼에 짙푸른 눈동자를 가진 그는 올해 생일이 지나면 열아홉 살이 될 것이다. 그러나 여전히 체구가 작고 얼굴이 앳되어서 열다섯 살 이상으로는 보이지 않았다.

하지만 그를 무시하는 이는 아무도 없다. 윤극성은 철저하게 실력으로 자신을 증명해야만 하는 무력집단이다. 그들이 개척한 땅은 풍요롭지만 환마라는 가혹한 위험으로 가득 차 있기 때문이다.

위해극은 성년식도 치르기 전부터 봉연후와 함께 실전에 나섰다. 그리고 모두가 인정할 수밖에 없는 공을 세워왔다.

윤극성 주변을 정찰하다가 조우하는 환마들을 처치하는 것은 자주 수행하는 임무다. 소수 정예의 무인들을 이끌고 나섰던 위해극은 예상치 못한 적과 직면했다.

환마가 아닌 인간이었다.

쿠구구구구……!

그의 앞에서 열기가 끓어오르고 있었다. 그 열기를 일으키는 것은 위해극보다 서너 살 정도 많아 보이는, 즉 위해극의 원래 나이와는 동갑내기 정도로 보이는 청년이었다.

주변에서는 부하들이 격렬하게 싸우고 있었다. 새하얀 옷을 입은 수상한 무인들의 정체는 일찌감치 파악했다.

'광세천교.'

요즘 윤극성은 마교의 움직임에 신경을 곤두세우고 있었다. 새로운 환마왕의 탄생, 그리고 흩어졌던 환마 세력의 결집에 마교의 손길이 관여하고 있음을 파악했기 때문이다.

그런 사정이 있으니 이곳에서 광세천교도들을 발견한 것 자체는 그렇게까지 놀랍지는 않았다. 그러나 지금까지 모습을 드러내지 않으려고 애쓰던 그들이 오히려 습격을 가해온 것은 의외다.

게다가…….

"넌 도대체 뭐야?"

"피했어……?"

상대는 위해극의 물음에 답하는 대신 고개를 갸웃한다.

그는 겉으로는 보통 인간처럼 보였다. 그러나 자세히 보면 실로 기이했다. 위해극과 맞서고 있으면서도 눈에 초점이 잡혀 있지 않다. 순간 맹인이 아닌가 의심했지만 슬금슬금 움직여 보면 곧바로 시선이 따라오는 걸로 봐서 그렇지는 않은 모양이다.

쾅!

다음 순간 공기가 폭발한다. 무시무시한 속도로 서로에게 돌진했던 위해극과 청년이 정확히 반대편으로 튕겨 나간다.

"큭!"

위해극이 눈살을 찌푸렸다. 상대는 맨손이다. 그런데 그의 공격을 받아친 쌍검이 충격으로 떨리고 있었다.

신수의 혈통을 이어받아서 인간과는 비교도 안 되는 선천지기를 타고난 위해극은 무공을 접한 지 채 6년 만에 내공 성취가 5심에 달해 있었다. 게다가 육체 능력 면에서는 보통 인간과는 격이 다른 수준이다.

또한 그것을 활용하는 기량은 어떠한가? 다들 과연 성운의 기재라며 혀를 내두를 정도로 무공 성취가 대단했다.

그런데 눈앞의 청년은 섬뜩하기 짝이 없었다.

속도는 서로 비슷했다. 그런데 맨몸으로 위해극의 검과 맞부딪치는데도 상처가 나지 않는 데다가 내공이 비상식적이다. 또한 감극을 활용하는 위해극의 검에도 대응하는 놀라운 실력의 소유자이기까지 했다.

몇 수 겨루지도 않았지만 위해극은 상대의 정체를 알아차렸다. 그리고 그 사실에 경악하고 말았다.

"광세천교에서 성운의 기재를 보유하고 있었다는 건 금시초문인데."

놀랍게도 상대는 세상에 알려지지 않은 성운의 기재였던 것이다.

제31장
계승자

성운을 먹는 자

1

　각지에서 흑영신교와 광세천교가 날뛰면서 별의 수호자의 무인들은 바빠졌다. 어떤 일이든 경계심을 한껏 높인 채로 평소보다 많은 호위 인력이 투입되었기 때문이다.

　별의 군세를 이끄는 오성들도 바쁜 건 마찬가지였다. 오성의 정점에 선 자, 영성 귀혁은 현재 임시적으로 지성의 자리를 맡고 있는 홍주민과 차를 마시고 있었다.

　"오랜만에 차다운 차를 마시는 기분이군그래."

　"흑영신교 놈들 때문에 고생하셨다 들었습니다만."

　"큰일 날 뻔했지. 젊고 팔팔한 녀석들을 많이 데려가서 다행이었네."

　홍주민이 혀를 끌끌 찼다. 그는 본래는 전임 화성이었다가 나이가 들어서 은퇴한 지 벌써 7년이다. 하지만 지성이 내상을 입고 은퇴, 그 뒤를 이어 지성이 된 신자호가 광세천교의 염마도 구윤에게 사망하자 일단은 강력한 고수가 지성이 되어야 한다는 이유로 그가 불려 나왔다.

"나이 먹고 은퇴해서 애들 재롱이나 보면서 조용히 살려고 했더니만 이게 무슨 꼴인지."

현재의 화성은 그의 제자다. 홍주민은 나이 먹고 기력이 쇠한 지금도 무시무시한 고수였다.

귀혁이 웃었다.

"아직 한창때이신 것 같습니다만. 칠왕도 쫓아내시고."

"뭐 파릇파릇한 애송이가 자기가 칠왕입네 하고 덤비는데 늙은 생강이 맵다는 말을 가르쳐 준 것뿐이지. 그놈이랑 한바탕 하고 났더니 몸이 아직까지 삐걱거려. 쯔쯔."

홍주민은 이번에 나간 주요 상행에서 광세천교의 칠왕의 습격을 받았지만 일대일로 대적해서 패퇴시켰다. 이 전과만 봐도 그가 현재의 오성들에게 전혀 뒤지지 않는 실력을 유지하고 있음을 알 수 있었다.

귀혁이 말했다.

"다른 제자들이라도 추천하시지 그랬습니까?"

"그랬었지. 근데 장로 양반들이 꼭 내가 와줬으면 하더라고. 허 참."

현재의 오성들이 그러하듯이 홍주민도 현역일 때 제자를 여럿 두었다. 다섯 명의 제자를 두었는데 그중 두 명은 임무 중에 사망, 한 명은 화성이 되었으며 두 명은 고위 간부가 되어서 활동하고 있는 중이다.

홍주민도 나이 들어서 은퇴한 자신보다는 아직 현역으로 뛰고 있는 제자들을 추천했지만 장로회에서는 광세천교의 칠왕, 흑영신교의 팔대호법을 예로 들며 그들과 능히 대적하여 물리칠 수 있는 수준이 필요하다고 간청해 왔다. 그의 제자들 중 화성이 되지 못한 나머지 둘은 수준이 좀 떨어지는지라 어쩔 수 없이 차기 지성이 결정될 때까지는 고생을 하게 되었다.

귀혁이 물었다.

"차기 지성은 좀 윤곽이 잡히는 것 같습니까?"

"글쎄. 다들 고만고만한 놈들뿐이라… 좀 쓸 만한 녀석들은 다 중요한 자리에 앉아 있다 보니 한 놈 고르기가 어렵군."

홍주민은 차기 지성을 결정하는 데도 상당한 영향력을 가졌다. 애당초 그것이 그가 지성의 자리를 맡는 대신 내건 조건 중에 하나였기 때문이다.

"정무격은 어떻습니까?"

"운 장로가 열정적으로 미는 아이 말인가? 절대 안 된다고 기각했지."

"가차 없으십니다그려."

"내가 이 나이 먹고 뭐 아쉬운 게 있다고 운 장로의 입김에 끌려 다니겠나? 일선에서 안 뛰고 뒤에서 정치질이나 해대는 양반이 오성의 무력이 얼마나 중요한지 알기나 할까?"

홍주민이 코웃음을 쳤다.

이런 점이 귀혁이 그와 기꺼이 차를 마시며 한담을 나누는 사이가 된 이유였다. 홍주민은 젊은 시절부터 피가 뜨거워서 장로회의 명령이 부당하다고 여겨지면 뒷일 따위는 생각도 안 하고 반발해서 사고를 치고는 했다. 귀혁이 폭풍권호로 활동하며 여기저기를 시끄럽게 만들 때 그의 신세도 많이 졌다.

홍주민이 혀를 끌끌 찼다.

"정무격이라는 놈이 젊은 놈치고는 꽤 실력이 괜찮긴 하지. 하지만 오성이 되기에는 턱없이 부족해. 전임 지성만도 못할 게 뻔한데 또 헛되어 젊은 인재를 보내야 직성이 풀리는 건지 원. 어쩌면 차라리 자네 제자가 나을지도 모르지."

"어림도 없는 이야기지요. 형운은 정말 머리에 피도 안 마른 어린애입니다."

"하지만 내공만은 오성급 아닌가? 난 보고서를 읽고는 누가 나한테 공들인 장난을 쳤나 의심했다네. 청출어람(靑出於藍)이라고들 하지만 다른 사람도 아니고 자네를 내공에서 10년은 앞서가다니……."

별의 수호자의 무인들은 내공에 있어서만은 다른 무력집단을 월등히 앞선다. 그리고 귀혁은 그중에서도 특출해서 20대에 이미 7심을 이루어 사람들을 경악하게 만들었다.

그런데 형운은 그런 귀혁조차도 비교가 안 될 정도로 무시무시한 내공 성취를 보이고 있다. 제자를 칭찬하는 말에 귀혁이 싫지 않은 기색으로 말했다.

"그래도 10년은 멀었습니다."

"10년이라. 그 말은 그 아이가 10년 안에는 오성이 될 만하다고 보는 겐가? 20대의 오성이라니 그런 터무니없는 존재가 될 거라고?"

"부정하지 않겠습니다."

"허허!"

홍주민이 기가 막힌 듯, 그러면서도 흥미진진하다는 듯 눈을 빛냈다. 그가 아는 귀혁은 자신감으로 똘똘 뭉친 천재다. 그가 할 수 있다고 단언할 때는 꼭 그렇게 되고는 했다.

"다른 제자들은 어떤가?"

"아마 예전에 제자 키우실 때, 제자들 보면서 저와 비슷한 생각을 하셨을지도 모르겠군요."

"세상에서 자기가 제일 잘난 줄 아는 놈들이 모여서 콧대가 한없이 커져 가는 중이라 이거군."

"고만고만한 것들이 자기가 정말 잘난 줄 아는 걸 봐주려니까 피곤합니다. 인재육성계획 때문에 헛바람이 들어서는……."

"여전히 인재육성계획을 싫어하는군그래."

"별로 그런 걸 좋아할 만큼 혜택 받고 살지를 못해서 말입니다."

"뭐 나도 좋아하진 않지만 효율적인 인력 관리 방식이라는 건 인정하고 있네. 어쨌든 제자들의 오만 또한 사부로서 겪어야할 수난이지. 자네 같은 사람이라면 더더욱."

귀혁은 오성 중 누구의 제자도 아니었으나 결국 자신의 능력만으로 영성의 자리에 오른, 별의 수호자 무인들의 신화였다. 홍주민의 제자들도 애송이 시절에 하늘 높은 줄 몰랐다가 귀혁에게 몇 번이나 호되게 당했었다.

지금도 오만하다는 평을 듣는 귀혁이지만 젊은 시절에는 더했다. 당시 귀혁은 대놓고 인재육성계획이니, 선택받은 기재니 하는 것을 같잖다고 떠들고 다녀서 무수한 충돌을 빚었다.

하지만 결론적으로 사람들은 그가 별의 수호자가 골라낸 기재들을 발아래로 볼 정도로 탁월한 천재라는 것만은 인정할 수밖에 없었다.

그런 귀혁이 장로회가 추천한 인재육성계획 출신의 기재들을 제자로 받았으니 얼마나 짜증이 날지 불 보듯 뻔하다.

홍주민이 장난스럽게 웃었다.

"그래도 그 아이들이 언젠가 형운이라는 아이를 넘을 수도 있지 않겠나?"

"그럴 수도 있겠지요."

귀혁은 부정하지 않았다. 형운과는 방식을 달리할 뿐, 그는 제자단 아이들에게도 최선을 다하고 있었다. 제자단 아이들은 그의 가르침을 소화해 내기만 하면 장차 오성을 노려볼 수 있는 재목들이다.

귀혁이 말했다.

"미래는 결국 스스로의 손으로 쟁취해야 합니다. 제가 할 수 있는 것은 길을 마련해 주는 것뿐."

"자네도 어른이 됐군. 사부다운 말도 할 줄 알고."

"제가 벌써 일흔이 넘었습니다만."

"어디 가서 그런 말 하지 말게. 거울만 봐도 믿어주기 어려운 소리라는 건 알겠지?"

홍주민이 웃었다.

2

형운의 직속 호위무사가 된 무일이 별의 수호자 총단에서 머물게 되면서 가장 놀란 것은 계절감이었다.

밖은 분명 한겨울이었건만 총단은 강주성부터 입고 온 옷을 더워서 벗어둬야 할 정도로 따뜻했다. 아니, 정확히는 봄 날씨나 가을 날씨처럼 사람이 살기에 딱 좋은 상태가 언제나 유지되고 있어서 마치 옛 우화에 나오는 신선의 세계 같았다.

그렇기에 한동안 총단에서만 생활하다가 밖으로 나왔을 때는 깜짝 놀랐다. 머리로는 바깥이 한겨울이라는 것을 알고 있지만 실제로 밖의 한기를 접했을 때 얼마나 놀랐던가?

그리고 마치 머나먼 북방 설산에 온 것마냥 혹한이 몰아치는 상황 속에 내던져질 거라고 누가 상상이나 했겠는가?

휘이이이이!

설풍(雪風)이 휘몰아치고 있었다. 주변이 온통 산인데 눈에 보이는 모든 것을 새하얗게 덧칠하려는 듯 무시무시한 눈이 바람을 타고 날아든다. 무일은 눈을 뜨는 것조차 어려웠다.

아무리 이곳이 하운국에서는 추운 편에 속하는 진해성이라지만 이런 폭설은 말도 안 된다. 일 년 내내 눈으로 뒤덮여 있다는 북방 설산이라도 이만큼 눈이 내릴 수 있을까?

"크! 이 할아버지 진짜 장난 아니게 심술궂으시네!"

무일의 곁에서 형운이 이를 갈았다. 서서히 뼛속까지 침투해 들어오는 추위에 몸을 떨던 무일은 그를 보고 놀랐다. 형운은 방한 대책이라고는 전혀 하지 않은 차림새인데도 전혀 추위를 타는 기색이 없었다.

'한서불침을 이루었다는 소문이 사실이었나?'

풍혼권이라는 별호를 얻은 형운에 대한 이야기는 강호의 영웅담이 으레 그렇듯 온갖 과장과 왜곡이 섞여서 퍼져 나가고 있었다. 그 이야기 중 믿을 만한 것들을 찾기가 더 어려울 지경이고 형운이 한서불침을 이루었다는 것도 그중 하나였다.

그런데 지금 보니 진짜인 것 같다. 형운의 내공이 심후하니 내력을 끌어 올려 버티고 있는 것일지도 모르지만, 무일이 보기에 형운은 전혀 그런 기색이 없었다.

눈보라 너머에다 대고 신경질을 내던 형운이 물었다.

"무일, 괜찮아?"

서로 동갑이었고 직속 부하로 들인 상황이라 형운은 무일에게 말을 놨다. 무일이 고개를 끄덕였다.

"네."

"입술까지 새파래졌는데."

"견딜 만합니다."

"견딜 만한 정도로는 곤란한데."

"무슨 뜻으로 말씀하시는 것인지 모르겠습니다."

"지금부터 갈 길이 멀다는 거야. 누나는 어때요?"

"괜찮……."

괜찮다고 대답하려던 가려는 형운의 표정을 보고는 말을 고쳤다.

"마음껏 움직일 수 있는 건 고작해야 반각 정도일 것 같습니다."

"누나 내공이 올라가서 다행이군요. 하지만 반각으로는 턱도 없을 거고… 일단 이 수련의 의도에 따라보기로 하죠."

이 상황은 기환진이 빚어낸 환상이었다.

별의 수호자가 보유하고 있는 기환술사들은 상당히 수준이 높고 형운도 수련 중에 온갖 믿을 수 없는 일들을 다 겪어보았다. 그러나 이건 사전에 설명을 다 들었는데도 놀랍다. 다른 것 때문이 아니라 규모 때문이었다.

'도대체 기환진이 어디까지 뻗은 거야?'

형운은 일월성신을 이루면서 여러 가지 비상식적인 능력을 갖게 되었다. 그중 하나가 기환진 속에 있으면 그 경계를 눈으로 보고 구분할 수 있다는 것이다.

보통 기환술사들이 만든 기환진이 좁은 공간 속에 무한한 세계를 창조한다고 믿는 사람이 많은데 그건 기환술사들이 의도적으로 왜곡해서 퍼뜨린 사실이다. 실제로는 기환진에 든 사람에게 현혹술과 환상을 교묘하게 이용하고 방향감각과 거리감을 무너뜨려서 같은 자리를 빙빙 돌게 만드는 것이 기본이다.

그런데 이 기환진은 언뜻 봐서는 경계를 찾을 수 없을 정도로 엄청난 규모였다. 눈보라가 휘몰아치는 걸 감안하더라도 최저 1,000장(약 3킬로미터) 이상의 거리까지는 전개되어 있는 것 같다.

밖에서 봤을 때는 고작해야 4~50장 정도의 범위에 진을 펼쳤다. 그런데 안으로 들어오니 이 정도 확장이 일어난 데다가······.

'여기 내가 모르는 봉우리가 있을 리가 없지?'

이 산은 이미 형운이 수십 번도 넘게 수련의 장소로 이용해 왔다. 일월성신을 이룬 뒤, 형운의 기억은 비상하게 좋아져서 한번 본 것은 잊지 않았다. 떠올리고 해석하는 데 시간이 걸릴 뿐이다.

그런데 눈보라 저편에 보이는 산세는 형운이 기억하는 것과는 전혀 달랐다. 기환진이 만들어낸 환상이라는 증거다.

"아우, 이러지 않아도 환예마존 어르신 대단하다는 거 세상이 다 아는데 참."

이 기환진을 펼친 것은 바로 환예마존 이현이다. 무슨 이유에서인지 벌써 두 달도 넘게 총단에 머무르고 있는 그가 귀혁의 요청을 받아들여서 수련용 기환진을 만들어준 것이다.

문득 형운의 눈길이 한곳으로 향했다.

"유설 님."

그곳에는 설산여우의 모습을 한 유설이 신나서 눈밭을 뒹굴고 있었다.

"응?"

눈보라가 휘몰아치는 것과는 전혀 어울리지 않는, 귀엽기 짝이 없는 모습으로 놀고 있던 유설이 눈을 동그랗게 뜬다. 형운이 물었다.

"두 사람을 좀 도와주실 수 있으세요? 이대로는 얼어 죽겠……."

"안 되는데?"

"엥?"

"난 아무것도 하지 말고 따라다니기만 하래."

"…여기, 유설 님이 들어오고 싶다고 하신 거죠?"

"응."

"하아."

형운이 한숨을 쉬었다.

북방 설산에서 빙령지킴이 노릇을 했던 유설은 한기를 다루는 능력이 강력하다. 그녀의 능력은 뭔가를 얼리는 데만 쓰는 게 아니라 반대로 특정 대상을 한기로부터 보호하는 데도 쓰이기 때문에 굉장히 활용도가 높았다.

하지만 이제 보니 그녀는 어디까지나 방관자로서, 이 혹한과 그 속에서 형운이 행하는 수련을 구경하기 위해서 왔을 뿐이고 개입은 사전에 금지당한 모양이다. 하긴 그녀가 도와준다면 별로 수련이 되지 않을 것이다.

'여기서 무사히 나가는 것.'

그것이 귀혁이 부여한 수련 목표였다. 형운 혼자라면 별로 어렵지 않은 일이다. 이 혹한과 눈보라, 거기에 뭔가 동적인 위협이 더해진다고 해도 형운은 아무렇지도 않게 밖까지 나갈 자신이 있었다.

문제는 가려와 무일을 동반한 채로 가야 한다는 것이다. 웬일로 수련에 두 사람을 동참시키나 했더니 이런 노림수였을 줄이야.

'사전에 설명이라도 좀 해주시지. 날이 갈수록 심술궂어지셔서는!'

형운은 속으로 투덜거리고는 가려와 무일의 등에다 손을 대었다.

"제 내력을 불어넣어 줄 테니까 운기해요. 전력으로 내공을 끌어 올려서 추위를 버티면서 갑니다. 한기가 침투해 온다 싶으면 바로바로 말해요."

"하지만 그러면 공자님께서 버티실 수가 없을 텐데요?"

가려는 고개를 끄덕인 데 비해 무일은 당황했다. 형운이 그의 말을 잘랐다.

"한서불침인 데다가 내력도 남아돌아서 괜찮아. 과장이나 허세가 아니라 진짜 그러니까 나 배려하겠답시고 이상한 짓 하지 말 것. 그쪽이 더 피곤해질 수 있으니까."

형운의 내공은 막강한 데 비해 그걸 다루는 능력은 별로 좋지 않다. 일반적인 무인이 내공을 7심의 경지까지 올렸다면, 즉 귀혁을 제외한 오성쯤 되는 무인들이라면 아마 손을 댈 것도 없이 일정 권역에 두 사람을 둔 것만으로도 그들을 한기로부터 보호하고 진기를 전해줄 수 있었을 것이다.

하지만 형운은 그런 일을 할 수가 없다. 아직 점혈도 상황에 맞춰서 쓰기 어려워하는 판에 그런 고도의 기술을 어떻게 하겠는가?

'이 기운은 대체⋯⋯.'

형운의 내력을 받은 무일은 경악했다. 원래 내력, 혹은 진기라 불리는 힘은 개개인에 따라서 다 질적인 차이가 있게 마련이다. 당연히 타인의 진기를 받으면 이질감이 들고 그것을 녹여내는 과정에서 큰 손실이 일어난다. 같은 내공심법을 익히고 있는 자들이라도 비교적 손실이 적은 정도에 그친다.

그런데 형운이 양기로 변환해서 주입해 준 기운은 거짓말처럼 무일의 기맥에 융화되었다. 사람의 기운이라고는 믿을 수 없을 정도로 순정하다.

일월성신의 힘이다. 형운은 후천지기와 선천지기의 차이가 없는 완전한 기운의 그릇이기에 이런 말도 안 되는 일이 가능한 것이다.

"후우우."

두 사람에게 기운을 불어넣은 형운이 천천히 숨을 토했다.

그저 기운을 불어넣는 것만이라면 어렵지 않다. 하지만 자신의 기운을 두 사람이 받아들이기에 최적의 상태로 가공해서 서서히 불어넣어 주는 것은 굉장한 집중력을 필요로 했다.

형운이 물었다.

"너무 뜨겁지는 않아요? 양기가 너무 강하니 적당히 조절하기는 했는데……."

"약간 더 뜨거워도 될 것 같습니다."

가려가 말했다. 형운이 고개를 끄덕였다.

"다음번에 조절하죠."

마치 찻물의 온도를 어떻게 조절할까를 두고 나누는 것 같은 대화였다. 무일이 어이없어했다.

'터무니없는 사람을 상관으로 모시게 되었군.'

형운 자체도 그렇고 자신도 참가하게 된 이 수련도 그렇고, 형운 밑에서 일하게 된 후 겪는 일마다 비상식적인 것투성이다.

"그럼 가요. 내가 앞장서죠. 누나가 뒤를 보고… 무일은 중간에."

"위험이 있을지도 모릅니다. 제가 앞으로……."

무일이 나서자 형운이 손을 들어 제지했다.

"아니, 이건 내 수련이야. 사부님이 뭘 준비하셨든 간에 네가 감당하긴 좀 어려울걸."

그 말에 무일이 입을 다물었다. 그의 표정을 본 형운이 쓴웃음을 지었다.

"자존심이 상했다면 미안해. 하지만 이건……."

그때 갑자기 땅이 울리기 시작했다. 무일이 흠칫 놀랐지만 형운은 전혀 동요하지 않는다.

"다른 것보다는 힘을 필요로 하는 영역이라서."

나무들을 쓰러뜨리며 거대한, 정말로 과장 없이 집채만 한 덩치를 가진 곰이 달려오고 있었다. 형운은 그 곰이 가까워지기 전에 냉큼 주먹을 질렀다.

콰앙!

기공파가 뻗어 나가서 곰에게 명중, 눈이 사방으로 비산한다. 그리고…….

쾅!

첫 폭음의 잔향이 스러지기도 전에 또 다른 폭음이 울려 퍼졌다. 형운이 곧바로 뛰어들어서 곰의 머리통을 갈겨 버린 것이다. 그 일격으로 곰의 머리통이 터져 나가면서 피가 폭포수처럼 치솟았다.

무일은 경악으로 눈을 부릅떴다. 형운이 강하다는 소리는 귀에 못이 박히도록 들었지만 그 무위를 실제로 보니 엄청났다.

거대한 곰의 시체를 보며 형운이 중얼거렸다.

"환영은 아니고, 기환술로 실체 비슷하게 만든 건가?"

일월성신인 형운은 정신과 감각을 현혹시키는 기술에 강한 저항력을 보였다. 일반적으로 기환진은 감각을 어그러뜨리고 환각을 겪게 하는 것이 기본인데 형운에게는 그런 수법이 잘 먹히지 않는다.

즉 이 곰이 그저 환영이었다면 형운은 아예 무시해 버렸을 것이다. 하지만 지금 휘몰아치는 눈보라도, 곰의 존재도 생생한 실체감을 자랑하고 있었다.

"과연 환예마존 어르신의 기환진답다고 해야 하나? 고생하는 입장이다 보니 전혀 반갑지 않다마는. 여기서 일어나는 일이 어디까지 실제적인 영향을 끼치는지는 모르겠지만 적어도 고통만은 현실과 분간할 수 없을 테니… 빨리 가는 게 좋겠어."

그렇게 세 사람은 눈보라를 헤치고 기환진이 만들어낸 세계의 끝을 향해 나아가기 시작했다.

가만있다가는 순식간에 얼어 죽을 기환진 속에서 온갖 위협들과 맞서며 벗어나기까지는 꼬박 열두 시진(24시간)이 걸렸다. 수련이 끝났을 때는 가려와 무일은 혼절, 형운조차도 기진맥진해서 쓰러지고 말았다.

3

무일은 형운을 보면 볼수록 혼란스러웠다.

처음에는 그의 태도가 의심스러웠다. 영성의 대제자쯤 되면 굉장히 높은 지위다. 물질적으로는 풍요로움의 극치를 달리니 웬만한 금은보화는 봐도 아무런 감흥이 없으리라. 당장 영성의 거처만 하더라도 황실에도 뒤지지 않을 정도로 호화롭지 않은가?

그런 물질적 부를 손에 넣고 마음만 먹으면 수십 수백 명을 부릴 수 있는 위치에서 6년간이나 살아온 인간이 그리도 소탈할 수가 있을까?

'아무리 봐도 연기가 아니야.'

형운은 진짜로 그렇게 소탈했다. 가려나 예은 같은 아랫사람들과 친밀하게 지내는 것은 물론이고 자신의 부하가 된 무일을 대할 때도 예의를 잊지 않았다. 새로운 환경에 온 그가 적응하는 데 어려움은 없는지, 필요한 게 뭐가 있는지 계속해서 신경을 써준다. 무일의 인생을 통틀어서 이만큼이나 대접받고 살아본 적이 없었다.

소탈하기만 하면 모르겠는데…….

'뭘 사람이 저렇게 궁상맞아?'

바라기만 하면 왕후장상처럼 사치 부리며 살 수 있는 사람이 과자 하나에 눈을 번뜩이며 부하와 아웅다웅하고 있는 걸 보니할 말이 없어진다. 자신이 바로 그 부하이며, 선배인 가려와 함께 혼신의 힘을 다해 형운을 저지해야 한다는 점에 이르러서는이게 사실은 다 자신을 놀리기 위한 연극이 아닌가 의심하고 싶었다.

"젠장! 오늘은 될 것 같았는데!"

"저 혼자였다면 꿈을 이루셨을지도 모르겠군요."

가려가 쌀쌀맞게 말했다.

최근 들어서 형운은 다 포기한 듯 과자를 비롯한 먹거리들을 노리지 않았다. 그러다가 기습을 가했는데 가려가 그럴 줄 알았다는 듯 한발 앞서서 그를 가로막은 것이다.

하지만 최근 형운이 워낙 강해져서 슬슬 혼자서 막기는 힘에 부쳤다. 무일이 온 날부터 이 일에 대해서 철저하게 가르치고 연계를 펼치지 않았다면 형운은 과자를 먹을 수 있었을 것이다.

"내가 서러워서 일 받아서 어디 멀리 나가든가 해야지. 흥."

형운이 입술을 삐죽였다. 과자를 못 먹었다고 토라지는 모습을 보면 어린애가 따로 없다. 그걸 보고 예은이 동정 섞인 쓴웃음을 짓고 있는데…….

'도대체 뭐지, 이 사람은?'

무일이 살면서 보아온 '윗사람'들은 절대 아랫사람들이 저런 태도를 보이는 걸 용납하지 않았다. 어딜 감히 시비 주제에 영성의 대제자 앞에서 저런 표정을 짓는단 말인가?

하지만 형운은 그걸 자연스럽게 받아들인다. 깐깐하게 구는 것 같은 가려조차도 이미 태도가 부하가 넘어서는 안 될 선을 화끈하게 넘고 있다.

'모르겠어.'

이해할 수가 없다. 자신과 동갑이라고는 도저히 믿기지 않을 정도의 무위, 그리고 왕후장상처럼 살 수 있는 지위를 가졌으면서도 어떻게 저렇게 살 수 있을까?

"그럼 난 연진이랑 놀 거니까 일들 봐요."

한참 동안이나 툴툴거리던 형운은 자유수련 시간에 강연진이 찾아오자 그렇게 말했다. 가려가 물었다.

"오늘은 저희가 필요 없겠습니까?"

"네."

형운은 종종 강연진의 대련 경험을 위해 자신뿐만 아니라 가려와도 대련하게 했다. 그래서 가려가 물어본 것이다.

무일은 역시나 이해할 수가 없었다.

강연진에 대해서는 가려를 통해서 설명을 들었다. 그가 운 장로의 첩자 노릇을 하고 있으며 형운도 그 사실을 빤히 알고 있다는 것까지.

장차 자신을 위협할 경쟁자라는 점만 봐도 형운은 강연진에게 이렇게까지 해줄 이유가 없다. 아니, 해줘서는 안 된다. 그런데 첩자라는 것까지 빤히 알면서도 이러다니……

'도대체 이 사람 머릿속에는 뭐가 든 걸까?'

누군가에 대해서 이렇게 궁금해해 보기는 처음인 것 같았다.

4

해가 지고 밤이 찾아오면 가려와 무일의 임무는 끝난다. 야간 호위는 영성 호위대에서 나온 다른 인원들이 담당하고 있었다.

형운이 말했다.

"슬슬 주간 호위도 교대제로 돌리면 어떨까요?"

"무슨 뜻으로 말씀하시는 겁니까?"

야간 호위 인원들을 기다리던 가려가 되물었다. 형운이 대답했다.

"말 그대로예요. 누나도 좀 휴일을 가지면 좋을 것 같다는 거죠."

"얼마 전에도 휴가는 받았습니다만."

"그거야 비약을 소화하느라 어쩔 수 없이 쉰 거고… 그런 거

말고 정기적으로 휴일을 가져도 좋을 것 같다고요."

"제가 무공 수련할 시간이 없다고 여기시는 겁니까? 공자님이 수련 중이실 때마다 저도 수련하고 있습니다."

형운의 호위무사들은 의외로 할 일이 많지 않다. 일단 형운은 하루의 대부분을 거처에 틀어박혀서 보내기 때문이다. 특히 형운이 수련 중일 때는 같은 거처 안에 대기하기만 하면 되기 때문에 한가했다.

가려는 이 시간을 대부분 무공 수련에 할애했다. 그렇지 않았다면 진즉에 형운이 그녀의 저지를 뚫고 식탐을 만족해 버렸을 것이다.

형운이 골치 아프다는 듯 이마를 짚었다.

"그런 이야기가 아니라… 이제 제 직속 호위무사도 가려 누나만이 아니잖아요. 무일도 있으니까 날을 정해서 교대로 휴일을 가지면 어떨까 해서요."

"그럼 공자님은 그날을 노려서 원하는 바를 이루시겠지요."

"윽. 그럴 때는 그건 시도 안 하겠다고 약속하면 되잖아요. 어쨌든 사람이 좀 쉬면서 자기만의 시간도 갖고 그래야지 일 년 내내 제 곁에만 붙어서, 그것도 힘들게 은신해서만 산다니 칙칙한 것도 정도가 있어요."

"괜찮습니다. 휴가를 받아봤자 달리 할 일도 없으니까요. 괜히 공자님께 무슨 일 생길까 마음만 불편합니다."

"…와, 나 지금 엄청나게 슬퍼졌어요. 누나, 영성 호위대원들도 한 달에 한 번씩은 휴일을 갖던데 저도 누나한테 그 정도는 해주고 싶다는 거예요."

"봉급도 많이 올려주셨으니 괜찮습니다."

"그거 쓸 시간은 있어요?"

"……."

있을 리가 없다. 형운 곁에서 떨어질 일이 있어야 쓰든 말든 할 게 아닌가?

식사도 꼬박꼬박 나오고 필요한 장비도 신청만 하면 다 지급되다 보니 가려는 봉급을 거의 대부분 모아두고 있었다. 그동안 형운의 식탐을 막으면서 포상금을 챙긴 것까지 합치면 의외로 알부자다. 적어도 은퇴한 후에 먹고살 걱정은 없을 것이다.

"일도 좋지만 사람답게 살아야죠."

"음……."

"왜요?"

"공자님께서 그런 말씀을 하시니 뭔가……."

"……."

형운은 조금 전과는 다른 이유로 슬퍼졌다. 자기가 사람답게 살고 있냐고 물으면 할 말이 없다.

'아, 언제까지 이렇게 살아야 하나?'

뭐 예전보다는, 귀혁의 제자로 들어온 초기에 비하면 많이 나아졌다. 주변을 볼 여유도 생겼고, 잘 때 불침대 얼음침대로 고통받을 일도 없고 백야문에 다녀오는 동안은 먹고 싶은 것들을 실컷 먹기도 했고…….

'눈물 날 것 같다.'

죽 머릿속으로 열거하다 보니 더 슬퍼진다. 백야문에 다녀오는 동안 마음껏 먹었던 기억 때문에 다시 식사 제한을 당하니 보통 괴로운 게 아니었다. 요즘 들어서 진짜 무슨 일이든 받아서 밖으로 나가고 싶다는 의욕이 불끈불끈 솟구친다. 피가 튀고 살이 튀는 위험과 식탐을 저울질하는 상황이라니.

형운이 한숨을 쉬며 잡생각을 털어냈다.

"뭐, 그건 그거고 이건 이거예요. 내가 이렇게 산다고 아랫사람들까지 그렇게 살 이유는 없잖아요."

"마음 써주시는 건 감사하지만 아직은 때가 아닌 것 같습니다."

"왜요?"

"전 아직 무일을 신뢰하지 못합니다."

"보고서를 보니 딱히 걸리는 건 없던데……."

"아직 조사가 끝난 건 아닙니다."

가려가 딱 잘라서 한 말에 형운이 쓴웃음을 지었다. 무일이 형운의 직속 호위무사가 된 지도 벌써 3주가 다 되어간다. 그동안 무일은 성실하게 자기 일을 수행하고 있었고 뭔가 음흉한 꿍꿍이를 품었다고 의심할 만한 구석은 전혀 보이지 않았다.

형운의 호위무사로 소속이 바뀌기 전부터 이미 과거에 대한 조사가 치밀하게 이루어졌고, 지금도 진행 중이다. 강주성에서 근무하던 그의 과거를 조사하는 건 상당히 발품을 팔아야 하는 일이고 꽤나 시간이 걸릴 수밖에 없다.

가려는 이 조사가 완전히 끝나기 전까지는 무일을 신뢰할 수 없다고 말하고 있는 것이다. 그 말도 일리가 있는지라 형운이 입맛을 다셨다.

"그럼 무일을 완전히 신뢰할 수 있다고 판명 나면, 그때는 휴일을 정하기로 하죠."

"딱히 필요 없습니다만……."

"무일 생각은 다를 수도 있잖아요?"

"무일에게만 휴일을 주시면 됩니다. 저는 필요 없습니다."

"…선배가 그러는데 '감사합니다. 선배는 계속 일하세요. 전 놀겠습니다' 하고 빠져나갈 수 있을 것 같아요? 무일을 괴롭히고 싶은 게 아니라면 순순히 받아들이라고요."

"으음……."

가려는 영 마음에 안 든다는 표정이었지만 반박할 말이 없었다. 그런 그녀를 보면서 형운은 웃어버렸다.

'누나는 이런 표정도 또 귀엽네.'

뭔가 잔뜩 마음에 안 든다는 표정을 보고 있는데 그게 토라진 어린애를 생각나게 한다. 형운이 그녀를 설득하기 위한 핑계를 꺼냈다.

"우리 사부님조차도 저한테 한 달에 한두 번 정도는 휴가를 주신다고요. 원래 뭐든지 팽팽하게 당기기만 하면 언젠가는 끊어지는 법, 가끔은 풀어주기도 해야 더 단단해지는 거예요. 무인으로서의 수련이든, 일이든 간에 사람에게는 휴식이 필요하죠."

"…그렇게까지 말씀하신다면."

가려는 정말 내키지 않지만 어쩔 수 없다는 듯 형운의 뜻을 받아들였다. 물론 조건을 다는 건 잊지 않았다.

"하지만 무일을 완전히 믿어도 된다는 확신이 선 다음입니다. 그 전까지는 안 됩니다."

"알겠어요. 으이구, 서러워서 참. 누가 들으면 누나가 내 상관인 줄 알겠네요."

"……."

가려는 토라진 표정으로 침묵했다.

5

운 장로는 최근 들어서 주변이 돌아가는 상황이 영 마음에 안 들었다.

여전히 그의 입지는 흔들림이 없다. 별의 수호자의 장로라는 것만으로도 온갖 부귀영화를 누릴 수 있는 데다가 지금보다 훨씬 젊을 때부터 조직 내 정치에서 유리한 입지를 확보해 와서 큰 권력을 쥐고 있다.

별의 수호자의 실권을 장악한다는 것은 어마어마한 일이다. 중원삼국의 황실을 제외하면 이만한 무력과 금력을 다 가진 집단은 달리 없을 것이다.

하지만 별의 수호자는 지나치게 특별한 조직이다. 그가 아무리 열심히 입지를 확보해 봤자 머리 위에 성존이라는 초월자가 버티고 있어서 변덕스러운 한마디만 던져도 모든 게 수포로 돌아갈 수 있다.

"오랜만에 그 사실을 실감하게 되는군."

운 장로는 눈살을 찌푸리며 보고서를 내려놓았다. 풍성이 말했다.

"무격이 일 때문에 그러시는 건 아닌 것 같군요."

풍성 초후적이 말했다. 그도 최근에 고민이 많았다. 신년 비무회에서 오량과 마곡정이 서하령에게 무참하게 깨지질 않나, 정무격이 차기 지성이 되는 건은 홍무진의 격렬한 반대로 인해 무산되질 않나…….

운 장로가 말했다.

"오랜만에 성존께서 명을 내리셨다네."

"그분께서 말입니까? 무슨……."

"형운."

"또 그 아이와 관련된 겁니까?"

"그래. 아무래도 그 아이가 그분의 눈에 든 모양이야."

운 장로의 표정은 복잡하기 짝이 없었다. 초후적은 운 장로의 눈에서 종종 보아왔던 감정을 읽고 놀랐다.

그것은 질투였다.

천하의 운 장로가 다른 사람도 아니고 새파란 애송이에 불과한 형운에게 질투를 느낀다?

"아무것도 갖지 못한 줄 알았던 아이가 실은 모든 걸 다 가졌을 줄이야."

운 장로가 허탈한 듯 웃었다.

젊은 시절, 운 장로는 자신이 최고가 될 인재라고 생각했다. 연단술사로서 궁극의 경지를 추구하다 보면 언젠가 성존에게 닿을 수도 있을 거라고… 그런 꿈을 꾸었다.

흔히 말하는 일인지하 만인지상(一人之下 萬人之上)의 권좌를 꿈꾸게 된 것은 그런 이유일 것이다. 남들이 어려워하는 모든 게 그에게는 쉬웠고 마음만 먹으면 자신이 가진 것을 이용해서 주변 사람들을 뜻대로 움직일 수도 있었다.

그렇다면 이 거대한 조직을 손에 넣어보는 것도 좋지 않겠는가?

성존이 천상의 존재라면 자신은 지상의 제왕이 되는 것이다. 별의 수호자에서 무소불위의 권력을 손에 넣을 수 있다면 그것은 중원삼국의 황좌와 필적하는 가치가 있으리라.

그런 야심을 이루기 위해 부지런히 달려왔다. 연단술사로서 더 높은 경지를 추구하는 것도 게을리하지 않았고, 별의 수호자의 권력을 장악하는 일도 열정적이었다.

그러나 위로 올라가면 올라갈수록 세상이 넓다는 것을 알게 되었다.

서하령의 외조부, 이정운 장로는 연단술사로서의 그에게 좌절을 안겨준 인물이었다.

분명히 운 장로는 천재였다. 그러나 세상에 천재는 하나가 아니었으며, 별의 수호자에서 장로의 직위를 가질 정도면 다들 비교 대상을 찾기 어려울 정도로 고고한 천재들이었다.

이 장로는 그중에서도 특별했다. 수십 년 동안이나 정체되어 있던 일월성단 연구에서 큰 진전을 이루었고, 그로부터 파생된 수많은 비약들을 만들어서 비약 제조에 일대 혁명을 일으켰다. 그로 인해서 별의 수호자가 얻은 이익은 헤아릴 수 없을 정도로 막대했다.

이 일로 이 장로는 단숨에 최고의 연단술사 자리에 올랐고, 운 장로가 지닌 권력으로도 어찌할 수 없는 존재가 되었다.

"귀혁, 정말이지 나를 짜증 나게 하는군그래."

귀혁은 권력자로서의 그에게 좌절을 안겨준 인물이다.

그가 나타나기 전까지 운 장로의 조직 장악은 순조로웠다. 운 장로는 현재 별의 수호자의 인력 관리에 큰 영향을 끼치는 인재 육성계획을 만든 인물이다. 이 계획을 통해서 어린 시절부터 특출한 재능을 가진 아이들을 쉽게 골라내고 그들을 자신의 사람으로 만드는 작업을 진행할 수 있었다.

운 장로의 꿍꿍이속을 제외하더라도 인재육성계획은 대단히 효율적인 인력 관리 방법이다.

별의 수호자는 장구한 세월 동안 존재했기에 인재에 대해서도 상당히 장기적인 시각을 가진다. 어려서부터 조직을 위한 사람을 키우는 것은 당연한 일이다.

하지만 여기에 반발하는 이들도 많았다.

아직 아무것도 모르는 아이들을 모아서 우열을 가리고 장래를 결정해 버린다? 애당초 인재육성계획의 대상 선별은 혈연과 지연이 크게 작용한다. 그것으로 인해서 실력을 키울 수 있는 기회조차 박탈당하는 게 옳은 처사란 말인가? 그것은 별의 수호자라는 조직에는 어울리지 않는다!

이 반발의 중심에 선 게 바로 귀혁이었다. 그는 출신 성분이 그리 좋지 않아서 인재육성계획에 들지 못했으며 어린 시절에는 잡일을 맡아 했었다.

하지만 그는 까마득한 말단, 아니, 정확히는 소년 시절부터 두각을 드러내면서 차곡차곡 위로 올라왔다. 그렇게 영성의 자리까지 올라오면서 운 장로의 계획을 상당 부분 파탄 내버렸다.

이러니 운 장로와 그는 사이가 나쁠 수밖에 없다. 이전에는 서로 대립각을 세우면서 충돌을 빚는 정도였는데, 형운이 나타나면서 상황이 운 장로에게 나쁘게 기울기 시작했다.

"그 스승에 그 제자… 라고 할 수는 없겠지."

감정과는 별개로 운 장로는 형운의 성장을 냉정하게 평가하고 있었다. 이런 균형 감각이야말로 그가 지금의 자리까지 올라올 수 있었던 원동력이라고 해도 과언은 아니다.

"자네는 그 아이를 어떻게 생각하나?"

"모르겠습니다."

"자네쯤 되는 사람이 아직도 판단이 안 서나?"

"솔직히 그렇습니다. 직접 이야기를 나눠보아도 도통 무슨 생각을 하는지 모르겠더군요."

"실은 나도 그렇네. 아이들의 보고를 들어봐도 보면 볼수록 혼란스러워."

강연진은 아주 성실하게 형운에 대해 알아낸 사실들을 보고해 오고 있었다. 하지만 그의 보고 내용을 보면 볼수록 형운이 어떤 인간인지 모호해진다. 야심이 없다고 판단할 때쯤 되면 헷갈리는 행동을 해대고 또 모두의 이목을 속이면서 야심을 품고 있다고 하기에는 하는 전혀 그렇게 보이지 않는다.

"차라리 귀혁은 그 점에서는 알기 쉬웠거늘."

돌이켜 보면 귀혁도 어디로 튈지 알 수 없는 인물이기는 했다. 별의 수호자 소속임을 감추고 폭풍권호로 행세한 것부터가 그렇다. 국가권력과 싸워가면서까지 의협 행세를 한 것은 운 장로의 사고방식으로는 도무지 이해할 수 없는 부분이었다.

그래도 그가 품은 목적성은 알기 쉬웠다. 그에 비해 형운은 뭘 기준으로 봐도 판단이 안 선다. 벌써 6년이나 지났는데 이렇다니 기이하다 못해 살짝 두렵기까지 하다.

초후적이 말했다.

"딱히 권력욕이 있는 것 같지도 않고 무공에 모든 걸 다 바치는 무광(武狂) 같지도 않습니다. 그런데 6년이 지나고 보니 이해할 수 없는 괴물이 되었지요."

형운은 처음에는 정말 아무것도 없는 아이였다. 그런데 얼마 시간이 지나지도 않았는데 사상 초유의 일월성신을 이루어 연단술사들의 관심과 지지를 샀으며, 처음 나간 임무에서 흑영신교주를 패퇴시켜서 무인들을 열광시켰다.

이 두 가지만으로도 형운은 별의 수호자의 다른 후기지수를 압도하는 경력을 쌓은 셈이다. 그런데 이제 성존이 그를 눈여겨보고 다른 이들은 꿈도 꿀 수 없는 선물을 내리려고 하고 있었다.

6

한동안 형운은 이현이 만든 각종 기환진으로 인해서 갖가지 고생을 맛봐야 했다. 그동안 기환술의 묘용은 충분히 경험했다고 생각했건만, 이현이 귀혁과 작당해서 만드는 수련 환경은 안 좋은 의미로 신세계였다.

하지만 그 수련들이 하나같이 도움이 된 것만은 사실이다. 갖가지 상황을 겪으면서 형운의 무공은, 아니, 정확히는 일월성신으로서 지닌 능력을 활용하는 실력이 크게 늘었다.

"어르신, 한 가지 여쭤보고 싶은 게 있는데요."

이현이 만든 기환진 속에서 일곱 시진(열네 시간) 동안이나 고생하다가 나온 형운의 몰골은 거지꼴이 따로 없었다. 칼에 맞아도 잘 찢어지지 않는 용육보의조차도 너덜너덜해져 있었다.

"뭐냐?"

환예마존 이현은 재미있어 죽겠다는 표정으로 물었다. 알고 보니 그는 기환진 속에서 일어나는 일을 앞마당에서 일어나는 일을 보듯이 훤히 알 수 있다고 한다. 그래서 형운이 어떻게 하는지를 보고 기환진을 조종해서 이렇게도 고생시키고 저렇게도 고생시킨단다.

형운은 후들후들 떨리는 다리를 붙잡고 물었다.

"마지막에 나온 용, 그거 진짜로 있는 거예요?"

"용이 아니고 이무기다. 용은 그렇게 작고 약하지 않단다. 용이었다면 네 목숨이 붙어 있을 리가 있겠느냐?"

"…이무기를 때려잡아 보는 경험을 하게 될 줄은 상상도 못 했는데요. 하여튼 그거 실제로 있는 거예요?"

이번에는, 아니, 매번 그렇기는 하지만 진짜 죽는 줄 알았다. 숲이 온통 불타면서 거기서 불을 다루는 요괴와 환마, 마수들까지 총출동해서 가까스로 탈출했다.

마지막에 그를 가로막은 것은 길이가 10장(약 30미터)도 넘는 어마어마한 덩치의 화룡, 아니, 불의 이무기였다. 그건 도저히 피해 갈 수도 없어서 사투를 벌였는데, 기환진 밖으로 나온 지금도 자신이 쓰러뜨렸다는 것이 믿어지지 않을 지경이다.

이현이 말했다.

"실제로 있지. 아니, 있었지."

"음?"

"기환진에서 내보내는 것들은 대부분 내가 때려잡아 본 것들의 재현이란다. 그 이무기는 이미 죽어서 내단만 남겼지."

"……."

"그리고 그 정도 되는 이무기는 대영수라 실제로는 그렇게 약하지 않단다. 많이 약화해서 재현한 것이다."

"진짜로 만났으면 전 죽었겠군요."

"당연하지."

그 말에 형운이 이현을 흘겨보았다.

그의 기환진은 정말로 악랄했다. 거짓으로 만들어낸 존재가 이렇게까지 현실과 구분이 안 될 정도로 생생할 수가 있을까? 하지만 기환진 속에서 나타나는 것들은 마수든 요괴든 환마든 일단 때려잡아 보면 기를 가공해서 만들어낸 거짓의 존재임을 알 수 있다는 게 기막힐 따름이다.

평소의 수련과는 전혀 다른 생생함으로 극한의 상황을 겪게 되니 형운은 정말로 매번 죽음의 위기를 느끼면서 필사적으로 발버둥 쳤다. 그러면서 이전보다 훨씬 스스로의 힘을 잘 활용할 수 있게 되었으니 뭐라고 반박할 수가 없다.

문득 형운이 물었다.

"혹시 그 이무기의 내단은 누구 뱃속으로 들어갔나요?"

"그런 게 궁금하느냐?"

"네. 내단이라면 기연의 단골 소재잖아요."

"그렇기야 하지. 하지만 저건… 음. 어쩌면 네 뱃속일지도 모르겠구나."

"네?"

형운이 눈살을 찌푸렸다. 이현이 실실 웃으며 말했다.

"내가 별의 수호자에다 팔았으니까 말이다."

"…이무기의 내단을요?"

"덕분에 한동안 주머니가 두둑했지."

"……."

"뭐, 내단이 가치가 높은 보물이기는 하지만 이 시대에는 빛이 많이 바랬단다."

"어째서요?"

"영약으로 분류되는 내단보다 그걸 재료로 써서 연단술사들이 만들어내는 비약이 더 가치가 높으니 당연하지 않느냐?"

"아……."

"너희 조직은 이미 인공적으로 영약을 재배하거나 만들어내고 있는 판이고 그걸로 우수한 비약들을 계속해서 제조해 내지. 무인 입장에서만 봐도 취하는 것 자체가 큰 위험을 동반하는 내단보다야 명확한 효과가 나도록 정제된 비약 쪽이 훨씬 나을 수밖에 없다. 그 증거가 바로 내 눈앞에 있는 너고. 그렇지 않느냐?"

"부정은 못 하겠네요."

형운이 쓴웃음을 지었다. 그가 이룬 일월성신이야말로 연단술이 어디까지 발전했는지를 보여주는 상징이라고 할 수 있었다.

잠시 형운을 보던 이현이 말했다.

"너를 수련시키는 것도 재미있었는데 이제 끝이라고 생각하니 좀 아쉽구나. 귀혁이 이런 걸 설계하는 일은 정말 기가 막힌단 말이지. 나도 무인들을 수련시켜 보겠다고 이런저런 기환진을 만들어봤지만 이 정도로 딱 맞춤형으로 효과를 본 경우는 처음이니."

"음? 끝이라고요?"

"그래. 오늘로 끝이다."

"…거짓말하시는 거 아니죠?"

"어린놈이 의심만 늘었구나."

"그야 그럴 수밖에……."

매번 기환진에 던져 넣을 때마다 이현은 '목숨이 위험할 일은 없을 테니 걱정 말라' 든가 '오늘은 좀 강도가 덜할 것이다' 라고 거짓말을 했다. 그러니 그의 말을 신뢰할 수 있겠는가?

이현이 피식 웃었다.

"네 눈에는 내가 심심해서 어쩔 줄 몰라 하는 늙은이로 보였겠다만, 나는 공사가 다망한 몸이란다. 여기도 너무 오래 있었다. 일을 끝내면 바로 가야지."

"일이라뇨?"

"곧 알게 될 게다."

이현의 웃음을 보는 형운은 점점 더 불안해졌다.

7

한동안 두문불출하던 서하령은 오랜만에 영성의 거처로 찾아

왔다. 형운은 대충 목표로 하던 내공 증진이 끝나서 좀 여유가
생긴 모양이라고 생각했는데…….

"그건 아직 멀었어."

귀혁을 찾아가서 긴 이야기를 나눈 그녀가 형운의 거처에 들
렀다. 형운이 고개를 갸웃했다.

"음? 하지만 5심 됐잖아?"

"…잘도 알아보네?"

"네가 할 소리는 아닌 것 같은데."

그 말에 서하령의 표정이 새침해졌다.

천라무진경을 연마한 그녀는 상대의 내공 수위를 놀라울 정
도로 쉽게 꿰뚫어 본다. 기파만 살펴도 경지를 짐작할 수 있고
흑영신교주와 대결할 때처럼 타격을 의원의 촉진(觸診)처럼 이
용한다면 명확하게 읽어낼 수 있다.

"어떻게 알았어?"

"기파가 좀 강해지고 불안정해 보여서. 기파가 들쑥날쑥한
건 너답지 않잖아?"

일반적인 무인이라면 아직 미숙할 때는 매일 기파가 들쑥날
쑥해도 이상할 게 없다. 사람의 정신 상태, 몸 상태가 모두 기파
에 영향을 끼치니까.

하지만 서하령은 다르다. 그동안 형운은 그녀의 기파가 흐트
러지는 경우를 거의 보지 못했다. 고작해야 광령익조의 힘을 일
깨웠을 때나 흑영신교주와의 싸움에서 깊은 내상을 입었을 때
정도?

그런 그녀의 기파가 불안정해질 정도라면 내공 수위가 한 단

계 오르는 것 말고는 달리 떠올릴 수 있는 가능성이 없었다는
뜻이다. 납득할 만한 설명이었지만 서하령이 고개를 갸웃했다.

"정말이야?"

"음? 그럼 정말이지."

"난 일월성신의 능력 중에 그런 게 있는 건 아닌가 싶었는
데……."

그 말에 형운이 뜨끔했다.

'와, 여전히 예리하네.'

사실 형운은 거짓말을 했다.

아니, 완전히 거짓말만 한 것은 아니다. 실제로 서하령의 기
파가 전에 마지막으로 봤을 때와 큰 변화를 보인 것이 내공이
상승했으리라 추측한 건 사실이다.

하지만 추측으로 끝나지 않았다. 형운은 그녀가 5심을 이루
었음을 확인했다.

바로 어제부터 확실하게 눈을 뜬 일월성신의 능력 덕분이었
다.

일월성신은 일반적인 무인과 달리 기의 움직임을 직접적으로
볼 수 있다. 이 능력은 처음에는 형운 자신의 내면에만 적용되
었지만, 지금은 다르다.

이제는 타인의 기운도 볼 수 있다. 겉으로 드러난 기파만이
아니라 내면까지도.

지금도 형운이 조금만 정신을 집중하면 서하령의 체내에 형
성된 다섯 개의 기심, 그 위치와 상태까지도 볼 수 있었다. 그리
고 그것들이 어떤 기맥으로 연결되어 있는지까지도 보인다.

'아무리 생각해도 말도 안 되는 일인데… 문제는 이게 내 능력이란 말이지.'

돌이켜 보면 자신을 향한 시선에 실린 감정까지 읽어낸 것은 이 능력이 개화할 조짐이었던 것 같다. 북방 설산에서 기연을 만나고, 총단으로 돌아와서 이현의 기환진을 통해 온갖 기상천외한 극한상황을 겪으면서 일월성신의 능력이 하나둘씩 깨어나고 있었다.

형운은 이런 자신의 변화가 좀 무섭기까지 했다. 자신은 귀혁조차도 놀랄 정도로 무학의 상식을 벗어난 능력을 각성하고 있었다. 이걸 과연 좋게만 받아들여도 되는 걸까?

서하령이 말했다.

"다만 그릇을 만들었을 뿐이야. 그릇을 단단하게 만들고 그 속을 채워야 해."

5심을 이루는 것만으로 그녀의 내력은 급증했다. 원래 기심을 하나 늘린다는 것은 그런 의미니까.

하지만 기심을 하나 늘렸다고 뚝딱 해결되는 게 아니다. 힘이 강해지는 만큼 해결해야 하는 문제들이 따라온다. 기맥을 타고 흐르는 내력의 밀도와 기세가 급증하기 때문에 통제하기가 어려워진다. 또한 새롭게 생성된 기심이 안정될 시간도 필요했다.

형운이 물었다.

"그런데 오늘은 무슨 일로 찾아온 거야?"

"귀혁 아저씨한테 가르침을 받으러."

"응?"

"오늘부터 난 정식으로 귀혁 아저씨의 계승자가 되었어."

"계승자라니? 사부님이 너를 제자로 받으셨다고?"

형운이 깜짝 놀라서 묻자 서하령이 고개를 저었다.

"네가 생각하는 것과 달리 내가 네 사매가 되었다는 의미는 아니야."

"…그럼?"

"나는 '성운을 먹는 자' 일맥의 6대 계승자야."

"아, 그거 이제야 결정됐구나."

서하령을 '성운을 먹는 자' 일맥의 계승자로 받는 것을 두고 귀혁과 이 장로 사이에 이야기가 오가고 있다는 것은 형운도 알고 있었다. 이 장로는 서하령이 자신의 뒤를 이어주기를 바라고 있었기 때문에 처음 이야기가 나온 후로 꽤 시간이 지났는데도 결론이 안 나고 있던 참이다. 그런데 마침내 결정이 된 것이다.

서하령이 살짝 미소 지었다.

"그러니까 이제 와서 내가 너를 사형이라고 불러줄 일은 없어."

"안심했다, 휴우."

형운과 서하령이 동갑이기는 하지만 무인들 사이에서는 사형제지간의 서열이라는 것은 어지간해서는 제자로 들어온 순서가 우선한다. 서하령이 자신을 사형이라고 부르는 것은 상상만 해도 소름 끼치는 일이었다.

서하령이 말했다.

"그래서 이제부터는 더 자주 보게 될 거야. 네 수련에도 자주 끼게 될 거고."

"…그거 영 달갑지 않은데."

"지금까지보다 훨씬 열정적으로 도와줄게. 기대해도 좋아."

서하령이 사악하게 웃었다.

8

형운이 귀혁을 찾아갔을 때, 그의 방에는 이현과 이야기를 나누고 있었다. 귀혁이 의아해하며 물었다.

"웬일로 왔느냐?"

오늘 형운은 특별히 휴일을 받았다. 어제까지 기환진 속에서 이리 뛰고 저리 뛰느라 고생한 것을 감안해서 귀혁이 특별히 조치한 것이다. 그런데 약선과 함께하는 식사 시간도 아닌데 굳이 자신을 찾아오다니 의아할 수밖에.

"제자가 사부님 찾아오는 데 뭔 이유가 필요한가요?"

"맞는 말이긴 한데 네가 좀처럼 안 그러지 않느냐?"

"그야 평소에는 사부님이 저를 찾아오시기 때문이죠. 원래 사부님이 다가오면 멀어지고 싶고 멀어지면 다가가고 싶은 게 제자의 마음이랍니다."

"…그건 제자의 마음이라기보다는 여자의 마음 같다만?"

"그런 통설도 존재하는 것 같더군요. 일단 일맥의 계승자를 찾으신 것을 축하드립니다."

"하령이에게 들었나 보구나. 고맙다."

"이 제자가 워낙 자질이 부족하여 사부님의 모든 것을 이어받지 못하니 죄송스러울 따름입니다. 이제야 마음의 짐을 내려놓고 편해질 수 있겠군요."

"…형운아, 네가 갑자기 그러니 이 사부는 왠지 불안해지기 시작한다만? 도대체 무슨 말을 하려고 그러느냐?"

평소에 안 보이던 그럴싸한 말이 줄줄이 나오니 귀혁의 표정이 묘해진다. 형운이 흠흠 하고 헛기침을 하더니 말했다.

"아, 실은 일월성신 때문에 좀 상담드리고 싶은 게 있어서……."

형운이 흘끔 이현의 눈치를 보았다. 귀혁이 말했다.

"그냥 말해도 된다."

"네, 그럼……."

형운은 어제의 수련 후, 운기조식으로 기력을 회복하는 과정에서 얻게 된 새로운 능력과 그로 인한 불안감을 토로했다. 그 이야기를 들은 귀혁과 이현의 반응은 상당히 차이가 났다. 귀혁은 이해 못 하겠다는 듯 고개를 갸웃했다.

"놀라운 능력이구나. 그런 좋은 능력이 생겼으면 기뻐하면 되는 것 아니냐?"

"…틀린 말씀은 아니지만 제 고민을 해소하는 데는 아무런 도움이 안 되는데요?"

"흠. 남들은 새로운 능력을 하나라도 더 갖고 싶어서 죽도록 고생하는데 왜 너는 생겨도 고민인지 모르겠구나. 이 사부는 젊은 시절에 새로운 힘을 얻고자 온갖 위험 부담을 지고 실험에 몸을 던졌건만."

귀혁은 인체와 무공에 대해서 연구하는 과정에서 자기 자신을 실험의 대상으로 삼기까지 했던 인간이다. 그러다 보니 형운의 고민이 도통 이해가 안 되었다. 새 능력을 얻었으니 그걸 어떻게 활용해야 할지 고민하면 모를까 왜 불안해하고 두려워한 단 말인가?

이현이 혀를 찼다.

"사부가 제자의 마음을 그렇게 몰라줘서야 쓰나."

"그러는 어르신께서는 다르십니까?"

"암. 다르고말고. 나는 이 아이의 마음을 알 것 같구만."

그 말에 귀혁의 눈썹이 치켜 올라갔다. 이현은 능글맞게 웃으면서 말했다.

"그런 불안감을 잠재우는 방법이 있단다.'

"어떤 방법인가요?"

"죽도록 수련하는 거지."

"……."

형운의 표정이 싸늘해졌다. 뭔 소리를 하나 했더니 귀혁보다도 더 도움이 안 되는, 아니, 그걸 넘어서 아예 놀리고 있다니!

하지만 형운의 생각과 달리 이현은 진지했다.

"아, 미안하구나. 빼먹었다. 그것만으로는 안 되지. 능력을 파악하기 위해서 철저하게 실험하고 검증하는 것도 잊지 말아야 한다."

"……."

"왜 그런 표정을 짓는 게냐? 네가 불안해하는 건 아주 당연한 일이다. 지금까지 가졌던 것과는 전혀 다른 능력이 갑자기 생기면 이게 과연 통제가 될지, 자기한테 나쁜 영향을 끼치는 건 아닐지 당연히 불안해지지."

"어……."

형운이 놀랐다. 이상한 소리를 하나 했는데 의외로 형운이 왜 불안해하는지 제대로 꿰뚫어 보고 있지 않은가?

이현이 피식 웃었다.

"네 불안감은 무인보다는 기환술사들이 여러 번 거치는 과정이란다."

"기환술사요?"

"무공이라는 것은 기본적으로는 인간이 타고난 것들의 연장선에 있다. 신체를 다루는 능력이 극한으로 확장되고 그로 인해서 이전에는 할 수 없었던 일들을 할 수 있게 되는 것이지. 이 과정에서 손에 넣는 것 중에 완전히 이질적인 기능은 기감(氣感) 정도지만 그것조차도 오감(五感)의 연장 선상에 있지 않느냐?"

무공을 연마하면 일반인의 눈으로 보기에는 마치 새가 날듯이 움직이고 손도 대지 않고 멀리 있는 물체를 파괴하는 것도 가능하다. 언뜻 보면 이건 완전히 이질적인 일처럼 보이지만 무인은 이것을 전부 신체를 움직이는 감각의 연장선에서 행하고 있었다. 허공답보나 허공섭물 같은 불가사의해 보이는 기술조차도 마치 신체를 움직이듯이 기를 제어해서 만들어내는 결과다.

"기환술은 그렇지 않지. 너도 알다시피 기환술은 자신의 힘이 깃든 도구를 만들고 그것을 통해 외부의 힘을 끌어와서 원하는 결과를 만들어내는 것을 기본으로 한다."

이 무언가를 만드는 것을 우선시하는 성향이 연단술로도 이어졌다. 약재를 조합하는 것에 그치지 않고 자연의 온갖 기운을 분석하고, 이해하고, 조합하여 비약을 만들어내는 연단술사들은 당연히 기환술에 대해서도 깊은 조예를 가져야만 했다.

"그러니 술법이란 기환술사 자신에게도 이질적이며, 처음 행하는 술법이라면 당연히 미지의 것이다. 생전 처음으로 활을 들어본 사람이 이걸 다루다가 자기가 다치지 않을까 불안해한다면 그게 이상한 일이겠느냐?"

그렇기에 기환술에 대한 기환술사의 감각은 무공에 대한 무인의 감각과는 완전히 다를 수밖에 없다. 기환술사가 기기묘묘한 일들을 일으킬 수 있는 것은 애당초 사람의 몸으로는 할 수 없는 일들을 하는 이질감을 당연시하기 때문이다.

이현이 말했다.

"내 경험을 예로 들자면, 처음에는 축지가 두려웠다."

"어르신께서요?"

형운이 의심의 눈길을 보냈다. 몇 걸음 걸어가는 것도 귀찮아서 축지를 쓰는 그가 축지를 두려워했다고?

이현이 피식 웃었다.

"지금이야 숨 쉬는 것처럼 자연스럽지만 처음에는 이게 정말 써도 되는 것인지 불안하고 무서웠단다. 과연 공간을 접어서 원하는 곳으로 가는 게 완벽하게 통제될 수 있을까? 축지를 쓰는 순간 내가 어디론가 영영 사라져 버리는 것은 아닐까?"

축지는 인간이 살면서 겪지 않는 쪽이 당연한 이질적인 경험이다. 그런 미지의 영역이 두려운 건 당연한 일이 아닌가?

"하지만 그 불안과 두려움을 이겨내지 않으면 안 된다. 자신의 능력을 두려워해서 몸을 사리면 사릴수록 그건 정신을 갉아먹는 독이 되지. 과감해지거라. 두려울수록 열심히 써서 그 능력을 자신의 것으로 만들어야 한다. 무엇을 할 수 있는지, 한계가 어디인지, 어떤 문제가 있는지를 모조리 파악한다면 그건 더 이상 불안의 근원이 아니라 네가 의지할 수 있는 버팀목이 될 것이다."

"……."

형운은 잠시 말문을 잃고 이현을 바라보았다. 그 표정만 보면 감동한 것으로 보여서 이현이 귀혁의 벌레 씹은 표정을 보면서 으스댔지만…….

'와, 어르신이 처음으로 이존다워 보였어…….'

처음 만난 날부터 지금까지, 이현은 능력 면에서는 선보이는 것마다 강호의 전설답지 않은 게 없었다. 그러나 행동거지는 눈곱만큼도 이존다운 품격이 안 보였던 것이다.

귀혁이 못마땅한 표정으로 말했다.

"애당초 그렇게 고민할 일은 아니다. 물론 네가 각성한 능력이 대단하기는 하다만 유일한 것은 아니니까."

"음? 그래요?"

"당장 네 주변에도 기의 움직임을 시각화해서 보는 사람이 있지 않느냐?"

"그게 누구… 아, 하령이."

의아해하던 형운이 곧 답을 말했다. 귀혁이 고개를 끄덕였다.

"그래. 천라무진경은 오감을 기감으로 활용하지. 당연히 하령이는 시각으로도 기를 보고 있다. 네 쪽이 성능 면에서는 좀 더 나은 것 같기는 하다만."

"왜 저에 대해서 이야기를 하면 실력이나 기량이라는 말 대신 '성능'이라는 표현이 나오는 건가요? 아니, 뭐, 그게 맞는 소리라는 건 부정할 수 없겠지만…….."

형운이 구시렁거리자 귀혁이 피식 웃었다.

"왠지 말하다 보니 그렇게 되는구나. 어쨌거나 기의 시각화 자체는 무공 특성에 따라서는 얼마든지 얻을 수 있는 능력이니 네가 이상한 게 아닐까 걱정할 필요는 없다. 아, 그런데……."

귀혁이 문득 생각났다는 듯 물었다.

"형운아. 그럼 이 사부의 기운도 볼 수 있느냐?"

"네."

"어떻게 보이느냐?"

"그거 다 말씀드려도 돼요? 기심의 위치나 상태가 보이기는 하지만……."

형운이 이현의 눈치를 보았다. 그제야 귀혁도 자신의 실수를 깨달았다.

"음. 나중에 듣기로 하자꾸나."

당연하지만 무인들은 자신의 정보가 노출되는 것을 꺼린다. 무공에 대해서 알려지면 알려질수록 그만큼 공략당할 위험이 커지기 때문이다.

"그럼 이만 물러가 보겠습니다."

"쉬거라. 그리고 형운아."

"네."

"지난번 그 능력과 마찬가지로, 이번 것도 다른 사람에게는 말하지 말거라."

"그럴게요."

"네 호위들에게도. 일단은 나를 제외한… 음. 이미 마존께서
는 아셨지만, 그 외에는 그 누구에게도 알려지지 않게 해야겠
다."

"네?"

형운이 놀라서 눈을 크게 떴다. 귀혁은 상관하지 않고 말했
다.

"신중하게 두고 보자는 뜻이다. 알겠느냐?"

"그렇게 할게요. 하령이한테는 어쩔까요?"

"비밀로 해두거라. 말해도 된다고 판단되면 내가 말해주도록
하마."

"네."

이런 일이 흔하지는 않지만 납득 못 할 것은 아니다. 형운이
라고 자신의 무공 비밀까지 가려에게 다 말해주는 것은 아니니
까.

형운이 물러가고 나자 귀혁과 이현의 표정이 급변했다. 둘 다
심각한 눈으로 서로를 바라본다.

이현이 말했다.

"상상을 초월하는군. 애송이들도 아니고 자네의 기심 위치를
꿰뚫어 본다?"

"비밀을 지켜주셨으면 합니다."

"그러도록 하겠네. 알려지는 순간 적어도 수백 명 정도는 저
아이를 제거하고 싶어 할 테니까."

"수천 명일 수도 있지요. 골치 아프군요. 자신의 기를 시각화
해서 볼 수 있는 것은 그저 빼어난 능력으로 끝나지만……."

"타인의 기를, 그것도 아무런 제약도 없이 꿰뚫어 본다니 경천동지할 능력이지. 신수들에게 말해줘도 놀랄 걸세."

고수일수록 자신의 기를 읽어내기 어렵게 만든다. 원한다면 자연스럽게 우러나오는 기파조차도 감추거나 원하는 느낌으로 바꿔 버릴 수도 있다.

특히 귀혁은 이 점에서는 따라올 자가 없다고 알려져 있었다. 이전에 위해극이 귀혁과 대련했을 때, 천라무진경을 연마했음에도 불구하고 기가 움직이는 조짐조차도 읽어내지 못했다. 애당초 감극도라는 무공은 상대방이 자신의 기를 읽지 못하게 만드는 데 있어서는 비교 대상을 찾기 어려웠다.

그런데 형운은 아무렇지도 않게 보인다고 말했다. 심지어 기심의 위치나 상태가 보인다고 말하지 않았던가?

즉 형운은 무인을 보는 순간 그에 대한 핵심 정보를 다 알아낼 수 있는 셈이다. 내공 화후는 어느 정도인지, 내공 심법이 어떤 성질을 가졌는지, 어떻게 움직일 수 있는지를 알 수 있다면…….

"자네라면 그 정도 정보를 가지면 상대의 무공을 다 해체해 볼 수도 있지 않나?"

"가능합니다."

"필사적으로 비전을 감추는 노력을 무의미하게 만드는 능력이라… 일월성신, 정말로 놀랍군. 별의 운명을 담을 그릇이라면 마땅히 인간이 생각하는 한계를 초월해야 한다는 뜻인가? 귀혁, 평범한 아이를 잘도 저렇게 키워냈군."

"솔직하게 고백하건대, 반 이상은 예상치 못한 성장이었습니다. 이제는 저도 저 아이가 어디까지 뻗어 나갈지 가늠이 안 되는군요."

귀혁이 쓴웃음을 지었다.

9

별의 수호자의 연단술사들은 흥분하고 있었다.

평소에는 그들이 뭘 하건 전혀 신경 쓰지 않는 성존이 직접 내린 지시 때문이다. 별의 수호자라는 조직 내에서 성존의 말은 절대적이기에 권위의 상징인 장로회조차도 이 지시를 수행하기 위해 움직였다.

그리고 성존이 내린 지시란 바로……

"진(眞) 일월성단?"

형운이 눈을 휘둥그레 떴다.

그는 귀혁과 함께 성도의 탑을 오르고 있었다. 성도의 탑 자체는 일월성신이 된 이후로 실험 협조 때문에 여러 번 들락거렸지만 이번에는 가본 적이 없는 상층부에 간다는 사실에 살짝 흥분되었다.

귀혁이 말했다.

"그렇다."

"그게 뭔데요? 일월성단이면 일월성단이지 웬……"

"일월성단은 해와 달과 별, 세 가지를 가리키지 않느냐?"

"그렇죠."

"진 일월성단은 그 셋을 하나로 모아둔 것이다. 하나에 해와 달과 별의 힘이 다 들어 있지."

"왠지 다른 비약보다 영양가가 풍부하다는 소리를 듣는 기분인데요, 그 설명."

"진지함이 부족하구나."

"아무래도 진 일월성단이라는 이름이 영 진지하게 다가오지 않아서……."

"일단은 임시적인 명칭이기는 하다. 원래는 존재하지 않았던 비약이니까."

"음? 존재하지 않았다고요?"

형운이 놀랐다.

별의 수호자의 비약은, 아니, 정확히는 일월성단급의 비약은 성존만이 만들 수 있다. 성도의 탑으로 모은 기운을 성존이 일월성단으로 빚어내면 안정화되기 전에는 성도의 탑에서만 보존이 가능했다.

이 시대에 장로급 연단술사들이 추구하는 가장 큰 목표가 일월성단급 비약을 만들어내는 것이다. 현재는 그들조차도 성존이 만든 것을 안정화할 수 있을 뿐이니까.

즉 일반적인 비약이라면 모를까 일월성단쯤 되는 비약이 새롭게 개발됐다면 그건 굉장히 이상한 일이다. 형운의 의문을 알아차린 귀혁이 설명했다.

"성존께서 직접 내리신 것이다."

"아……."

"원래는 천공단이나 혼몽단, 백운단이 내려올 예정이었다는

데 왠지 계획이 변해서 갑작스럽게 진 일월성단이라는 새로운 비약이 튀어나온 거다."

"그것들, 일월성단보다도 등급이 높은 비약들 아닌가요?"

"음? 어떻게 알고 있느냐?"

귀혁이 놀라서 물었다. 귀혁이 언급한 비약들은 존재 자체가 별의 수호자의 기밀 사항이었다. 형운에게는 일월성단 이상의 비약이 있다는 사실을 알려줬을 뿐인데…….

형운이 대답했다.

"성존께서 말씀해 주셨어요."

"그랬구나."

귀혁은 납득했다. 아무리 별의 수호자가 기밀 사항으로 지정한다고 해도 성존에게는 아무런 의미가 없다. 그는 그런 인세의 규율에 전혀 신경 쓰지 않으니까.

형운이 물었다.

"그런데 그런 비약이 의미가 있나요?"

일월성단조차도 전설적인 보물로 취급받는다. 강호상에 감히 비견할 만한 영약이나 비약이 없는 것은 물론이고 준다고 해서 아무나 취할 수 있는 것도 아니다.

과연 그보다 더 대단한 비약이라는 게 의미가 있는가? 애당초 사람이 먹을 수는 있는 것인가?

"없지는 않다. 이 사부만 하더라도 9심을 이룰 때는 천공단의 도움이 있었단다."

"어, 그럼 사람이 취할 수는 있는 거군요?"

"아니다."

"네?"

"천공단은 사람이 취할 수 있는 비약이 아니다. 만약 정상적인 방법으로 먹었다면 이 사부는 아마 지금쯤 이 세상에 없을 게다."

"…그럼 어떻게 드셨는데요?"

"그때까지 천공단은 거의 미지의 존재로 남아 있었다. 일월성단과 달리 제대로 연구할 방도조차 찾지 못했지. 사실 지금도 연구가 많이 진척된 편은 아니지만……."

귀혁이 옛일을 떠올렸다.

당시에는 일월성단에 대한 연구도 지금만큼 진척되지 않았다. 그런 상황에서 이 장로는 여기에 대해서 진보적인 해석을 내놓았고 귀혁이 그것을 증명하는 데 협력하면서 친분이 깊어졌다.

천공단을 취하게 된 것도 같은 명분을 공유했기 때문이었다. 이 장로와 귀혁이 머리를 맞대고 천공단을 취할 수 있는 방법을 만들었다.

비약을 연구하려면 취하고 소화시키는 과정을 알아야 한다. 즉 누구든 천공단을 한 번이라도 그 기운이 해체해서 취하지 않는 한 천공단 연구는 영원히 진척이 없었을 것이다.

"안정화 작업을 거친 천공단을 직접 복용하는 대신 시설과 기환진, 그리고 여러 인원의 힘을 빌려서 변칙적으로 취했다. 그때 참가한 인원이 운룡족 두 명과 황실 소속의 무인 100명인데… 무인들 전원이 확연한 내공 상승을 이루었다면 천공단이 어떤 비약인지 알 수 있겠지?"

"……."

형운이 멍청한 표정을 지었다. 귀혁의 내공을 9심의 경지에 올려놓은 것은 물론, 이미 상당한 내공을 가진 무인 100명의 내공을 급상승시키다니 도대체 얼마나 어마어마한 기운의 집약체란 말인가?

귀혁이 말했다.

"아쉬운 건 운룡족에게 협력을 구하는 대가로 황실 무인들에게 그 기운을 퍼줬다는 것과 그들에게 천공단에 대한 것을 노출하고 말았다는 점. 어쨌든 그 일로 내가 계획했던 것보다 9심을 이루는 게 5년은 빨라졌단다."

"그럼 사부님께서는 천공단이 없었어도 9심을 이루실 수 있었던 건가요?"

"맞다. 우리 일맥이 5대에 걸쳐 축적한 연구 성과는 하늘의 도움 없이도 9심의 내공 성취를 이룰 수 있는 수준에 이르렀다."

귀혁은 바로 그 결실이었다. 그리고 그가 스스로를 통해서 검증하고 더 쌓아 올린 성과가 형운에게 이어지고 있었다.

"다 왔구나. 오늘은 일단 봐두기만 하거라. 마존께서 안정화를 위한 기환진 제작에 협력해 주셔서 빠르게 1차 안정화에 성공하기는 했다지만 작업이 완전히 끝나려면 아직도 빨라봤자 반년이고 늦어지면 내년이 될 수도 있으니."

두 사람은 성도의 탑 상층부에 있는 한 방으로 향했다. 귀혁이 다가가자 문 앞을 지키고 있던 무사들이 문을 열고…….

'뭐야?

형운은 문 너머에서 풍기는 무시무시한 기운을 감지했다. 전신의 털이 모조리 곤두서는 기분이다. 저 기운은 그저 강할 뿐만 아니라 다른 누구보다도 형운을 날카롭게 자극했다.

안쪽은 용도를 알 수 없는 도구들과 약 냄새로 가득했다. 약재를 가공하기 위한 도구들이 곳곳에 설치되어 있는데 이 기구들은 전부 형운의 수련 도구들처럼 장인의 솜씨와 기환술이 결합된 물건들이었다.

예를 들면 허공에 떠 있는 철구가 있었다. 두 개의 반구형 금속 용기 두 개를 붙여서 만들었는데 위쪽에는 열이 빠져나오게 하기 위한 개폐식 구멍들이 달려 있고, 또 바깥에서는 필요한 약물을 안에다 공급하기 위한 끈이 여럿 연결되어 있는 기구였다. 이 기구는 안쪽 정중앙에 약재를 띄워둔 채로 열이나 냉기를 가하거나, 압력을 가해서 원하는 상태를 만들어낸다.

이미 연단술은 약학과 일반적인 조리 기술만으로 비약을 만드는 단계를 월등히 넘었다. 기환술이 있기에 지금의 연단술이 존재하는 것이다.

그 한가운데, 수십 개의 빛의 문자로 이루어진 원형진 위에 솟아난 수정과 석재와 철제 기둥 위에 떠 있는 것들이 있었다.

하나가 아니다. 각양각색의 빛을 발하는 돌과 금속 조각들이 일정한 속도로 주변을 유영한다. 그리고 그 속에 형형색색의 빛으로 이루어진 무언가가 있었다.

치이이이익…….

그 위로 가공된 약재가 부어지면서 연기가 피어오른다. 짙은 약 냄새가 퍼져 나가면서 떠 있는 물체들이 강한 빛을 발하고,

그 빛이 형형색색의 빛으로 이루어진 존재에 영향을 끼쳤다.

"저게 진 일월성단……."

멍청하니 중얼거리는 형운의 눈에는 그것 말고는 아무것도 들어오지 않았다.

과연 저것을 비약이라 불러도 좋을지 의문스러운 사람의 머리통만 한 기운의 집약체는, 마치 형운 자신을 보는 것 같은 기운을 발하고 있었다.

제32장
습격

1

3월이 되어 세상 곳곳에 봄의 기운이 깃들기 시작할 무렵, 형운은 이전보다는 좀 편한 나날을 보내고 있었다. 이현이 떠나서 더 이상 예전처럼 지옥 같은 기환진에 시달릴 일이 없어졌기 때문이다. 물론 귀혁은 매번 형운의 한계를 자극하기 위한 다양한 훈련 방법을 준비했지만 이제는 일과 안에서 소화 가능한 수준이었다.

물론 귀혁이 형운이 편하게 지내는 걸 두고 볼 리가 없었다. 원래 훈련이라는 게 익숙해져서 편안함을 느끼면 도움이 안 된다는 게 그의 지론이니까.

그래서 형운이 맞닥뜨리게 된 새로운 훈련은…….

"와, 너희들 의외로 만만치 않은데? 머리 잘 굴러가는 놈들이 작정하니 이 정도로군."

산 한복판에서 형운이 중얼거렸다. 수련용으로 입고 나온 옷 여기저기가 찢어지고 더러워져 있는 것으로 보아 그가 당한 일을 짐작해 볼 수 있었다.

주변에서 아이들의 신음 소리가 들린다. 곳곳에 제자단 아이들이 널브러져 있었다.

"으윽……."

아직 자기 발로 서 있는 것은 두 명, 강연진과 양우전이었다. 나머지는 전부 형운에게 맞아서 전투 불능이 되었다.

양우전이 발끈했다.

"조롱하시는 겁니까?"

"아니, 진심으로 감탄하고 있는 중이야. 한 식경(30분)이나 버틸 줄은 몰랐거든?"

"저희가 사형보다 못한 것은 사실이나 이런 조롱을 듣기는 싫습니다."

"진짜 칭찬하는 건데?"

"지형지물의 이점은 전부 저희들에게 있었고, 사형은 내공 최대치를 3심이나 봉인하고 기공파도, 도구를 쓰는 것도 금지당하셨죠. 그 모든 이점을 가진 저희를 이렇게 유린하서 놓고 그런 말씀을 하시는 게 조롱하시는 겁니다."

귀혁은 이제까지 제자들끼리 너무 교류가 없었다는 이유로 합동 훈련을 실시했다.

이 훈련은 제자단 아이들 열 명이 형운을 공략하는 것이다. 사전에 각종 함정을 깔아둔 산이 훈련 장소였으며, 제자단 아이들은 지형지물과 함정에 대한 정보를 사전에 받았다. 또한 무장을 하는 것도 허락받아서 다들 권갑이나 보호 용구 등을 갖추고 있었다.

그에 비해 형운은 아무것도 모르는 채 이곳에 들어서야 했으며, 사전에 귀혁에게 금제를 받아서 내공을 최대 4심까지밖에 끌어 올릴 수 없었다. 일월성신인 형운은 이런 금제를 깨려면 얼마든지 깰 수 있지만 그러면 규칙상 그의 패배다.

이 정도쯤 되니 제자단은 충분히 해볼 만하다고 여겼다.

그런데 정작 붙어보니 완전히 상대가 안 되었다. 첫 격돌에서 추풍낙엽처럼 쓰러지다가 함정 덕분에 겨우 뿔뿔이 흩어지는 데 성공했지만, 결국 얼마 지나지도 않아서 이 꼴이다.

"흠. 난 오히려 네 말이 정말……."

양우전의 말에 형운이 볼을 긁적이며 말하다가…….

"…오만하기 짝이 없어서 좀 열 받는데?"

펑!

한순간에 양우전의 앞으로 쇄도해서 공격을 가했다.

양우전은 등골이 오싹했다. 완벽하게 허를 찔렀다. 양우전의 호흡이 날숨으로 바뀌는 그 순간, 태연스럽게 말하던 기세를 흐트러뜨리지도 않으면서 돌진해 오다니.

한 걸음으로 5장(약 15미터)의 거리가 줄어드는 움직임은 심리적인 허점을 찔러서 반응조차 제대로 하지 못했다.

"호오, 연진이 많이 늘었는데? 비장의 한 수를 감춰두고 있었군."

형운이 진심으로 감탄했다. 방금 전에는 완전히 허를 찔러서 양우전을 쓰러뜨릴 생각이었다. 그런데 강연진이 마치 그럴 줄 알았다는 듯 몸을 날려서 형운의 공격을 막은 것이다.

'무심반사경을 감추고 있었을 줄이야. 그래도 평소에 다 보여줄 정도로 바보는 아니었나?'

강연진은 무심반사경으로 형운의 공격을 막아냈다. 애당초 형운이 공격해 올 때를 대비, 무심의 상태에서 반응할 수 있도록 준비해 둔 것이다.

당연하지만 영성의 제자단 역시 감극도를 익히고 있다. 다만 형운과는 습득 방식이 다르기에 진도를 나가면서 거치는 단계도 다르다.

예를 들자면 형운과 달리 첫 단계가 무조건 반사적으로 공격에 반응하는 방식이 아니라 공격적인 기파를 감지하면 그 순간 사고가 가속, 감극을 좁히면서 빠르게 반응하는 방식이다. 다들 어려서부터 무공을 익히고 있었던 데다가 기를 운용하는 감각이 형운보다 뛰어나서 그럴 수 있었으리라.

하지만 형운과 그들은 신체 능력 차가 너무 컸다. 심지어 형운은 내공을 4심까지만 쓰도록 금제를 당한 지금도 그들이 감극도로도 따라올 수 없을 정도로 빨랐다.

제자단 아이들이 뛰어나긴 하지만 무심반사경까지 터득한 것은 그중 절반가량. 그리고 익혔다고 해봤자 고작 한 수 정도다. 스스로가 뛰어나다고 자신하는 제자단 아이들은 그걸 전부 공방에서 이점을 취하기 위해 썼고, 곧바로 형운에게 박살이 났다.

그에 비해 평소 형운과 꾸준히 대련을 해온 강연진은 현명했다. 자기가 무심반사경을 터득했음을 형운에게 감추고 있다가 철저하게 방어에 써먹었다.

'널 괴롭히는 녀석을 지켜주는 데 쓴 건 좀 그렇다만.'

물론 혼자 살아남는 것보다는 어떻게든 둘이 공격할 수 있는 상황을 만드는 게 좋다고 판단했으리라.

"으윽, 사형하고는 그래도 제가 많이 상대해 봤으니까요."

강연진은 팔이 저릿저릿한 걸 느끼며 형운을 바라보았다. 형운은 분명 양우전을 전투 불능으로 만들 생각으로, 즉 힘 조절을 한 일격을 날렸을 것이다. 그런데 그걸 막는 것만으로 팔이 반쯤 마비되었다.

새삼 등골이 오싹하다. 평소의 형운이 워낙 느슨해 보여서 그렇지, 스무 살도 안 되어서 별의 수호자의 후기지수 중에 최강이라는 평가를 받는 인물이다. 아마 마음만 먹으면 내공을 몽땅 봉인하고서도 맨손으로 그들을 쳐 죽일 수 있지 않을까?

그때였다. 놀라서 얼어붙어 있던 양우전이 움직였다. 갑자기 발로 땅을 강하게 구르더니 형운에게 뛰어드는데…….

퍽!

거리를 좁히자마자 날아드는 형운의 왼손을 받아낸다. 무심 반사경이었다.

'좋아! 이대로 뛰어들면서……!'

방금 전에 발을 강하게 구른 것은 형운의 뒤쪽에 설치된 함정을 발동시키기 위한 행동이었다. 형운이 그를 저지하기 위해 날린 공격을 비껴내면서 안으로 뛰어든다면 허점을 찌를 수……!

"안 돼!"

강연진이 비명을 질렀다. 그리고 양우전은 그 말에 의아함을 느낄 새도 없이 눈앞이 캄캄해졌다.

'어?'

쓰러지는 양우전 옆으로 형운이 유유히 지나치고 있었다. 한 박자 늦게 뒤쪽에서 함정이 발동하면서 땅을 뚫고 창살이 솟구 쳤지만 이미 거기에 형운은 없다.

형운이 강연진에게 다가가며 말했다.

"쯧쯧. 사부님이 너희에게 낸 과제는 이런 게 아니었을 거라고 생각한다만. 하여튼 어려서부터 기재라고 떠받들어 주니까 정말 자기가 최고인 줄 아는 녀석들만 모아두니 이렇게 되나?"

"무슨 뜻이지요?"

"너희는… 아니, 이 경우는 연진이 너를 제외한 다른 녀석들 이라고 해야 하나? 내가 금제도 받고 이런저런 제약도 붙으니까 연수합격을 하면, 그리고 함정을 잘 쓰면 쓰러뜨릴 수 있겠다고 판단한 것 같은데 완전히 오산이야. 처음부터 절대 피해 가야 할 전술을 짜고 덤볐는데 이만큼이나 시간이 걸렸다는 점에서 내가 감탄한 거고."

제자단 아이들은 철저하게 몸을 숨기고 도망치면서 싸워야 했다. 자신들의 존재를 미끼로 이용해 가면서 형운을 함정으로 끌어들이는 식으로 괴롭혔다면 꽤 오랜 시간 동안 버틸 수 있지 않았을까?

애당초 귀혁은 제자단이 형운을 쓰러뜨리는 것을 기대하지 않았다. 얼마나 오래 버티는지를 보려고 한 것이다.

"…내 추측이지만 아마 맞을걸? 내공이 최대 4심으로 제약된 다고 해도 너희랑 내 격차가 너무 커서."

형운의 육체는 아직도 계속해서 강해지고 있었다. 각종 특수한 능력이 깨어나는 것도 그렇지만 신체 능력 자체가 계속 성장 중이다. 어디까지 강해질지 두려울 정도로.

지금의 형운은 군이 내공을 운용하지 않아도 화살처럼 빠르게 달릴 수 있고 한 번에 높은 건물 지붕까지 뛰어오른다. 맨손으로 인체를 파괴하는 것은 너무나도 쉬운 일이기에 형운은 오히려 그 힘을 섬세하게 통제할 수 있도록 많은 노력을 기울여 왔다.

여전히 형운에게 기기묘묘한 기술과 감각은 없다. 그러나 광기마저 엿보일 정도로 성실하고 철저하게 단련해 온 결과물은 그 실체를 모르는 이들에게는 불가사의한 이적처럼 보였다.

"어쨌든 애썼다. 그러면……."

문득 쓴웃음을 짓던 형운이 흠칫했다. 그리고 놀란 표정으로 시선을 돌린다. 바로 그 순간 강연진이 뛰어들었고…….

쩍!

단 일격에 복부가 꿰뚫리는 것 같은 격통을 느끼며 쓰러졌다.

"이런. 허점이 보인다고 무작정 뛰어들면 안 되지."

'아…….'

그 말에 강연진은 형운이 다른 곳을 바라본 것 자체가 의도한 허점이라는 사실을 깨달았다. 그리고 더 생각이 이어지기 전에 의식이 어둠에 잠겼다.

"어땠느냐?"

강연진을 쓰러뜨리는 것으로 훈련을 끝낸 형운이 언덕으로 걸어 올라오자 그곳에서 기다리고 있던 귀혁이 물었다. 형운이 대답했다.

"다들 진도가 빠르네요."

"그 아이, 일부러 봐준 거 아니냐?"

강연진을 맨 마지막까지 남겨두고 있었던 것을 말하는 것이다. 형운이 고개를 갸웃했다.

"그래 보였어요?"

"어느 정도는. 네가 밀어주고 있는 녀석이잖느냐?"

"그 점을 부정하진 않겠지만 딱히 봐주진 않았습니다. 다만 그나마 훈련의 의도에 충실한 게 연진이였을 뿐이죠. 제가 사부님의 의도를 제대로 파악했다면 말이지만요."

"바로 파악한 게 맞다."

귀혁은 만족스러운 듯 웃었다. 형운이 말했다.

"그래도 초반에 생각 없이 덤볐다가 크게 맞아서 그렇지, 안 그랬으면 꽤 오래 버텼을 것 같은데요?"

"그게 너무 컸지. 하여튼 어린것들이 자만심만 가득해서는. 아무리 말을 해도 듣지를 않으니……."

"심지어 저한테 깨진 지 얼마 되지도 않았는데 저 대책 없는 자신감의 근원이 뭔지 정말 궁금한데요?"

"비약이지."

"아, 역시."

형운이 실소했다.

그새 귀혁이 정기적으로 지급하는 비약 말고 뒷구멍으로, 즉 각각 줄을 댄 장로들로부터 비약이라도 받아먹고 내공이 좀 상승했던 모양이다. 원래 단기간에 내공이 눈에 띄게 증가하면 그동안 내공 부족으로 습득하지 못했던 무공들도 잘되고, 감각도 예민해지고, 심지어 신체 능력조차 상승하니 자신의 강함을 과신하게 되기 쉽다.

"그럼 이것도 사부님이 의도하신 바이긴 했겠군요?"

"뭐가 말이냐?"

"다 아니까 그러지 마시고요."

"인정하마. 너한테 대차게 깨지고 주제 파악 좀 해보라는 것도 내 의도이기는 했다."

"역시. 제대로 해보라는 것치고는 솔직히 금제가 너무 적다고는 생각했어요."

"4심 내공으로도 말이냐?"

"3심까지 제약하셨어도 제 생각이 별로 바뀌진 않았을 것 같은데요? 제 3심이 저 애들 3심하고 같진 않잖아요. 2심 정도면 해볼 만했을지도 모르겠지만."

"네가 이렇게 건방진 소리를 하는 날이 오다니, 격세지감이 느껴지는구나."

"그냥 객관적으로 이야기하는 것뿐이에요."

귀혁의 핀잔에 형운이 쓴웃음을 지었다.

제자단 아이들의 내공이 높아져 봐야 아직은 3심이었다. 2심이었던 녀석이 3심으로 올라서기도 했지만 그뿐, 가장 강한 내공을 가진 녀석도 3심에 머물러 있었다. 똑같은 3심이라도 그 안에서의 수준이 천차만별이기는 하지만 훨씬 높은 수준에 이른 형운의 눈으로 보기에는 고만고만하다.

어쨌든 그런 아이들이 여럿인데 형운의 내공을 3심까지 낮춘다면 일견 굉장히 불리해 보인다. 그러나 실제로는 그렇지가 않다.

일단 형운은 일월성신이라 후천적으로 갈고닦은 기운조차도 선천적으로 타고난 기운과 차이가 없을 정도로 정순하다. 내공 수준이 같더라도 기의 질이 너무나 뛰어나기 때문에, 따라서 그것으로 이룬 기심과 닦은 기맥조차도 뛰어나서 상대를 압도할 수 있다.

또한 형운은 이미 7심의 경지에 이른 몸이다. 이미 그릇을 확장하고 기맥을 닦는 과정이 거기에 이르렀는데 일부 기심을 못 쓰도록 제약한다고 같은 수준까지 떨어질 리가 있나? 게다가…….

"저한테는 그것만 있는 것도 아니고요."

"흠. 그건 참……."

귀혁이 쓴웃음을 지었다.

이현의 기환진에서 죽도록 구르고 또 구른 형운은 급속도로 일월성신의 능력을 개화했고 그 과정에서 이상한 변화가 나타났다.

여덟 번째 기심이 생성되었다.

그런데 이것이 형운의 내공이 8심의 성취를 이루었다는 뜻은 아니다. 이 기심은 다른 기심보다 크기가 작은 데다가 역할도 대단히 제약적이었다.

오직 음한지기(陰寒之氣)를 다루는 데만 특화된 기심.

마치 빙령의 분신체가 몸에 머물 때와도 비슷한 느낌이다. 다른 점이라면 빙령의 분신체는 온전한 기심과 필적하는 힘과 역할에 음한지기에 대한 특화 능력까지 부여했던 데 비해 이쪽의 효능이 많이 떨어진다는 것 정도?

이 기묘한 기심의 탄생은 형운이 냉기 변환 능력으로 유설에게서 받은 기운을 지속적으로 순환시키는 과정에서 탄생했다. 이 모든 것이 빙령 덕분이리라. 빙령이 여기까지 예상했는지는 알 수 없지만 말이다.

어쨌든 귀혁이 빙백기심(氷白氣心)이라 이름 붙인 이 기심으로 인해 형운의 내공이 한층 심후해진 것만은 사실이다. 현재 형운의 내공 성취를 말하라면 7.5심이라는 괴상한 수치를 이야기할 수밖에 없었다.

귀혁이 순순히 인정했다.

"흠. 확실히… 3심까지는 제약했어야 저 아이들이 최선의 선택을 했더라도 좀 해볼 만했겠군. 그건 내 실수다. 인정하마."

"실수하신 거 아니잖아요?"

"음?"

"사부님이 그런 실수를 하셨을 것 같지는 않은데요. 일부러 보여주려고 하신 거 아니에요?"

"호오, 내 제자가 언제부터 이렇게 생각이 깊어졌지?"

"예전부터요. 지금은 여기저기 보는 눈들이 좀 많네요."

형운은 이 훈련을 하는 동안 낯선 시선들을 느꼈다.

시선이 낯설다?

이상한 표현 같지만 형운은 실제로 자신에게 향한 시선으로 개개인을 식별할 수 있었다. 북방 설산에서 혼마 한서우의 기운을 판별했듯이, 일월성신의 기감은 한번 접했던 기운인지 아닌지를 구분해 내는 능력을 가진 것이다.

귀혁이 피식 웃었다.

"이거 좀 무섭기까지 하군. 내 제자가 사실은 양의 탈을 쓴 사자였느냐?"

"그 정도는 아니고요. 그리고 왜 그러셨는지는 잘 모르겠어요. 장로님들은 어차피 제 실력을 어느 정도 알잖아요?"

"조급해하게 만들려고 하는 것이다."

"음?"

"이번 같은 일을 계속하도록 말이다. 격차가 커 보이면 초조해지지 않겠느냐?"

"…아, 뒷구멍으로 계속 애들한테 좋은 약 좀 넣어주라고요?"

"그렇다. 아무리 나라도 지원해 줄 수 있는 재원에 한계가 없는 것은 아니니까. 너한테 들어가는 것만 해도 어마어마해서 추가 지원을 따내기가 어렵단다."

"확실히 제 식비가 어마어마한 건 사실이죠."

형운이 고개를 끄덕였다.

영성의 제자단은 상당한 비약을 섭취하고 있었다. 하지만 아무래도 형운 혼자를 가르칠 때와 비교하면 열 명 모두에게 지급할 수 있는 비약은 많이 부족할 수밖에 없다. 제자단을 받으면서 장로회에서 그에 맞게 지원을 많이 늘려줬어도 그렇다.

그래서 귀혁은 일부러 이런 일을 연출해서 장로들이 뒤로 자기와 연결된 아이들에게 이런저런 지원을 해주도록 자극하고 있었다.

문득 형운이 훈련장을 내려다보았다. 영성 호위대원들이 쓰러진 제자단을 수습해서 데려가고 있었다.

"그럼 연진이한테는 이번 일이 아주 좋은 기회가 되겠군요."

"그럴 게다."

여전히 강연진의 입지는 별로 좋지 못하다. 첩자로서의 기대치는 크지만 무인으로서 얼마나 성장할지는 다른 아이들에 비해 기대치가 높지 않은 것이다.

그러나 이번에 강연진이 마지막까지 남았다는 것은 평가를 달리해 볼 계기가 될 것이다. 운 장로가 좀 더 적극적으로 강연진을 지원한다면 형운으로서는 그것도 나쁘지 않다.

"하지만 정말 괜찮겠느냐?"

"사부님은 어쨌거나 공정하셔야 하는 입장이시잖아요?"

"그렇기야 하다만."

형운의 말에 귀혁이 쓴웃음을 지었다. 솔직한 심정으로 그가 애착을 가진 제자를 하나만 고르라면 그건 형운이다. 그래도 사부 된 입장에서는 모두에게 공정하고자 노력해야 한다. 이런 문제로 형운에게 이래라저래라 충고하는 것은 공정하지 못하다.

"바보 같다는 건 아는데… 아무래도 그냥 두고 볼 수가 없어서요. 하지만 언젠가는 저 녀석도 홀로서기를 할 테고, 그때가 되면 저도 조금은 현명하게 대할 수 있을지도 모르죠."

"안 될 것 같다만."

"제자를 좀 더 믿어보시죠?"

"어려운 일이구나, 그건."

"와, 너무하셔."

형운이 너스레를 떨었다. 껄껄 웃던 귀혁이 물었다.

"그러고 보니 호장성으로 가는 상행 호위에 자원했다더구나."

"슬슬 일 좀 하라고 압박이 들어온다기에……."

"그냥 바깥에 나가서 맛있는 게 먹고 싶어서는 아니고?"

"흠흠. 부정하진 않겠습니다."

형운이 슬그머니 귀혁의 시선을 피했다.

이제 나이도 열아홉 살이나 되었고 무력도 넘치고 하니 일 좀 하라는 압박이 들어오는 것은 사실이다. 무공 수련도 좋지만 별의 수호자라는 조직 입장에서 보면 형운은 지금까지 너무 놀았다. 원래 인재를 키우는 것은 써먹으려고 하는 짓이라는 관점에서 볼 때 형운은 밥값을 안 하고 있는 것이다.

귀혁이 말했다.

"뭐 그렇게 부담 가질 필요 없다만? 넌 성존께서도 관심을 두실 정도로 귀중한 연구 소재다. 장로회에서도 그 가치를 인정하고 있으니 귀한 몸답게 총단에서 안위를 보전해도……."

"원래 무인이란 위험을 이겨내야만 그 진가가 드러나는 법! 사부님의 제자로서 저는 죽은 무공이 아니라 살아 있는 무공을 익힌 무인이고 싶습니다."

"말은 잘하는구나."

"에헤헤, 사부님. 모처럼 고향으로 가는 상행이라고 해서 맡은 거라고요."

"그렇게 비굴하게 웃지 않아도 막을 생각 없었다. 잘 다녀오거라. 실적은 쌓아두는 게 좋지."

"정말이죠?"

"물론이다. 하지만 좀 의외이긴 하구나."

"뭐가요?"

"난 네가 고향을 그리워하고 있는 줄은 상상도 못 했다. 내가 제자 마음을 너무 몰라줬다 싶구나."

"아, 그거라면 뭐… 딱히 그리워서 몸살이 날 정도는 아니에요. 사실 가려 누나한테 임무 관련해서 이야기를 듣고 나서 할 만한 게 뭐 있나 찾아보기 전까지는 거의 잊고 살았죠."

"그런데 고향으로 가는 임무가 있다고 하니 한번 가보고 싶어졌다?"

"그보다는 한 번쯤 만나보고 싶은 녀석이 있어서요."

"천유하 말이구나."

"네. 이번 상행은 돌아오는 길에는 좀 여유가 있다고 하니 한번 찾아가 보려고요. 그 정도는 괜찮겠죠?"

"뜻대로 하거라. 하지만 혹시 네가 명성을 떨치는 후기지수라는 이유로 시비를 걸어올 수 있으니 조심하고."

"네. 그 점은 염려 마세요. 저도 그 사람들의 인간성은 전혀 안 믿으니까요."

"…그래도 조검문은 호장성의 명문정파인데 평가가 참 차갑구나?"

"제가 객잔에 있을 때……."

옛일을 떠올리는 형운이 일그러진 미소를 지었다. 이런 표정은 평소 보지 못했던 것이라 귀혁은 좀 놀랐다.

"힘 좀 있다고 절 핍박한 사람들이 다 사파의 무리는 아니었거든요? 정파든 사파든 그런 점에서는 별로 신뢰하고 싶지 않네요. 소속이 아니라 사람을 보고 믿을지 말지를 판단해야죠."

예전의 일로 형운은 무인들에 대해서 별로 좋은 기대를 품지 않는다. 그리고 조검문은 그중에서도 부정적으로 인식하는 집단이었다. 형운은 처음에 천유하와 만났던 그날을 아직도 잊지 못했기 때문이다.

그 후에 겪은 일들 덕분에 천유하는 좋은 녀석이라고 생각하게 되었다. 하지만 그의 스승인 우격검 진규를 좋은 사람이라고 생각하냐고 묻는다면, 전혀 아니다.

객잔에서 그를 노린 무인들이 난장판을 벌였을 때, 명문정파의 장로로서 대협 소리를 받는 진규가 그에게 따뜻한 손길을 내밀어줬는가? 별 부스러기도 아닌 아이를 갖고 난리 떤다고 혀나찼을 뿐이지.

귀혁이 고개를 끄덕였다.

"흠. 좋은 마음가짐이다. 마음이 놓이는구나."

"걱정 안 하셔도 된다니까요."

"우리가 정파와 사파 양쪽 모두를 상대로 장사하는 입장이라는 걸 생각하면 더더욱 바람직하다."

"…아니, 그건 왠지 좀 싫은데요?"

형운이 눈살을 찌푸렸다.

3

한 소녀가 길을 걷고 있었다. 그저 그뿐인데 행인들의 시선이 모조리 그녀에게 집중되고 술렁임이 인다.

소녀의 존재감이 너무나도 강렬하기 때문이다. 햇빛을 받은 긴 검은 머리칼에는 은은하게 푸른빛이 돌았으며 옷은 흰색과 원색에 가까운 붉은색이 어우러져 눈에 띤다. 얼굴은 오만한 미소를 띠고 있기는 하나 아름다웠고 눈동자는 자수정빛을 띠고 있으니 눈에 띌 수밖에 없으리라.

하지만 그 이상으로 눈에 띄는 것은 무장(武裝)이다.

등 뒤에는 커다란, 여성의 몸으로 시위를 당길 수나 있을지 의심스러운 대궁을 지고 있었으며 허리춤 양쪽에는 두 개의 철 단봉을 차고 있는데 눈에 띄지 않을 수 있겠는가? 사람들 시선을 잡아끄는 요소들이 총출동한 것 같은 존재다.

그에 비해 그녀의 뒤를 따르는 두 명, 젊은 여성과 중년의 남성은 평범해 보였다. 중년 남자는 무뚝뚝한 인상이고 여성도 예쁜 편이기는 해도 어디서나 볼 수 있는 수준이다.

문득 여성이 한숨을 쉬며 말했다.

"아가씨, 꼭 가셔야겠어요?"

"왜? 안 갔으면 좋겠어?"

"네."

"다연, 넌 솔직한 게 흠이야."

"전에는 장점이라면서요?"

"옛 성현께서 말씀하시길 장점과 단점은 종이 한 장 차이라 하였지."

"…그런 말씀 하신 성현은 없습니다만?"

"호오, 머리에 먹물 좀 들었다고 나를 무시하는 거야?"

"그럴 리가요."

"또박또박 말대답하기는. 어쨌든 여기까지 왔는데 안 가다니, 그런 선택지는 존재하지 않아."

"환영받을 리가 없는데요."

"환영받으려고 가는 게 아닌걸? 무슨 소리를 하는 거야?"

"…아, 네."

다연이라 불린 여성이 다시금 한숨을 쉬었다. 그러자 중년 남자가 말했다.

"다연, 너는 아랫사람 주제에 너무 말이 많아. 아가씨가 하신다고 하면 닥치고 따르는 거다."

"해파랑 님께서는 살 만큼 살았겠지만 전 아직 죽기에는 너무 꽃다운 나이거든요?"

"젊었든 늙었든 사람은 언제든지 죽을 수 있는 존재다. 따라서 오늘 당장에 죽더라도 후회 없도록 각오를 다져 두는 게 무인의 삶이지."

"그런 삶은 싫어……."

다연이 탄식했다. 골치 아픈 윗사람을 모시는 고충이 절절히 묻어나는 태도였지만 앞서가는 소녀는 둘이서 뭐라고 하든 귓등으로 흘려듣고 있었다.

"좋잖아? 가장 가까운 곳에 있는 성운의 기재가 가장 만나기 쉽다는 거."

"그냥 만나지 않는 게 제일 좋을 것 같은데요. 무엇보다 지금 아가씨의 몸 상태는……."

"이 정도 부상쯤이야 아무런 문제도 없어. 무인으로 살고자 결의했다면 어제 몸에 칼을 맞았어도 오늘의 적과 벌이는 사투는 피할 수 없는 법 아니겠어?"

"…무인의 삶이라는 말만으로 그런 무모하기 짝이 없는 행동이 다 정당화될 것 같지는 않은데요? 게다가 내상은 어찌 보면 칼 맞은 상처보다 더 심각합니다만?"

"으, 잔소리 좀 그만해. 정보대로라면 촌구석의 작은 문파니까 거기 패거리들은 너희만으로도 어떻게 될 거야. 난 그 녀석만 보면 돼."

"아가씨, 조검문에 대한 자료 제대로 안 읽어보셨죠?"

"응."

"……."

당당하다! 너무 당당하다!

다연이 땅이 꺼져라 한숨을 쉬는데 해파랑이라 불린 사내가 말했다.

"아가씨, 그런 태도는 좋지 않습니다. 시골에 있는지 도시에

있는지는 무문의 힘을 가늠하는 잣대가 못 됩니다. 전 아가씨가
하고자 하신다면 기꺼이 뒤를 받쳐 드리겠지만, 무인으로서는
항상 전력을 다해야지요. 지금 입고 계신 내상만 하더라도 아가
씨가 방심하시지만 않았다면……."

"아, 알았어. 잔소리는 그만! 뚝! 알아들었어. 얕보지 않을게.
단지 두 사람을 믿을 뿐이니까."

"믿지 말아주세요, 좀."

다연이 이마를 짚었다.

4

조검문은 성세를 구가하고 있었다.

비록 호장성 같은 시골에 위치해 있다고는 하나 오랫동안 터
줏대감으로 자리 잡아온 명문이다. 호장성 내에서의 입지는 탄
탄했고 문파의 살림을 책임지는 사업도 잘 굴러간다.

게다가 최근 몇 년간은 계속해서 기세가 오르고 있었다. 이게
다 장로인 우격검 진규가 제자로 들인 성운의 기재, 천유하 덕
분이다.

세간에서는 아무리 유서 깊다고는 하나 전국적으로 보면 시
골 문파에 불과한 조검문 같은 곳에서 성운의 기재를 감당할 수
있을지 우려했다. 분에 넘치는 보물을 품으려다가는 화를 입게
마련이고, 성운의 기재는 늘 풍운을 몰고 다니는 존재가 아니던
가?

하지만 천유하가 소성검이라는 명성을 얻게 된 사건, 황실의

예령공주를 구해준 일로 황실의 비호를 받게 되자 누구도 함부로 조검문을 건드릴 수 없었다.

황실과의 인연만으로도 조검문이 얻은 것은 많았다. 그리고 그 후로 천유하는 어린 나이에도 불구하고 곳곳을 돌며 강호의 협객으로 이름을 올렸다.

호장성에서 의문의 실종 사건을 일으키던 요괴를 처치하고, 뒷골목에서 부랑아들을 대상으로 흡혈 행위를 하던 마인과 대적하여 무찔렀으며, 마을 사람들을 납치해 간 산적들을 토벌하는 임무에 나서서 혁혁한 공을 세웠다.

이미 그는 호장성의 젊은 영웅이었다. 올해 생일이 지나면 열아홉 살이 되는 그가 이런 명성을 얻은 것을 시기하여 명성을 빼앗고자 도전해 오는 이도 많았다. 하지만 천유하는 그들 모두를 물리치고 더욱 명성을 드높였다.

즉 누군가 도전해 오는 것은 천유하에게는 익숙한 일이다. 개나 소나 도전해 온다고 다 받아주는 것은 아니지만 가치 있는 도전자라면 기꺼이 겨뤄보는 것이 무인다운 자세가 아니겠는가?

하지만 이런 경우는 처음이다.

"유성검룡(流星劍龍) 천유하."

유성검룡은 이전에 소성검이라 불리던 천유하가 명성을 떨치자 사람들이 새로이 붙여준 별호였다.

"역시 요즘 잘나가는 몸이시라 얼굴 보기 어렵네?"

푸른 광택이 도는 검은 머리칼을 휘날리는 소녀가 그를 보며 오만하게 웃고 있었다. 그녀의 주변에는 수십 명의 조검문도가 쓰러져서 꿈틀거린다. 숨이 끊어지거나 중상을 당한 이는 없지만 다들 더 이상 일어나기도 어려운 상태로 만들어놓았다.

그리고 그 곁에 한 여성과 중년 남성이 버티고 서 있었다. 둘다 기파만으로도 주변을 압도하는 고수다. 문도들이 무턱대로 달려들다가 상황이 소강상태로 접어든 것은 제자들을 지도하기 위해 나와 있던 교두가 중년 남성과 격돌, 단 한 수로 나가떨어지고 그 뒤를 이어 나선 장로도 전혀 득을 보지 못하고 튕겨 나갔기 때문이다.

그사이 어린 제자가 달려가서 이 사실을 알렸고, 천유하는 허겁지겁 이 난리 통으로 뛰어온 것이다.

장내에 도착한 천유하는 소녀를 보는 순간 눈을 크게 떴다.

푸른 광택이 도는 검은 머리칼과 인간이 아닌 존재의 핏줄을 이어받았음을 알려주는 자수정빛 눈동자가 강렬하게 와 닿는다. 하지만 그녀의 외모보다도, 옷차림이나 개성적인 무장보다도 천유하를 강렬하게 사로잡는 것이 있었다.

"당신은 성……!"

"쉿."

다음 순간 천유하는 기겁했다. 그가 말을 하기도 전에 소녀가 그의 코앞까지 쇄도해 오면서 얼굴에 손가락을 갖다 대는 것이 아닌가?

"큭!"

천유하는 아슬아슬하게 그 손가락을 피해 뒤로 물러났다. 등줄기를 타고 오싹한 한기가 달려간다.

'말도 안 되게 빨라!'

지금까지 겪어본 그 누구보다도 빠르다. 무림에서 이름을 날리는 고수라면 또 모를까 그와 비슷한, 아니, 같은 나이의 소녀가 이런 속도라니?

"후훗. 반응이 제법 좋네? 멀리서부터 찾아온 보람이 있어."

소녀가 웃는다. 그것을 본 문도들이 외쳤다.

"천 사형!"

"나서지 마! 다른 두 명에게만 신경 써. 이 소저는 내가 맡겠다!"

"듣던 중 반가운 소리야."

그녀가 등에 지고 있던 커다란 활과 활통을 풀더니 옆에 있던 커다란 나무 꼭대기에 던져서 걸어놓았다. 마치 옷걸이에 옷을 거는 듯 자연스러운 태도였다.

그리고 허리춤에 차고 있던 두 자루의 단봉을 뽑아서 하나로 합친다. 그러자…….

우웅!

'보통 무기가 아니다!'

두 자루의 단봉이 하나로 합쳐지더니 길이가 7척(약 2.1미터) 정도로 늘어난다. 밋밋했던 표면에는 묵색의 용이 휘감은 듯한 문양이 상감되고 끄트머리에서 세 개의 창날이 솟아 나와서 삼지창이 되었다.

휘리리리릭!

소녀가 삼지창을 빙글빙글 돌려서 천유하를 겨누었다. 그러더니 말했다.

"아, 혹시 내 무기가 너무 좋아서 불공평하다고 생각한다
면……."

"한마디도 안 했는데 지레짐작해서 그런 말을 하면 불쾌하
오."

스르릉……!

천유하는 등에 한 자루, 그리고 허리춤에 한 자루의 검을 차
고 있었다. 그중 허리춤에 차고 있던 검을 떼어서 던져두더니
등에 지고 있던 검을 뽑아 든다. 검날을 타고 희미한 은광이 어
른거리는, 척 봐도 범상치 않은 검임을 알아볼 수 있는 물건이
었다.

소녀의 눈에 이채가 돌았다.

"호오. 검을 두 자루 차고 다니는 게 설마… 그 검으로 싸우면
너무 불공정하다고 생각하는 거야?"

"사투(死鬪)라면 얼마든지 쓰겠지만 무예를 비교해 보고자 온
사람에게 병기의 이점을 취하는 것은 공정하지도, 생산적이지
도 못하지. 이번에는 소저의 창이 기병이니 나도 이 검을 쓰겠
소."

"후훗. 예의 바른 녀석이네. 그림으로 그린 듯한 명문정파의
협객이야. 그럼 어디 한번 어울려 볼까나?"

"이제 와서 말하자니 참 때늦은 감이 있지만… 소저는 정말
무례하군."

천유하가 동요를 가라앉히고 말했다. 그러자 소녀가 코웃음
을 쳤다.

"무례한 건 너희 쪽이 아닐까? 난 정중하게 방문 목적을 밝혔는데 안 된다고 하더라고."

"그렇다고 하더라도 이런 난동을 부리는 것은……."

"여자가 유성검룡 천유하에게 도전하려 하다니 주제를 알라는 모욕을 당했는데 참아 넘겨야 해?"

그 말에 천유하가 움찔했다. 그가 문도들을 바라보자 다들 자기는 모른다는 표정으로 이미 쓰러져서 신음하고 있는 이들을 가리켰다.

소녀가 말을 이었다.

"그래도 많이 아량을 베풀어서 죽이거나 불구로 만들지는 않았어. 그런 목적으로 온 게 아니니까. 만약 내가 이름과 출신을 밝히지 않는 게 무례하다고 비난한다면, 그래, 입장이 있으니까 네게만 알려주지. 명예를 아는 사내라면 여자의 비밀을 함부로 발설하지 않으리라 믿어."

소녀가 입술을 달싹였다. 그러자 전음으로 그녀의 목소리가 들려왔다.

―청해용왕(青海龍王) 진본해의 제자, 양진아.

"역시……."

천유하가 굳은 표정으로 중얼거렸다.

처음 봤을 때부터 알았다. 천명을 받은 별의 아이들은 서로를 알아보니까.

위진국의 동쪽 바다에는 수백 개의 섬으로 이루어진 청해군도가 있었으며 그곳을 본거지로 삼아서 무수한 해적들이 들끓고 있었다. 위진국의 수군들도 손을 대지 못하는 그곳에서 소수

이면서도 왕처럼 군림하는 자들이 있으니 청해용왕대(靑海龍王隊)라 한다.

그리고 청해용왕대를 다스리는 제왕이 바로 청해용왕 진본해였다. 양진아는 진본해가 제자로 들인 성운의 기재였던 것이다.

"정말 먼 길을 오셨군. 대체 왜 그 먼 길을 와서 내게 싸움을 거는 것이오?"

"네가 성운의 기재니까."

"…그것뿐?"

"뭐, 젊은 시절에 넓은 세상을 봐둬야 한다는 생각에 가출했는데 그러는 김에 겸사겸사. 다른 성운의 기재는 어떤지 궁금하고 네가 제일 가까이, 그것도 만나기 쉬운 상태로 있었어."

"할 말이 없군……."

천유하는 한숨을 애써 참았다. 뭐 이런 황당한 여자가 다 있단 말인가? 해적의 제자가 되어 해적질을 하며 살다가 넓은 세상 보겠다고 가출, 자기와 같은 성운의 기재 한번 만나보겠다고 이런 난동을 피워?

'아니, 생각해 보니 해적다운 건가?'

살면서 해적을 본 적은 한 번도 없지만 산적이나 수적이나 해적이나 노는 동네만 틀리지 그게 그거 아니겠는가? 법, 상식, 도덕과는 거리가 멀 것 같은 놈들이다.

"난 해적을 한 번도 본 적이 없지만 막연히 품고 있던 선입견이 맞다는 사실을 확인하는 게 별로 기분 좋은 일은 아닌 듯하오."

"산다는 건 늘 실망의 연속이야. 하지만 해적이라. 우리가 그렇게 불리기는 하지만 정말 해적이 맞는지는 의문인걸?"

"뭐?"

"적어도 우리 청해용왕대는 해적질을 해서 먹고살지는 않는데… 뭐 해적들이 우리를 떠받들기는 하니 아니라고 할 처지는 아닌가?"

양진아는 고개를 갸웃하며 혼자 중얼거렸다. 그러다가 다시 천유하를 보며 미소 짓는다.

"어쨌든 그런 건 지금 신경 쓸 필요는 없는 문제고. 부디 넌 나를 실망시키지 않으면 좋겠는데?"

순간 양진아가 무시무시한 속도로 창을 찔러왔다. 질풍 같은 공방이 펼쳐졌다. 양진아가 찔러오는 창을 천유하가 희미한 빛을 발하는 검으로 막아내다가…….

쾅!

"큭!"

폭음이 울리며 천유하가 튕겨 나갔다.

방금 그는 일부러 상대의 흐름에 따라가면서 속도와 궤도를 조금씩 느리고 단순하게 조절, 단숨에 치고 나가면서 반격하려고 시도했다. 그런데 양진아는 천유하의 속내를 꿰뚫어 본 듯 천유하가 변화를 폭발하는 바로 그 순간, 반의 반 호흡 빠르게 가속하면서 그 중심축을 꿰뚫어 버린 게 아닌가?

놀라운 기술이다. 자칫하면 그것만으로도 승부가 갈릴 뻔했다. 받아내더라도 호흡이 꼬여서 내상을 입을 수 있는 상황이었지만 천유하는 가까스로 그런 사태는 피해 갔다.

그 앞에서 양진아가 오만하게 머리칼을 휘날리며 걸어온다.

"역시 제법 하네. 첫째 사형과 셋째 사형을 제외하면 사형사제들 중에도 내 상대가 되는 사람이 없는데!"

"음......!"

천유하는 식은땀을 흘렸다.

저 검은 삼지창은 가녀린 소녀가 쓰기에는 상당한 중병이다. 그런데 천유하를 압도하는 속도, 놀라울 정도의 절도, 거기에 바늘구멍도 찌를 수 있을 것 같은 말도 안 되는 섬세함까지 갖추고 있다니!

'강하다!'

의심할 여지가 없다. 양진아는 천유하가 지금까지 싸워본 후기지수 중에 최강의 실력자다.

챙!

검과 창두가 얽히면서 불꽃이 튀었다. 그리고…….

채채채채챙!

무시무시한 공방이 펼쳐졌다.

찌르고, 흘리고, 돌리고, 얽고, 다시 찌르는 듯하다가 살짝 옆으로 휘듯이 후리는 등 옆에서 보면 그저 직선상에서 변화를 주는 것 같지만 앞에서 마주하면 거리감과 공간감을 흐트러뜨리면서 그 사이에서 현묘한 변화를 일으키는 창격이 섬전 같은 속도로 날아든다.

쾅!

어느 순간, 몰아치는 비바람처럼 변화무쌍한 창격 속에서 폭음이 울렸다. 뒤이어 광풍이 휘몰아치면서 양진아가 뒤로 튕겨 나갔다.

"윽!"

천유하가 그 뒤를 쫓아 들어간다. 양진아가 창을 찌르자 검으로 절묘하게 그 궤도를 비틀면서 안쪽으로 파고들었다.

직후 폭음이 울리며 두 사람이 서로 반대편으로 튕겨 나갔다. 서로 대각선으로 뛰어오르더니 건물 벽과 기둥을 박차고 지붕에 올라선다.

문득 천유하가 물었다.

"이만큼 난리를 피웠으면서도 만족하지 못하겠소?"

"무서운가 보지?"

"소저가 연약한 아녀자가 아니라 한 사람의 훌륭한 무인임은 인정하오. 하지만 만전의 상태도 아니면서 막무가내로 나와 싸우겠다고 하는 것은 그리 달갑지 않군."

그 말에 양진아가 흠칫했다. 천유하가 그럴 줄 알았다는 듯 말을 이었다.

"우리 사이에는 은원도 없고 달리 목숨을 노려야 할 이유가 있는 것도 아닐 텐데? 이쯤 해두지. 지금까지 부린 난동은… 우리 측에서 소저에게 무례를 저지른 것에 대한 사죄로 덮어두고."

"하, 짜증 나네. 모든 걸 다 안다는 듯이 조잘조잘……."

"소저가 진짜 힘을 발휘하지 않았다는 것도 알고 있소. 영수의 혈통이니 당연히 그렇겠지."

"…어떻게 그것까지 알지?"

양진아가 눈을 크게 떴다. 천유하의 말대로 그녀는 영수의 혈통을 이어받았다. 그것도 대영수의 직계 혈통이라 성운의 기재

로 각성하기 전부터 막강한 잠재 능력을 가졌다는 평가를 들어
왔다.

하지만 양진아는 이번에 가출하기 전까지는 청해군도 밖으
로 나온 적이 거의 없다. 그렇기에 정보가 별로 알려져 있지 않
은 데다가 이곳은 머나먼 하운국이다. 정보 수집을 활발히 하
는 거대 조직이라면 모를까, 호장성이라는 시골구석에 있는 문
파의 젊은 문도가 그녀에 대해서 속속들이 아는 것은 이상한
일이다.

천유하가 말했다.

"이런저런 사정이 있어서 영수의 기운에는 익숙한 편이오.
소저가 굳이 숨기지는 않았으니 알아본 것이고. 어쨌든 내상을
입은 몸으로 무리하지 말고 다 나았을 때를 기약했으면 하는
데……."

"그 말은 나와 비무는 하겠다는 말?"

"솔직히 말하자면 나도 소저와 비무하는 것은 마음이 동하는
일이오. 그렇기에 더욱 만전의 상태로 겨뤄보고 싶군."

"사과할게."

"음?"

양진아가 뜬금없이 던진 말에 천유하가 의아해했다. 양진아
가 특유의 오만한 미소를 지으며 말했다.

"무인답지 않게 눈앞의 곤란을 말로 피하고자 하는 겁쟁이인
줄 알았더니 사내답네. 좋아. 유성검룡, 당신의 동문의 언행 때
문에 당신에 대해서 지레짐작하고 난동을 피운 것은 사과하겠
어. 당신의 말대로 나중을 기약하지."

양진아는 그리 말하고는 삼지창을 다시 분리했다. 분리되자마자 특징 없는 철단봉으로 돌아간 그것을 양 허리에 차고는 훌쩍 날아올라서 나무 위에 걸쳐 두었던 대궁을 회수한다.

"다연! 해파랑! 그만 물러가자!"

그 말에 조검문도들과 대치 중이던 다연과 해파랑이 그녀를 올려다보았다. 그때 천유하가 말했다.

"그보다는 그냥 내 손님으로 여기서 머무는 건 어떻겠소?"

"응?"

"듣고 싶은 이야기도 좀 있고 하니 그랬으면 좋겠군."

"진심이야?"

"그렇소. 소저가 싫지 않다면……"

주변의 조검문도들이 다들 제정신이냐는 눈길로 바라보았지만 천유하는 무시했다. 사실 천유하가 그녀에게 이런 제안을 한 것에는 다 이유가 있었다.

'이 소저의 성정을 보아하니 밖으로 내보냈다가는 무슨 사고를 칠지 알 수 없다. 차라리 있는 명분을 써서 눈이 닿는 곳에 두는 편이……'

만전을 기한 양진아와 비무해 보고 싶다는 것은 천유하의 진심이다. 그렇기에 괜히 그 전에 쓸데없는 골칫거리가 생기는 것은 막고 싶었다.

'이런 일이 밖으로 새어 나가는 것도 좋지 않고……'

양진아가 여기서 난동을 부린 일이 밖으로 흘러나가면 조검문의 체면이 손상된다. 어디서 튀어나온 것인지도 모르는 소녀에게 조검문도 수십이 두들겨 맞고 쓰러졌다고 하면 사람들이 무슨 생각을 하겠는가?

그런 일은 막아야 한다. 미리 입단속도 하고, 천유하가 양진아를 대등하게 막고 나서 서로를 인정하고 손님으로 모셨다, 는 식의 무인다운 미담(美談)을 덧붙여서 퍼뜨리면 효과가 나쁘지 않으리라.

양진아가 대궁을 등에 걸며 대답했다.

"대범한데? 마음에 들어. 초대를 받아들일게."

"일단 안에서 차라도 대접하겠소."

"그러지. 아, 그리고… 다연?"

"네."

"우리가 여기 사람들을 다치게 한 건 사실이지? 사과와 보상 문제는 네게 일임할게."

"알겠습니다. 그런 일은 꼭 제 몫이죠?"

"그런 일 시키려고 너를 데리고 다니는 건데 당연하지."

양진아의 뻔뻔한 말에 다연이 표정을 구겼다. 천유하가 당황해서 말했다.

"보상이라니, 손님으로 청한 분들께 그런 걸 받을 수는……."

"난 사부님께 일은 맺고 끊는 게 분명한 게 좋다고 배워왔어. 서로 좋은 관계를 맺으려면 과거의 나쁜 일은 깨끗하게 청산해 두는 편이 좋겠지."

"음……."

양진아의 태도가 워낙 단호해서 천유하는 더 사양할 수가 없었다. 천유하가 물었다.

"한 가지 물어도 되겠소?"

"물어볼 게 한 가지는 아니지 않아? 뭔가 굉장히 많이 캐묻고 싶어 하는 것 같은데."

"그건 부정하지 않겠소. 하지만 지금 당장 묻고 싶은 게 하나 있을 뿐이오."

"뭔데?"

"소저는 강하오. 내 또래에서 당신처럼 강한 사람은 오랜만에 보았소."

"오랜만에, 라. 그 말을 한 게 네가 아니었으면 한대 때려줬을 거야. 하지만 그런 말 할 자격이 있는 실력자니까 넘어가지."

"…으음. 아니, 나는 다른 성운의 기재들을 만나본 터라."

"너를 포함해서 하운국에만 네 명이나… 아, 이제 세 명인가? 그들 모두를 본 거야?"

그 말에 천유하의 표정에 그늘이 졌다.

가신우가 북방 설산에서 벌어진 흑영신교와의 싸움에서 사망했다는 사실은 이미 널리 알려져 있었다. 비록 그와의 만남이 별로 좋은 인연으로 남지는 않았지만 안면도 있고 같은 성운의 기재이기도 한 이가 죽었다는 소식에 천유하도 큰 충격을 받았다.

"일단은 그렇소."

"여자도 둘 있던데… 어땠어? 어차피 만나러 가볼 생각이기는 하지만 이야기를 좀 듣고 싶네."

"소저도 내게 물을 이야기가 많다니 잘되었군. 그건 차라도 마시면서 천천히 이야기해 드리겠소."

"좋아. 당장 물어보고 싶은 건 뭔데?"

"소저가 어쩌다가 내상을 입은 건지 궁금했소."

"아, 이거? 그렇게 심각하진 않아."

"소저의 내공은 상당히 심후한 것 같소. 그런 소저에게 내상을 입게 한 상대가 누군지 궁금하군. 만약 호장성에서 누군가와 싸우다가 그런 내상을 입게 됐다면, 본문 입장에서는 그에 대해서 알아둘 필요가…….."

"그런 이유였군. 호장성에서 싸우다 입은 내상은 아니야. 닷새 전에 마교 놈들을 만났는데 살짝 방심하는 바람에…….."

"마교?"

천유하가 놀라서 물었다. 양진아가 기분 나쁜 기억을 떠올린 듯 눈살을 찌푸리며 말했다.

"정확히는 광세천교였어. 그놈들 굉장히 기분 나쁜 걸 만들었더라구. 이건 이야기하자면 좀 길어지는데?"

"그럼 천천히 듣기로 하지요. 무척 흥미로운 이야기로군."

그렇게 청해용왕 진본해의 제자, 양진아와 그녀를 보필하는 두 수하는 조검문의 손님으로 머물게 되었다.

5

이번에 형운이 맡은 임무는 별로 부담이 없었다. 호장성으로 가는 상행을 호위하는 것뿐이고 충분한 인원이 따라붙었기 때문에 어지간해서는 습격당할 일 자체가 없다고 봐도 된다.

그래도 긴장을 놓아서는 안 되는 것은 마교 때문이다. 몇 번

그들의 습격으로 피해를 본 후로 별의 수호자는 조금이라도 중
요도가 높은 일에는 무인들을 아낌없이 투입해서 위험을 방지
했다.

"그래도 이렇게 사람이 많으니 정말 난 할 일이 없네."

형운은 말에 탄 채로 중얼거렸다.

이번 상행은 호장성을 다스리는 성주 일족에게 납품되는 약
재였다. 호장성 지부에서 보유하고 있던 재고가 바닥나서 총단
의 대량의 약과 약재를 이송하게 된 것이다.

그만큼 귀한 물건들이기 때문에 무려 50명의 무인이 호위로
투입되었다. 다들 이런 일에 이력이 난 경력자들이었고, 직위는
형운보다 낮을지언정 상당한 고수들도 있는지라 형운은 가는
내내 별로 할 일이 없었다.

"먹고 마시는 걸 제외하면 말이죠."

역시 말을 탄 채로 옆에서 따라오던 가려가 형운을 흘겨보았
다. 형운은 말을 타고 걷는 도중에 육포도 씹고 과자도 냠냠거
리고 있었다.

"후후. 먹을 수 있을 때 꽉꽉 먹어놔야죠. 자유의 시간은 소
중한 거예요."

백야문에 다녀오는 동안 약선이 아닌 음식을 맛보았던 시간
은 꿈처럼 아름다웠다. 그러고 나서 총단에서 다시 약선만 먹으
며 살자니 예전보다 괴로움이 한층 더했다. 억눌린 욕구가 총단
을 나오자마자 폭발, 처음 들른 마을에서부터 걸신들린 것처럼
폭식을 하고 온갖 군것질거리를 쓸어 와서 길 가는 내내 먹고
있었다.

"으아, 진짜 꿀맛이네 이거."

"쌀을 튀겨서 꿀을 바른 과자니까 꿀맛이 나겠죠."

"아니, 그런 의미로 말한 게 아니라⋯ 아우, 어쨌든 먹는다는 행위가 즐겁다는 건 너무나도 좋은 일이에요. 꿈이라면 깨지 말아다오."

감동에 젖은 형운에게 가려가 말했다.

"드시는 것 자체를 말리지는 않겠지만 너무 많이 먹으면 살 찝니다."

"괜찮아요. 전 살 안 찌는 체질이니까."

"그렇게 말하는 사람들이 꼭 살이 눈덩이처럼 불어난 후에 후회하더군요."

"그건 근거 없는 자신감이 넘치는 사람들이고요. 제 말에는 학문적인 근거도 있다고요."

"무슨 말씀이십니까?"

"일월성신은 살 안 쪄요."

"⋯네?"

"웬만해서는 몸이 알아서 최적의 상태를 유지해요. 물론 완전한 것은 아니에요. 살아 있는 몸이니까 늘 변하는 것은 어쩔 수 없죠. 하지만 보통 사람에 비해서 단련을 안 해도 몸이 약화되는 게 훨씬 느리고, 폭식한다고 해도 살이 찌거나 건강을 상하는 게 아주 느릿느릿하게 이루어진다고 하더라구요. 1년쯤은 진짜 방만하게 놀고먹어도 별로 달라지는 게 없을 거라면서 한 번 실험해 보자는 소리가 나왔는데 사부님이 어림도 없다고 잘라 버리셨죠."

"……"

순간 가려의 마음속에서 뚜둑, 하고 뭔가 끊어지는 소리가 울렸다.

무인으로서의 삶은, 특히 그녀처럼 타인의 그림자로 살아가는 사람은 모든 면에서 높은 인내심을 요구받는다. 항상 몸 관리에 신경 쓰느라 먹고 싶은 게 있어도 꾹 눌러 참고 몸 상태를 유지하기 위한 가혹한 수련을 해야 하거늘, 뭐? 몸이 알아서 최적의 상태를 유지해?

형운이 가려의 시선에 찔끔해서 말했다.

"누나, 그렇게 무섭게 노려보지 마요. 대신 내가 평소에 얼마나 고생하는지 잘 알면서……."

"…음."

확실히 형운의 평소 생활이 얼마나 불쌍한지를 생각하면 저 정도 보상은 있어도 좋을 것 같다. 가려는 끓어오르던 마음을 가라앉히고 말했다.

"그래도 적당히 드시지요. 주변 시선이 안 좋습니다."

"음……."

그 말에 형운이 굉장히 고민하는 표정으로 손에 들린 먹거리들을 바라보았다. 확실히 호위 책임자인 형운이 가는 내내 진지한 모습은 전혀 안 보이고 어린애처럼 군것질에만 열중하는 것이 좋아 보이지는 않는다. 영성의 대제자로서 품격을 갖춰야 하지 않겠는가?

"크으, 어, 어쩔 수 없지요."

형운은 정말 싫다는 표정으로 먹거리들을 집어넣었다. 남이 보기에는 떼쓰는 어린애처럼 보일지 모르지만 형운으로서는 정말 초인적인 인내심을 발휘한 것이다.

그 모습을 가만히 지켜보던 무일이 물었다.

"그런데 공자님. 호장성이 고향이라고 하셨는데, 가족분들은 거기 살고 있는 겁니까?"

"음? 난 가족 없는데? 고아야. 말하지 않았던가?"

형운이 의아해하며 묻자 무일이 깜짝 놀랐다.

"죄, 죄송합니다."

"몰랐나 보구나. 사과할 필요는 없어. 무일 너도 마찬가지인 걸로 아는데?"

"그렇기는 합니다만……."

"그 부분에 있어서는 같은 처지니까 그렇게 죄송스러워하지 않아도 돼. 어쨌든 호장성이 내 고향이기는 해도 딱히 거기 소중한 사람이 있는 건 아니야. 무일 너는……."

거기까지 말하던 형운의 표정이 굳었다. 가려가 물었다.

"왜 그러십니까?"

"적이에요."

일행은 막 언덕을 올라가고 있었다. 형운은 언덕 꼭대기를 바라보며 외쳤다.

"모두 정지! 전투 준비하세요!"

그 말에 다들 의아해하며 형운을 바라보았다. 호위무사들은 항상 교대로 척후조를 운용하고 있었는데 아직 그들로부터 아무런 신호가 없었다. 그리고 산전수전 다 겪은 중장년 고수들도 전혀 눈치채지 못했는데 새파랗게 어린 형운이 혼자 소리친다고 신빙성이 느껴지겠는가?

형운은 혀를 찼다.

'이런. 내가 실수했구나.'

호위 책임자로서 임무에 나선 이상 식탐에 정신이 팔려서는 안 되었다. 형운은 이 순간 그 사실을 깨달았다.

총단을 떠난 지도 벌써 3주가 넘었는데 그동안 형운은 전혀 책임자다운 면모를 보이지 않았다. 일은 다른 사람들에게 다 맡겨둔 채로 뭘 먹는 데만 정신이 팔려 있었다 보니 다들 그를 보는 시선이 곱지 않았다.

이런 상황에서 정색하고 말해봤자 신뢰가 가지 않는다. 이래서 사람이 평소 행실이 중요하다고 하는 것이다.

쉬쉬쉬쉬쉬쉭!

다들 형운의 말을 곧바로 받아들이지 않고 의심하는 틈을 타서 언덕 너머에서 수십 발의 화살이 날아올랐다. 그제야 다들 형운의 말이 옳았음을 깨달았지만……

"으악!"

대응이 늦었다. 형운이 급히 기공파를 쏘아서 화살비 사이에 공백을 만들었지만 적들은 시간 차로 계속 화망을 구성하고 있었다. 결국 몇몇 무사가 화살에 맞고 비명을 질렀다.

"큭!"

형운은 즉시 말에서 내려서 앞으로 나섰다. 푸른빛의 기류가 전신을 휘감으면서 주변의 기류가 요동친다.

후우우우우우!

광풍혼이 확장되면서 화살비를 막아내기 시작했다. 그사이 호위무사들이 방어진을 짜고 대응할 태세를 갖추었다.

그 너머에서 적들이 움직인다. 무사들을 이끄는 조장들 중 하나가 외쳤다.

"광세천교!"

언덕 너머에서 흉흉한 기운을 풍기는 무인들이 달려오고 있었다. 태양을 닮은 문양을 그린 새하얀 옷과 하얀 복면을 입은 자들이었다.

형운은 즉시 앞으로 나가서 그들을 맞이했다. 흉흉하게 달려오던 광세천교도들이 경악했다. 저 멀리 있던 형운이 한 걸음 내딛나 싶더니 코앞까지 쇄도해 온 게 아닌가?

쾅!

폭음이 울리며 선두에 서 있던 광세천교도가 날아가 버렸다.

'광풍파랑(狂風波浪)!'

후우우우우우!

직후 형운의 몸을 감싼 광풍혼이 단번에 풀려나가면서 확장되었다. 형운을 지나쳐서 달려가려던 광세천교도들이 푸른빛의 기류에 휘말려서 비틀거린다. 숨도 쉴 수 없을 정도로 무시무시한 바람이 그들을 일정 권역에 잡아두고 있었다.

그 틈을 타서 호위무사들이 움직이기 시작했다. 기습당한 상황에서 형운이 벌어준 잠시의 틈은 천금처럼 귀중했다.

상황이 이리되자 광세천교도들은 공격의 화살을 혼자 자신들 사이로 뛰어들어 온 형운에게로 돌렸다. 몸이 날아갈 것 같은 광풍을 천근추의 수법으로 이겨내면서 형운에게 칼을 들이댔지만…….

"늦었어."

바람 소리 사이로 형운의 차가운 목소리가 들려왔다.

'광풍노격!'

콰콰콰콰콰!

외부를 장악한 광풍혼과는 별개로 내부로 응축되었던 광풍혼이 일거에 풀려나왔다. 열다섯 명의 광세천교도들이 일거에 푸른빛의 파도에 쓸려 버리고, 형운이 그 속에서 유유히 걸어 나간다.

"세상에."

그것을 본 호위무사들이 경악했다. 저게 정말 3주가 넘도록 한심하기 짝이 없는 작태만 보인 그 사람이 맞단 말인가?

조직 내에서 살아 있는 신화라 불리는 영성의 대제자, 그리고 흑영신교주를 격퇴하며 풍혼권이라는 명성을 얻은 사람치고는 하는 짓이 너무 한심해서 다들 실망하고 있었다. 하지만 지금 보인 무위만으로도 그런 생각이 봄날 눈 녹듯이 사라져 버렸다.

문득 형운이 한쪽을 노려보며 말했다.

"숨어 있지 말고 나오시지?"

다들 의아해했다. 아무것도 없는 허공이다. 그런데 형운은 주변에서 그를 노려보는 광세천교도들을 무시하고 그곳을 뚫어져라 바라보고 있었다.

잠시 침묵이 흐른다. 형운은 눈살을 찌푸리며 유성혼을 날렸다. 새하얀 섬광이 뻗어 나가서 허공의 한 지점에 작렬했다.

파아아아아!

아무것도 없는 허공이었는데 그곳에서 뭔가가 유성혼을 가로막는다. 공기가 쩌렁쩌렁 울리면서 그 너머에서 의아해하는 목소리가 울려 퍼졌다.

"어라? 어떻게 알았지?"

흩어지는 섬광 너머에서 새로운 인물들이 모습을 드러냈다.

6

총 네 명의 인물이었다. 완전히 몸을 덮는 백의를 걸치고 복면을 써서 얼굴이 보이지 않는 두 명, 왠지 초점이 잡히지 않은 눈으로 허공을 올려다보고 있는 멍청한 표정의 청년이 한 명, 그리고 그들에게 둘러싸인 채 흥미로운 표정을 짓고 있는 비쩍 마른 중년의 남성까지.

중년의 남성이 물었다.

"흉왕의 대제자 형운, 너는 내공은 상식적으로는 이해할 수 없을 정도로 강하지만 기감은 그리 발달하지 않았다던데… 우리 습격을 눈치챈 것도 그렇고, 너희 측 기환술사들도 못 보고 지나간 이 은신을 간파한 것도 그렇고 정보와는 완전히 다르구나?"

물론 일월성신의 능력 때문이다. 아무리 교묘한 환술로 은신해 봤자 형운의 눈을 속일 수는 없다. 형운은 그의 질문을 싹 무시하고 물었다.

"척후조는 어떻게 됐지?"

"하하. 질문은 내가 먼저 한 것 같은……."

"죽였나. 하긴 물을 것도 없는 질문이었군."

형운의 표정이 차갑게 굳었다.

콰콰쾅!

직후 섬광이 폭발했다.

형운이 한순간에 그들에게 쇄도하며 주먹을 내지른 것이다. 엄청난 충격에 땅이 뒤흔들리면서 토사가 솟구쳤지만…….

"허어! 뭐지, 이 속도는?"

형운이 목표로 삼았던 중년인은 멀쩡했다. 멍청한 표정으로 허공을 바라보던 청년이 놀랍도록 빠르게 그 앞을 가로막았기 때문이다.

'강하다! 그리고 이 느낌… 아무리 봐도 이상해.'

형운은 단번에 중년인을 죽일 각오로 일권을 내질렀다. 그 공격에 반응한 것 자체가 놀랍지만 막아낸 것은 더더욱 놀랍다. 청년은 뒤로 다섯 걸음 정도 밀려나기는 했지만 멀쩡해 보이지 않는가?

그에 비해 중년인은 깜짝 놀랐는지 안색이 좋지 않았다. 핏기가 가신 얼굴로 말했다.

"양진아 그 계집애보다도 더 빠른 것 같군. 게다가 광요를 물러나게 하다니, 아직 스무 살도 안 된 애송이가 어찌 이런 속도와 힘 양쪽을 갖춘 거지?"

"양진아? 성운의 기재 양진아를 말하는 건가?"

"그래, 그년 말고 또 누가 있겠나? 조신한 구석이라고는 찾아볼 수 없는 난폭한 년이지."

형운은 투덜거리는 중년인을 보면서도 그 앞을 가로막은 청년에게 주의를 기울였다. 당장 공격해 들어가지 않은 것은 청년의 무위를 파악하지 못했기 때문이었다.

"성운의 기재인가 싶었는데 그건 아니고… 정체가 뭐지?"

"음? 어떻게 알아봤지?"

중년인이 놀라서 물었다. 형운이 말했다.

"알려줄 이유가 없는데. 특히 자기가 누군지도 밝히지 못하는 쥐새끼에게는."

"적에게는 아무것도 말해주기 싫다 이건가? 흉왕의 제자라더니 똑같은 원칙을 가졌나 보군. 정보로는 상당히 흐리멍덩한 성격이라던데 그것도 아닌 모양이야. 뭐 좋아. 내가 자네를 알고 있는데 내 소개를 안 한 게 기분 나빴나 본데… 나는 위대한 광세천의 가르침을 따르는 교의 일원, 구영(九影) 중 삼영(三影) 변재겸이니라."

중년인이 수염을 쓰다듬으며 말했다.

"예의를 지켜 내 이름도 알려줬으니, 이제 무림의 선배에 대한 예의 정도는 지키는 게 어떻겠느냐?"

"다짜고짜 화살부터 날린 놈들에게 지킬 예의는 없어. 그리고 사람의 도리를 저버린 주제에 예의와 법도를 논하나?"

형운이 차갑게 쏘아붙였다.

솔직히 속으로는 불안감이 물밀듯이 몰려온다. 하지만 워낙 귀에 못이 박히도록 귀혁의 가르침을 받아와서 아주 자연스럽게 허세 넘치는 태도가 튀어나온다.

"하하하! 정말이지 애송이 주제에 건방지군. 하긴 흉왕도 젊은 시절부터 그랬다지. 일단은 낡아빠진 정보 대신에 새로운 정보를 수집해 보겠다. 쌍백도검귀(雙白刀劍鬼), 너희가 먼저 상대해라!'

"명을… 따릅니다……."

지금까지 뒤에 가만히 서 있던 두 명의 백의인이 부자연스러운 어조로 대답하면서 움직였다. 한 명은 검을, 한 명은 도를 가진 무사들이었으며…….

'강해. 구영이라면 칠왕의 바로 밑이지? 그런 것치고 이 남자는 전혀 강해 보이지 않는데 데리고 다니는 것들은 엄청나군.'

쌍백도검귀는 무려 6심 내공의 소유자들이었다. 형운은 그들의 체내에서 맥동하는 기심을 보며 눈살을 찌푸렸다.

'하지만 이상해. 기심이 저렇게 작을 수도 있나?'

분명히 둘 다 여섯 개의 기심을 가졌다. 그런데 기심 하나하나의 크기가 작았다. 심장을 그릇으로 삼는 원친기심을 제외하고는 다 그 3분의 2 정도의 기운만을 담고 있으며 아마도 여섯 번째로 생성되었을 기심 하나는 특히 빈약했다.

중년인이 말했다.

"광요, 너는 별의 조각부터 수확해라."

"응."

"쯧. 명령을 내리면 예의 바르게 대답하라고 몇 번을 말해야 알아듣겠느냐?'

"그런 거 몰라……."

청년은 귀찮음이 역력한 어조로 대답하고는 몸을 날렸다. 형운이 놀라서 그를 막으려고 했지만 바로 그 순간 쌍백도검귀가 돌진해 온다.

검과 도가 각각 반대편에서 완벽하게 합을 맞춰서 날아들었다. 형운은 양손으로 그것을 받아내고는 그대로 발차기를 날렸다.

쾅!

폭음이 울리며 검귀가 튕겨 나갔다. 아슬아슬하게 뒤로 몸을 날리며 막기는 했지만 형운의 발차기는 광풍혼을 휘감고 있었다. 옷이 찢겨 나가면서 엄청난 충격이 울린다.

그 틈을 타서 도귀가 검을 거두었다가 다시 쳐 내려고 했지만, 바로 그 순간 그의 시야에서 형운이 사라졌다. 그리고 엄청난 충격이 그를 덮쳤다.

"단단한데?"

형운이 놀랐다. 형운이 도귀의 시야에서 사라진 방법은 간단하다. 서로 붙은 상태에서 도귀가 움직이려고 한 바로 그 순간 반대편으로 몸을 숙이며 가속, 옆으로 돌아간 것이다.

형운은 완벽한 순간을 포착하는 기술적 감각이 부족하지만 지금은 상관없다. 도귀의 체내 기운을 훤히 눈으로 보고 있으니 기가 요동치는 그 순간에 반응하기만 하면 된다. 기술을 쓰는 감각적인 부분을, 타인에게는 없는 일월성신의 능력이 보충해 주는 것이다.

쉬쉬쉬쉬쉬!

날아갔던 검귀가 다시 땅을 박차고 돌아와서 검격을 날린다. 하지만 형운은 한두 걸음 움직이면서 상반신을 버드나무처럼 흔드는 것만으로 그 모든 것을 피해 버렸다.

쾅!

재차 폭음이 울려 퍼지며 검귀가 뒤로 나가떨어진다. 형운이 눈살을 찌푸렸다.

"철판을 두드리는 느낌이다 했더니 진짜 몸이 강철이었나? 사람은 아니군. 강시 비슷한 건가?"

옷이 찢어진 쌍백도검귀의 몸 안쪽은 마치 갑옷을 입은 것 같은 형상이었다. 여러 개의 철판을 정밀하게 덧대서 만들었는데 진기를 실은 형운의 일권을 맞고도 부서지지 않은 것을 보니 보통 철판이 아님을 알 수 있었다. 칠 때 진기의 침투를 막는 묘한 반발력이 느껴진 것으로 보아 기환술로 특별한 처리를 거친 것이 아닐까?

멍청하니 그 공방을 보던 중년인이 혀를 내둘렀다.

"노, 놀랍군. 너 정말 스무 살도 안 된 애송이가 맞는 거냐?"

형운이 쌍백도검귀를 압도한 이유는 간단했다.

속도였다.

일월성신의 압도적인 운동 능력에 7심, 정확히는 7.5심의 내공이 더해지니 그 속도는 그야말로 전광석화였다. 북방 설산에서 돌아온 후로 수련을 거듭한 형운은 완급 조절은 서툴러도 가속력과 최고 속도 면에서는 고수의 경지에 이르렀다.

귀혁은 말했다.

'내 제자지만 머리에 피도 안 마른 애송이 소리를 들을 녀석이 힘과 속도, 거기에 내공까지 세 가지만은 오성의 수준에 이르다니

이럴 때는 어떤 표정을 지어야 할지 모르겠군.'

즉 지금의 형운은 굳이 후기지수라는 기준을 들이밀지 않아
도 강호 어디에서나 강자로 인정받을 전력을 가졌다. 당장 본인
도 실감하지 못하고 있기는 했지만 말이다.

형운이 말했다.

"아직 여유가 넘치는 걸 보니 뒤에 있는 사람을 믿고 있는 건
가?"

"…호오. 이거 참. 끝을 알 수가 없어. 쌍백도검귀로 시험하
기에는 이미 너무 거물인가?"

변재겸이 수염을 쓰다듬었다. 형운은 그의 뒤에 한 사람이
귀신처럼 은신하고 있음을 알아보았다. 형운이 알아차렸다는
사실을 말해도 전혀 동요하지 않고 은신 상태를 유지하는
데…….

'강해. 광세천교는 전력이 썩어나나? 6심 내공만 셋이라
니.'

형운의 눈에 보이는 기심이 여섯이다. 게다가 쌍백도검귀
와는 달리 정상적인 크기의 기심을 가졌으니 아주 위협적인
강자이리라. 형운처럼 비정상적인 경우를 제외하면 내공이
저만한 수준에 이르려면 그만큼 기를 다루는 경지가 높아야
하므로.

'잠깐. 그럼 이자들도 설마?'

형운이 쌍백도검귀를 관찰했다. 아무리 봐도 정상적인 사람
들은 아니다. 아마 마교답게 사악한 술법으로 만들어낸 인간병

기이리라. 마인들이 인륜을 어기고 산 자를 실험체로 삼아서 사악한 술법의 산물들을 만들어낸다는 것은 이미 형운도 아는 터였다.

"그냥 광요와 붙여보는 게 낫겠군. 가봐라."

"뭐?"

"쌍백도검귀와 끝장을 보고 싶은가? 난 안 그랬으면 좋겠는데. 나름대로 공들여서 만든 것들이거든. 인공물이라는 점에서는 광요와 마찬가지지만, 애당초 여기 온 것은 너와 광요의 성능을 비교해 보고 싶어서니까."

"설마 나 때문에 습격해 온 거라는 소리를 하는 거냐? 게다가 뭐? 성능 비교?"

"그래. 그렇지 않고서야 위험을 무릅쓰고 습격할 이유가 뭐가 있겠나? 뭐 돈이 되는 물건을 옮기는 중이기야 하겠지만 그렇게까지 귀한 걸 옮긴다는 정보는 없었는데? 그래서 이 이상의 전력을 끌고 올 수 없었던 게 아쉽기는 하다만."

"······."

형운은 어이가 없었다. 이 작자는 도대체 무슨 소리를 하는 건가?

"흉왕의 제자야, 네가 별의 수호자에 전설로 전해져 내려오는 일월성신이라는 건 알고 있다."

순간 형운은 섬뜩했다. 형운이 일월성신이라는 사실은 별의 수호자에서는 널리 알려진 일이다. 하지만 그것도 총단에 국한된 일이고 외부로 그 정보가 흘러가도록 놔두지는 않았다.

그런데도 그 사실을 알고 있다는 것은, 총단에 광세천교의 첩자가 있다는 소리다. 마교가 세상 곳곳에 스며들어 있다는 건 알고 있었지만 구성원들의 출신 성분을 철저하게 확인하는 별의 수호자 총단에까지 그 손길이 미쳐 있었단 말인가?

"흉왕의 제자인 데다가 연단술사들이 꿈꾸던 완전한 기운의 그릇. 그런 존재와 위대한 광세천께서 내려주신 지혜로 만들어 낸 성운의 기재 모사품 중 어느 쪽의 성능이 더 뛰어난지 비교해 보고 싶어 하는 건 당연한 일 아니겠느냐?"

"뭐라고?"

형운은 경악하고 말았다.

『성운을 먹는 자』 7권에 계속…

초대형 24시 만화방

신간 100%, 샤워실, 흡연실, 수면실(침대석), 커플석, 세탁기 완비

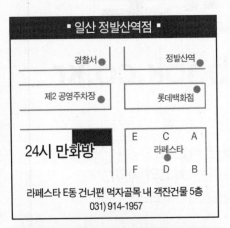

■ 일산 정발산역점 ■

경찰서
정발산역
제2 공영주차장
롯데백화점
24시 만화방

E	C	A
라페스타		
F	D	B

라페스타 E동 건너편 먹자골목 내 객잔건물 5층
031) 914-1957

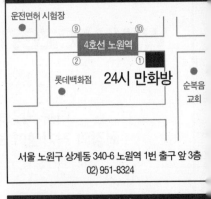

■ 강북 노원역점 ■

운전면허 시험장
⑨ ⑩
4호선 노원역
② ①
롯데백화점 24시 만화방
순복음
교회

서울 노원구 상계동 340-6 노원역 1번 출구 앞 3층
02) 951-8324

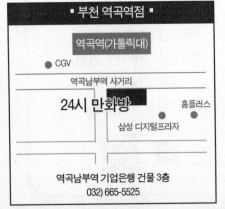

■ 부천 역곡역점 ■

역곡역(가톨릭대)
CGV
역곡남부역 사거리
24시 만화방
홈플러스
삼성 디지털프라자

역곡남부역 기업은행 건물 3층
032) 665-5525

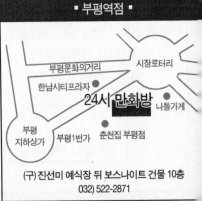

■ 부평역점 ■

부평문화의거리 시장로터리
한남시티프라자
24시 만화방 나들가게
부평
지하상가 부평1번가 춘천집 부평점

(구)진선미 예식장 뒤 보스나이트 건물 10층
032) 522-2871

멱운 장편 소설

FUSION FANTASTIC STORY

쟁패
삼국지

2세기 말 중국 대륙.
역사상 가장 치열했던 쟁패(爭覇)의
시기가 열린다!

중국 고대문학을 공부하던 전도형,
술 마시고 일어나니 도겸의 둘째 아들이 되었다?

조조는 아비의 원수를 갚으러 쳐들어오고
유비는 서주를 빼앗으려 기회만 노리는데…….

"역시 옛사람들은 순수하다니까.
　유비가 어설픈 연기로도 성공한 데는 다 이유가 있지, 암."

때로는 군자처럼, 때로는 효웅처럼!
도형이 보여주는 난세를 살아가는 법!

Book Publishing CHUNGEORAM

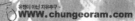

FUSION FANTASTIC STORY

비츄 장편소설

올 스탯
슬레이어

강해지고 싶은 자, 스탯을 올려라!
『올 스탯 슬레이어』

갑작스런 몬스터의 출현으로 급변한 세계.
그리고 등장한 슬레이어.

[유현석 님은 슬레이어로 선택되었습니다.]
"미친… 내가 아직도 꿈을 꾸나?"

권태로움에 빠져 있던 그가…

"뭐냐 너?"
"글쎄. 나도 예상은 못했는데, 한 방에 죽네."

슬레이어로 각성하다!

Book Publishing CHUNGEORAM

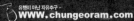
유행이 아닌 자유추구 -
WWW.chungeoram.com

이경영 판타지 장편소설

FANTASY FRONTIER SPIRIT

그라니트

용들의 땅

GRANITE

사고로 위장된 사건에 의해 동료를 모두 잃고 서로를 만나게 된 '치프'와 '데스디아'.
사건의 이면에 상식을 벗어난 음모가 있음을 알게 된 둘은
동료들의 죽음을 가슴에 새긴 채 각자의 고향으로 돌아간다.
2년 후, 뜻하지 않게 다시 만난 두 사람은 동료들의 복수를 위해
개척용역회사 '그라니트 용역'을 설립해 다시금 그 땅을 찾게 되는데……

용들이 지배하는 땅 그라니트!
그곳에서 펼쳐지는 고대로부터 이어지는 운명적 만남,
깊어지는 오해, 그리고 채워지는 상처.

『가즈 나이트』시리즈 이경영 작가의 미래형 판타지 신작!

Book Publishing CHUNGEORAM

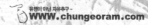

유행이 아닌 자유추구-
WWW.chungeoram.com